# CONFISSÕES DE UMA BANDA

Alto, rápido e fora de controle

NINA MALKIN

# CONFISSÕES DE UMA BANDA
## Alto, rápido e fora de controle

Tradução de
Rodrigo Abreu

galera
RECORD

RIO DE JANEIRO | 2008

CIP-BRASIL. CATALOGAÇÃO-NA-FONTE
SINDICATO NACIONAL DOS EDITORES DE LIVROS, RJ

M218a  Malkin, Nina
v.2    Alto, rápido e fora de controle / Nina Malkin ; tradução Rodrigo Abreu. - Rio de Janeiro : Galera Record, 2008.

Tradução de: 6X : Loud, fast and out of control
ISBN 978-85-01-07712-7

1. Celebridades - Literatura juvenil. 2. Músicos de rock - Literatura juvenil. 3. Rock - Literatura juvenil. 4. Fama - Literatura juvenil. I. Abreu, Rodrigo. II. Título. III. Título: Confissões de uma banda.

08-2686.                                CDD: 028.5
                                        CDU: 087.5

Título original em inglês:
6X – Loud, fast and out of control
Seqüencia de: Confissões de uma banda

Copyright © 2006 by Nina Malkin

Os direitos morais dos autores foram assegurados.

Todos os direitos reservados.
Proibida a reprodução, no todo ou
em parte, através de quaisquer meios.
Os direitos morais do autor foram assegurados.

Composição de miolo: Abreu's System

Direitos exclusivos de publicação em língua portuguesa somente
para o Brasil adquiridos pela
EDITORA RECORD LTDA.
Rua Argentina 171 – Rio de Janeiro, RJ – 20921-380 – Tel.: 2585-2000
que se reserva a propriedade literária desta tradução

Impresso no Brasil

ISBN 978-85-01-07712-7

PEDIDOS PELO REEMBOLSO POSTAL
Caixa Postal 23.052 – Rio de Janeiro, RJ – 20922-970

*Para Jason — deus do rock e palhaço*

# PAGE FIVE
(artigo principal)

É meia-noite — você sabe onde está sua menina roqueira favorita? A resposta foi um sonoro "Hum... não!" noite passada no Otto's Hot Stack, enquanto o público esperava ansioso pela sensação do momento 6X. A banda estava programada para tocar na festa de lançamento de seu álbum de estréia, *Bliss de la Mess*, e aparentemente todos os quatro membros da jovem banda — assim como todo mundo que é alguém na elite descolada de Manhattan — estavam lá mais cedo. Mas logo antes da hora do show, a vocalista **Kendall Taylor** desapareceu numa nuvem de vapor de diva. Será verdade que o conquistador de corações de menores **Reid-Vincent Mitchell** fugiu com a gatinha com cara de neném? A Page Five não falaria — mas nós podemos informar que os fãs que foram pacientes para esperar até a madrugada conseguiram sua dose de 6X. O quarteto, em força total, detonou o Otto's até a hora de fechar...

# TEEN CHIC
(Woo-Hoo! Do mês...)

**Quem**: 6X, uma banda pop de três meninas e um menino, que fazem um som animado e angustiado.
**O Quê**: *Bliss de la Mess*, uma mistura de composições próprias e versões cool dos anos 80 e 90. O som? Vamos lá, o título não diz tudo? (*Bliss de la Mess* quer dizer algo como "Glória da bagunça")
**Quando**: No último verão, quando Angel Blue teve aquele acidente horrível de skate, o 6X foi chamado para substituir a sua banda na trilha sonora de *Steal This Pony* (como se você não soubesse). Agora o tão aguardado disco de estréia da banda foi lançado e o primeiro single "All Over Oliver" vai fazê-la pisar com salto alto no cara que tiver a coragem de partir seu coração.
**Onde:** Todos os membros da banda (a vocalista Kendall, 15, a baterista Wynn, 15, a baixista Stella, 16, e o guitarrista A/B, 17) vivem em Nova York. Mas nós imaginamos que em breve eles estejam chamando um ônibus de lar.
**Por Quê:** Porque Kendall é um verdadeiro modelo que não é um palito! Porque Stella tem atitude de sobra! Porque Wynn é uma poeta que consegue fazer todo sentido! Porque A/B sabe como ser apenas amigo das meninas... ou ele não sabe...?!

# ENTERTAINMENT NOW

(trecho da entrevista na Entertainment Now...)

*Entertainment Now*: A central de boatos só fala de vocês ultimamente. O que aconteceu exatamente na noite da festa de lançamento do disco?
**Stella Saunders**: Olha, foi tudo parte da nossa estratégia de fazer as pessoas implorar por nós. Nunca é cedo demais para estar elegantemente atrasado, não é?
EN: Sim, mas duas horas e meia atrasados? Isso é elegância demais...
**Kendall Taylor**: Oh, Deus, eu espero que as pessoas não imaginem que eu estava sendo intencionalmente rude! Eu nunca faria uma coisa dessas. Honestamente, o que aconteceu foi que, com todo aquele calendário louco que nós tínhamos para finalizar o disco e toda a excitação da festa, eu me senti um pouco fraca. Eu achei que ia morrer se não pegasse um pouco de ar fresco. Então Reid-Vincent Mitchell — nós somos amigos desde *Steal This Pony* — bem, ele é um cavalheiro; ele se ofereceu para dar uma volta comigo. E enquanto nós estávamos conversando, ele perguntou se eu já tinha cruzado a ponte do Brooklyn e eu disse que não. Mas o que ele me falou sobre como a

cidade fica bonita vista do outro lado da ponte, e como o Otto's era tão perto de lá, nós decidimos ir e eu perdi a noção da hora...

**EN:** Vocês todos devem ter ficado loucos.

**A/B Farrelberg:** Que nada! Nós sabíamos que não tinha como a Kendall desperdiçar uma chance de estar sob os holofotes.

**Wynn Morgan:** O problema é que as pessoas não nos conhecem ainda — nós somos uma banda jovem, então esperam que nós sejamos falsos ou imaturos. Mas nós nos conhecemos bem. Por exemplo, nós sabemos que podemos sempre contar com a Kendall para ser, bem, a Kendall...

# PARTE UM

## Lugar Nenhum

"Everybody seems to wonder what it's like down here..."
(Todos parecem imaginar como é aqui em baixo...)

— Neil Young

# A CHEFE

Bem quando você achava que era fabulosa, que você estava andando com os cachorros grandes, você acaba ficando presa no remix dos infernos. Num minuto você está tão ocupada que não tem tempo de mijar, no próximo era como se você estivesse em coma. Isso que eu chamo de mudança de roteiro!

Quando *Bliss de la Mess* foi lançado todos queriam um pedaço do 6X — entrevistas, sessões de foto, duas aparições no programa mais quente da MTV. Nós estávamos com tudo. Apenas um mês, nem isso, menos de um mês depois, Cidade do Marasmo. Sim, o disco ainda é um fenômeno, desaparecendo das prateleiras. Da última vez que eu olhei, nós éramos o número cinco da lista da Billboard. Mas nós, os seres humanos de verdade conhecidos como Wynn, Kendall, A/B e a inimitável Stella Angenue Simone Saunders, o que nós temos feito? Nada. Os negócios do 6X estão em banho-maria e o fogão deve estar nas selvas de Bornéu ou alguma merda dessas. Se eu estou ficando impaciente? Você pode dizer que sim!

Nós ainda ensaiamos duas vezes por semana, mas para quê? Sem nenhum show agendado, nem mesmo aqui em Nova York, ensaio é um exercício de futilidade. Então me deixe dizer que eu fiquei mais que feliz de marcar essa reunião da banda no meu calendário. Eu estava logicamente esperando uma conversa profunda, franca

e específica sobre a nossa turnê quando eu entrasse nos escritórios do recém-inaugurado Wandweilder Worldwide. Então talvez vocês possam imaginar o meu, bem, desalento quando descobri que nós estávamos reunidos para discutir opções de acordos de publicidade que estavam sendo oferecidos em bandejas de prata para Kendall Taylor. Você consegue acreditar que eu estava perdendo tempo do meu dia para debater os prós e contras de as bochechas gorduchas da Kendall aparecerem na embalagem de um novo chocolate e — fica melhor! — o uso do próximo single do 6X como jingle da campanha?
— De forma nenhuma!
Será que eu poderia ser mais sucinta?
E a Kendall começou:
— Por que não?
Toda petulante, lançando um olhar para a sua mãe/ agente (apesar de todo o drama que aquela mulher causou — quase, me desculpe, nos impedindo de terminar *Bliss de la Mess* — a Sra. Taylor ainda se mete nos nossos negócios). Alguns dedos de barriga apareciam debaixo da camisa da Kendall e, para sua sorte, nosso empresário intercedeu antes de eu fincar o salto da minha bota naquele monte de banha.
— Kendall, Sra. Taylor, vocês estão certas, é realmente um bom dinheiro e ajudaria a posicionar o 6X de forma proeminente.
Nosso cara estava preparando aquele papo tipo "eu sou Brian Wandweilder e eu consigo convencê-lo de que comida de cachorro é filé mignon" no qual ele é tão bom.

— E claro que os interesses da Kendall precisam ser representados.

Isso soou bem nos ouvidos da Kendall e ela trocou olhares animados com sua mãe.

— Mas nós temos que pensar a longo prazo — continuou Brian.

Era o "mas" que eu esperava. A/B estava ao meu lado no sofá e eu o belisquei para dizer silenciosamente "viu?". Não que eu precisasse ensinar A/B sobre como o homem age. Brian é um mestre da manipulação.

— Infinitas crianças podem ver a Kendall em doces, mas ela não merece coisa melhor?

Brian gesticulou em direção ao teto, simbolizando sublimação. Ele foi muito esperto ao deixar de lado a carreira de advogado para abrir sua empresa de agenciamento — é a sua verdadeira vocação.

— É claro que ela merece. Kendall merece algo que conote credibilidade e classe: atributos que ela tem aos montes.

Dessa vez eu belisquei a Wynn, que estava sentada quieta no meu outro lado. Até onde eu sei A/B pode sentir alguma coisa pela Kendall — eu ainda não entendi o que rolou entre eles, se é que rolou alguma coisa — mas Wynn seria a primeira pessoa a desmascarar qualquer um usando a palavra "classe" e o nome daquela mocoronga na mesma frase.

— O problema é que algo melhor que isso não vai estar à nossa disposição se aceitarmos essa oferta. Exclusividade é, no fim das contas, a regra básica do marketing.

Brian se levantou para finalizar. Gaylord, que agora era seu braço direito na WandWorld, balançou a cabeça como sabendo o que vinha pela frente:

— Então é importante escolhermos muito bem entre todas as muitas ofertas que virão na direção da Kendall. Bravo, Brian. Graças a uma conversa fiada de primeira, o 6X não vai ser associado a uma porcaria com cobertura de caramelo que estraga os dentes. Só que agora eu estou começando a achar que Brian é mais que um brilhante conciliador — ele é um maldito profeta. No espaço de uma semana, uma marca de perfume começou a perseguir Kendall sobre uma nova fragrância e os produtores de *American Dreams* ligaram para acenar com uma possível participação como Janis Joplin na série. Estão enchendo tanto a bola dessa menina que daqui a pouco ela vai começar a flutuar. Mas a proposta definitiva veio ontem. Kendall vai aceitar, e nós todos concordamos que ele devia, porque nada diz classe e credibilidade como um comercial da Gap.

Então você vai me dar licença por um minuto enquanto eu grito e bato minha cabeça contra a parede, ok?

# A VOZ

Eu aposto que uma menina pode enlouquecer se não tiver fé. Minha fé é meu rock, meu refúgio. É o que me permite me manter sã e ser positiva quando parece que forças do mal estão esperando a cada esquina. Deus, quando o assunto são provações e aflições, eu não preciso procurar mais longe que em mim mesma. É tão difícil manter sólidos valores cristãos quando você descobre que sua mãe a alimentou de mentiras a sua vida toda, e que o pai que você perdeu há tanto tempo não é um herói de guerra que se foi, mas está vivo e saudável e possivelmente não é uma boa pessoa para se conviver.

Isso é apenas uma das coisas com as quais eu tive que lidar, então eu rezo para que Deus me guie. Não é que não tenha mais ninguém a não ser Jesus para me ajudar. As pessoas na minha banda? Credo, não! Os fãs provavelmente acham que nós somos muito íntimos, mas isso é uma ilusão. Não é que nós nos odiemos — eu ainda amo todos eles. É só que nós não temos feito muita coisa como banda no momento; eles voltaram para suas vidas ordinárias enquanto eu tenho que agüentar a pressão de estar sob os holofotes. Meu Deus, um comercial da Gap, você consegue imaginar? Então... chorar minhas mágoas na frente da Stella ou da Wynn? Isso não seria nada prudente. Especialmente quando tem a ver com o meu relacionamento com um certo guitarrista. Não, eu não desisti dele; nosso romance apenas sofreu um golpe. Mesmo assim, seria legal ter alguém com quem eu pudesse conversar, uma amiga que entendesse dos problemas do coração.

É por isso que eu estou empolgada para conhecer a Srta. Penelope Randolph. Ela é amiga da família Morgan e a mãe da Wynn está convencida de que ela seria a tutora perfeita para nós quando estivermos na estrada.

— Afinal ela é uma Randolph, dos Randolph de Rhode Island — disse ela a minha mãe como se isso fosse tudo que precisássemos saber.

É claro que nós não contrataríamos alguém baseado apenas no que a mãe da Wynn disse. Minha mãe marcou uma reunião para conhecer essa Srta. Penelope Randolph pessoalmente e formou uma opinião realmente positiva:

— Ela é inteligente, educada e centrada — foi o resumo que minha mãe fez pelo telefone, ela em Nova Jersey e eu no meu apartamento em Manhattan — e ela é muito espiritual, mas por nada nesse mundo, Kendall, eu consigo lembrar qual é a religião dela.

O aspirador de pó fazia barulho no fundo da ligação — isso é típico da minha mãe: uma mulher com uma carreira de sucesso com uma filha no topo das paradas, mas ela ainda limpa sua própria casa:

— Provavelmente metodista. Ela parece metodista. Mas bem, não podemos ser todos batistas.

Isso me deixou animada para conhecer a Srta. Penelope. Apesar de eu ser uma celebridade e tudo mais — eu tenho prova de figurino para o comercial da Gap essa tarde —, ainda acredito que o aprendizado dos livros é importante. Um dia você pode estar num evento e alguém pode perguntar a você a capital da Argentina e você não vai querer parecer burra. Mas quando a Srta. Penelope veio até as Teen Towers, eu tomei um susto. Ela devia estar usando um modelito totalmente diferente quando conheceu minha mãe. Com certeza ela não se parece com alguém que a mãe da Wynn ia querer no seu sofá de linho branco. Ela tem um cabelo roxo de tão preto que vai até a cintura, e ela estava usando uma saia largada e um top e dúzias de pulseiras, só que uma das pulseiras não era uma pulseira — era uma tatuagem que se enrolava em seu braço como uma cobra.

Ela invadiu meu apartamento, largando uma bolsa enorme no chão e cheirando o ar como um cão de caça. No meio da sala ela se contorceu como uma dançarina, então parou e abriu bem os braços:

— Eu sou Peony Randolph. Venha até aqui, Kendall!

Podia ser verdade? Bem, sim, podia! Ela queria que eu a abraçasse, mas mesmo que ela tivesse depilado suas axilas — o que ela não faz — a forma como eu fui criada não me permitiria ser tão íntima com alguém que eu não conheço. Bem, era como se meus pensamentos estivessem escritos na minha testa:

— Se nós vamos trocar conhecimentos, Kendall, primeiro nós devemos nos abraçar — disse a Srta. Peony — como eu posso alcançar a sua mente antes de nós construirmos uma ponte de confiança?

Quando eu me dei conta, estava respirando através de uma cortina da cor de berinjela que cheirava como os incensos que os Hare Krishnas vendem em Port Authority. Com certeza a Srta. Peony é a pessoa mais diferente que eu já conheci. Mas nós conversamos por um tempo e ela me pareceu muito calorosa e sensível. Ela me perguntou dos meus interesses, o que eu esperava aprender com ela, com a vida, e se eu não queria encontrar com a Wynn no parque para nossa primeira aula.

— Não existe sala de aula melhor do que uma entre a terra e o céu — disse a Srta. Peony.

Wynn correu quando nos viu e ela e a Srta. Peony se abraçaram muito apertado por o que pareceram ser uns dez minutos. Então nós achamos um espaço que ainda tinha grama no parque sem muitos mendigos em volta e a Srta. Peony tirou um cobertor da sua bolsa. Assim que sentamos, ela começou a tirar livros, blocos e canetas da bolsa sem fundo.

— Você tomou café-da-manhã? — perguntou ela.

— Sim, senhora — disse eu — bacon e...

— Bacon! — falou ela em tom de desaprovação — Tsk! Não me surpreende que você esteja tão pálida. Nitratos estrangulam os rins.

Ela colocou a ponta do dedo sob meu olho e puxou a pálpebra para examinar. Isso me assustou tanto que eu me joguei para trás sobre minhas costas, quase dando uma cambalhota. Então ela mexeu na sua bolsa de novo e pegou uma garrafa térmica:

— Isso vai expelir as toxinas — disse ela me entregando um copo e servindo um para Wynn também.

— O que é isso?

Eu estava com os dois pés atrás. O líquido fervente era cinza-esverdeado e tinha cheiro de terra.

— É apenas chá — disse a Srta Peony.

Eu cheirei o copo novamente. Debaixo do cheiro de terra tinha uma essência de menta. Wynn parecia não ter nenhum problema com aquele negócio e, como eu queria causar uma boa impressão, resolvi beber. Era realmente refrescante e antes que eu pudesse me tocar, ciência era um jogo, Shakespeare era uma música e cada um dos meus pés tinha ficado dormente duas vezes por eu ter ficado sentada de pernas cruzadas sobre o cobertor. Então a Srta. Peony olhou para o sol através de um véu de folhas avermelhadas:

— Certo, Kendall — disse ela —, duas e meia.

Em apenas um movimento fluido ela se levantou com os tornozelos ainda cruzados. Você tem meia hora para chegar à sua prova de figurino — disse ela esticando a mão para me ajudar a levantar — vou com você até o táxi.

Ela disse para a Wynn compor uma quadra — o que quer que isso seja — sobre os pombos no parque enquanto nós íamos andando juntas na direção da Avenida A. Tinha tanta coisa que eu queria muito perguntar a ela. Tipo, como ela conseguia saber as horas pelo céu? E como ela consegue deixar o cabelo daquela cor? E por que diabos ela se chamava de Peony — não deveria ser Penny a abreviação de Penelope? Ela franziu a testa:

— Pergunte o que quiser, Kendall — disse ela, como se pudesse sentir as perguntas que eu era muito educada para fazer. — Eu sempre vou dizer a verdade.

— Bem... eu queria saber... minha mãe me disse que você é uma pessoa espiritual. Mas, Deus, você não é como ninguém na nossa igreja. Então, o que você é? Eu quero dizer, de que religião?

A Srta. Peony estalou seu pescoço para a esquerda, depois para a direita, como se estivesse tentando afrouxar a resposta:

— Oh, Kendall, essa é uma pergunta maravilhosa, porque eu sou muitas, mas muitas coisas. Eu já estive em muitos lugares: Palestina, Port au Prince, Cairo, Creta. Eu me banhei no rio Ganges, aspirei o ar rarefeito do Himalaia. A cada lugar aonde vou, eu apanho pepitas, jóias de iluminação.

A forma como ela falava era como um feitiço; eu não conseguia parar de ouvi-la, gostando ou não.

— Gurus, xamãs, rabinos, padres, todos já me tiveram sob seus ensinamentos. Hinduísmo, budismo, santeria, cabala, tudo isso deixou ovos no ninho da minha alma — a Srta. Peony irradiava uma luz como se estivesse pronta para o êxtase.

— Então... você não é metodista? — perguntei.

A Srta. Peony riu como sinos e então sua testa se franziu novamente:

— Oh, Kendall! Vai ser uma jornada e tanto a que vamos seguir juntas. É claro que eu vou contar o que você quiser saber. A religião que eu sigo, Kendall, é Wicca.

— Oh...

Antes que eu pudesse perguntar qualquer outra coisa, um táxi parou para nós. Nós sorrimos uma para a outra antes de eu entrar no banco de trás, e eu acho que a Srta. Peony realmente vai expandir meus horizontes. Mas o tempo todo no caminho para a prova da Gap em Tribeca eu não conseguia parar de imaginar: *Wicca? Isso não soa como uma religião. Parece nome de mobília de jardim!*

# O GAROTO

Plantão de notícia: fama não é igual a fortuna. É claro que o 6X ganhou um adiantamento gordo. Sim, *Bliss de la Mess* está vendendo como orelhas do Spock numa convenção de Star Trek, mas a Universe ainda tem que recuperar o que gastou para manufaturar, distribuir e promover o disco. Toda a grana que eu ganhei adiantada já sumiu. Não é que tenha sumido exatamente. Eu investi. Em guitarras. Como esse doce violão Martin. E então eu quis uma guitarra de macho — compensação de testosterona por tocar numa banda de meninas — mas como eu não conseguia me decidir entre a Les Paul e a SG, eu comprei as duas. Você sabe, um pedal de efeito aqui, um amplificador ali, acaba somando para o estilo de vida dos pobres e famosos.

Então eu comecei a trabalhar. Não, nada que envolva perguntar se as pessoas querem fritas para acompanhar. Ainda assim... eu, A/B Farrelberg, professor de guitarra no Dondi's Music Palace na Crest Crinkle Road. Sim. Particularmente humilhante sob a luz dos eventos recentes. Imagine, se você quiser, minha festinha de 18 anos na semana passada. Uma pequena e íntima reunião no loft do Brian. Champanhe e sushi, cortesia do melhor empresário do mundo. Maconha e gatas, cortesia do meu camarada Moth. Você sabe quem é Alan Slushinger, que produziu o nosso disco? Moth é irmão mais novo da sua esposa francesa. Isso faz dele francês também, e aqui vai um segredo que você talvez já saiba: garotas gostam do sotaque francês. Então ele convidou umas moças muito amigáveis e depois de um tempo — depois de uma certa vocalista ir embora (ela tinha que estar na vara de família do tribunal bem cedo) — uma dessas moças, cujo nome se eu me lembro corretamente é Debby, decidiu se tornar ainda mais amigável. Eu quero dizer, ela me lambeu! Primeiro na orelha, depois no pescoço. Será que eu esqueci de dizer que ela era gostosa? Bem, ela era. E ela estava me levando direto para a cama king size na suíte principal. Na verdade, ela disse entre as lambidas:

— Eu quero transar com o aniversariante!

E eu ia declinar? Uma garota linda com suas próprias camisinhas e sem nenhum compromisso?

Sim, infelizmente eu declinei. Eu não vou entediá-los com cada detalhe da minha falta de libertinagem, mas é suficiente dizer que a Debby não leva rejeição muito na boa. Lá estava, a transa perfeita... e eu simplesmente disse não. Eu já pensei bastante sobre isso — o que diabos está errado comigo — e adivinhem o que eu descobri?

Eu quero compromisso. Coisa séria. Quando eu perder minha virgindade eu quero estar realmente apaixonado. E até que eu a ache, a garota certa, eu não vou aceitar qualquer cópia barata.

De qualquer forma, estava um dia lindo quando eu estava indo para o Dondi's no Buick do meu pai — a folhagem de outono nos jardins do subúrbio queimava meus olhos. Escutar bandas clássicas de Detroit dos anos 1970 me deixava com esperança que os quatro alunos de hoje iam querer aprender "Kick Out the Jams" ou "I Wanna Be Your Dog".

Hum, não.

Meu primeiro aluno, Morris (ainda não sei se é nome ou sobrenome) tem um jeitão de Papai Noel. Barriga redonda, cabelos brancos, um brilho feliz no olhar. Só que o figurino dá uma dica — ele estava usando chinelos, bermudão e uma camisa florida. Quando eu dei uma olhada nas partituras que ele trouxe, tudo fez sentido: surf music dos anos 1960 — Beach Boys, The Ventures, excelente.

— Então você gosta de surf music — disse eu animado. — Legal.

— O QUÊ?

Morris estava sorrindo, piscando... e gritando.

— Surf music — disse eu.

— O QUÊ? — gritou ele.

— SURF MUSIC! — gritei de volta — VOCÊ GOSTA DE SURF MUSIC!

Apesar da piscadela, Morris parecia perplexo, então eu fiz gestos imitando uma prancha imaginária, braços abertos, corpo balançando como se eu estivesse pegando uma onda.

— O QUE VOCÊ ESTÁ FAZENDO?

Tudo bem, Morris não gostou da minha imitação de Kelly Slater. Acho que ele não se lembrou de trazer seu aparelho auditivo. Cowabunga! Esse vai ser um dia comprido. Às duas, outro coroa querendo recapturar sua juventude perdida, e depois de um pequeno intervalo, meu aluno de três e meia — um sádico da quinta série que não conseguia tocar um G7 sem me chutar a canela.

Então quando a porta de trás do Dondi's se abriu às quatro e meia, eu estava naturalmente pessimista.

— Esse é o A/B — falou Dondi — Essa é Edie.

— Oi, A/B, é incrível conhecer você.

— Sim, sim... — disse eu largando o último número da *Gearhead* — oi, você também...

Foi incrível conhecê-la. Incrível, inacreditável, estarrecedor. Não só porque ela era bonitinha. Não, bonitinha não. Linda. De uma forma bonitinha. O cabelo dela era curto, mas não tão curto; ele faz umas voltinhas em toda a sua cabeça do seu próprio jeito, e é de um castanho forte e brilhante como um grão de feijão. Seus olhos são verdes, com sardinhas no rosto. E seus lábios? Suculentos. Como gomos de tangerina. O melhor de tudo é seu sorriso. Ele brilha e seu aparelho não tem nada a ver com isso. Viu, isso é por que a parte visual da Edie foi apenas uma parte de por que foi tão incrível conhecê-la. Emanando daquele sorriso está a sua personalidade — um pouco inquieta, um pouco durona.

— Eu sou uma grande fã — confessou Edie.

Embora pequena, ela é o que minha avó chamaria de *zaftig*, que significa redonda, curvilínea. Uma camiseta XG do Nirvana, gasta à perfeição, veste perfeitamente, pois ela espertamente a cortou e amarrou nos lados. Sob isso, ela usava uma saia feita por ela mesma de uma antiga calça jeans e silver tape. Meias listradas até o joelho e One-Stars da Converse. Meus sapatos:

— Espero que você não se importe.

— Ah, é, claro — falei com uma eloquência sem precedentes — nenhum problema.

— Eu ouvi que você disse ao pessoal daqui que eles não podiam anunciar que era realmente você que ia dar aulas — disse ela abaixando o ombro para deixar o seu case de guitarra no chão — teria sido uma cena e tanto. Quando eu liguei para marcar uma aula e aquele Dondi disse que alguém chamado A/B poderia me ensinar, eu achei que não podia ser você. Mas... aqui está você.

Eu estava — qual é a palavra? — encantado. E estava tentando não ser muito óbvio quanto a isso.

— Então, você quer ver o que eu sei fazer?

Claro. Se ela veio aqui para isso, eu quero participar. O problema é que eu parecia não conseguir dizer isso a ela.

— Na guitarra? — disse ela, me olhando com expectativa. — Eu não sou totalmente iniciante, você sabe, mas não dá para aprender tudo sozinha...

A palavra aprender me traz de volta ao que estava realmente acontecendo entre nós:

— Sim, claro, por favor.

Eu fiz um aceno de professor, indicando os bancos. Ela tirou do case uma Yamaha surrada, cheia de adesivos e, quando se sentou, sua saia subiu mostrando a pele sobre suas meias. Tinha um machucado no seu joelho esquerdo.

Edie estava atenta ao braço da guitarra e tocou um acorde — ré menor, eu nunca vou me esquecer — depois ficou envergonhada:

— Espera — disse ela olhando para mim — acho que estou nervosa.

— Não fique — falei. — Faz de conta que eu não estou aqui.

Os cachinhos cor de grão de café balançaram quando ela balançou a cabeça.

— Dizem que quando você está nervoso em frente a alguém, a melhor coisa é imaginá-lo de cueca.

A vergonha começou em algum lugar perto dos meus testículos e foi se alastrando:

— Oh, não, por favor... não faça isso — disse eu passando a mão na cabeça. — Não fique nervosa. Apenas, você sabe, quando estiver pronta...

Edie tomou fôlego e começou "Chain-Link Fish", o single novo do Ayn Rand que está no topo das paradas. Ela errou algumas mudanças de acorde, mas eu reconheci a canção que ela estava tocando e era uma música legal. Sorrindo como um bobo alegre, eu percebi que eu estava com medo de que ela escolhesse uma música horrível. Agora o efeito está completo. Eu posso dizer sem hesitar que eu estou incrivelmente, inacreditavelmente e estarrecedoramente apaixonado.

# A GOSTOSA

Se você é o tipo de pessoa boazinha, calma, relaxada, você provavelmente não deveria tocar bateria. Tente, eu não sei, talvez a viola. Ou o oboé. Mas se você for neurótica, com propensão a ansiedade e apreensão, definitivamente dê uma chance à percussão. Porque o que acontece comigo é que quando eu não estou sentada na bateria, eu estou batendo em coisas. Qualquer coisa, tudo, a mesa, meu joelho, tum-tum-pá tum-tum-pá. Na verdade é um tique desenvolvido recentemente; começou quando estar no 6X parecia uma farsa. Eu quero dizer que, se você é parte de uma banda de rock, você tem que tocar, porque se você não o fizer, você não é um músico, você é uma... celebridade.

Nojo.

Desculpa, eu não quero insultar ninguém que aspire a esse tipo de popularidade, mas toda a parte da fama no que nós fazemos é estranha para mim. A forma como as pessoas olham para você na padaria ou na farmácia, como se estivessem imaginando para que você precisaria de uma garrafa de água ou de uma caixa de absorventes? E depois tem os estilistas que ficam mandando roupas que você não usaria em nenhum lugar normal. E atores de televisão que você não conhece que a chamam para sair. É claro, para ser precisa, que o ator não a chama para sair — o seu relações-públicas fala com o relações-públicas dele e o encontro é agendado. Não é romântico? Então essa noite Kieran Dennis e eu vamos sair pela cidade. Sim, aquele Kieran Dennis, estrela de *Thrift Stories*, o príncipe coroado da WB. Eu nunca vi a série e tentei fugir da raia, mas Stella é inflexível.

— Você vai! — me informou ela cheia de certeza.

Na sua forma de pensar não importa se eu quero sair com Kieran Dennis, eu tenho que fazer isso pelo bem da banda.

— Olha, deixa de ser tão egoísta — disse ela —, se você for vista com Kieran, isso vai para as colunas de fofoca. E não existe essa coisa de má publicidade.

*Ai, meu Deus!*, pensei, mas meu lamento era interior, silencioso.

— Além disso, *Thrift Stories* tem uma trilha sonora matadora e Kieran claramente tem bom gosto para música se ele tem o 6X no seu radar. Então você se dá bem com ele e nós botamos uma música na série.

O esforço que eu teria que fazer para desmarcar seria enorme. Afinal, como eu disse, os relações-públicas estão envolvidos. Além disso, minha mãe estava praticamente tendo um ataque cardíaco só da possibilidade de eu ter um "encontro de verdade". Seria mais fácil apenas ir. Uma olhada rápida no armário para decidir o modelito (saia longa, camisa de cashmere, alguns colares, sapato sem salto). Um pouco de musse no cabelo — desculpa, Kieran, se você gostar do cabelo todo certinho. Uma olhada mais longa para a mesa de maquiagem. Eu achei que devia, eu não sei... usar alguma coisa. Rímel. Glitter. Eu não sou muito de glitter, mas parece que glitter é a regra. Quando você for sair com o queridinho teen da TV parece imperativo que você passe um pó nas bochechas e no decote com algo brilhante, reluzente e, acima de tudo, falso.

A campainha tocou e começa uma comédia de costumes entre meu par, meus pais e eu mesma. Parecia saído direto de um texto de Oscar Wilde. Minha atitude era tão zen quanto eu conseguia. Eu não perguntei aonde íamos ou como íamos chegar lá. Eu estava apenas sendo levada. Mas um leve nojo vem à tona quando nós saímos e eu vi a limusine. Deus não permite que um garoto prodígio de Hollywood pegue o metrô ou chame um táxi. Íamos ao Mondo Titos, o que eu presumi que fosse muito "in".

— Eu fujo dos restaurantes mexicanos de Los Angeles — disse Kieran —, mas ouvi dizer que esse lugar tem as melhores tapas fora da España.

Ele falou Espanha com um sotaque castelhano, com direito a chiadinho e tudo: "Essspannnia". Mas ele era muito... perguntador — na verdade me perguntou sobre onde eu gosto de fazer compras, se eu já fui à nova loja da Dolce & Gabbana. Eu fiz algumas perguntas educadas de volta e tentei evitar que meus dedos usassem a mesa como um tom-tom.

Kieran é meio chamativo e ficava olhando em volta para ver se já tinham notado a nossa presença. Enquanto ele falava sobre "terapia de compras" e como ele vivia na Bendel's, eu comecei a imaginar se Kieran Dennis poderia ser gay. Quero dizer, quem mais além de Roger e Phillip, nossos vizinhos nos Hamptons, sabem tanto do departamento de sapatos de Henri Bendel? Eu quase caí na gargalhada quando pensei em todas aquelas meninas

que assistem *Thrift Stories* para ficar babando por ele; na verdade eu conseguia imaginar a Stella falando:
— Mentira! O cara joga no outro time? Wynn, nem me fala uma coisa dessas.
É claro que o que aconteceu em seguida mudou a minha idéia muito rápido.
Nós estávamos jantando há o que parecia ser meio século, e depois de pagar a conta Kieran sugeriu que a gente desse uma volta no Central Park. Tudo bem por mim; eu me comprometi a vir e no fim das contas não estava tão ruim assim.
— Olha só! Você vai adorar isso — prometeu Kieran, pegando um CD que ele disse que era uma coletânea especial dele.
New wave farofa dos anos 1980 bombava nos auto-falantes, e a princípio eu fiquei chocada — como ele sabia que eu era viciada naquilo? — mas eu imaginei que o seu relações-públicas pudesse ter perguntado ao meu. De qualquer forma estava tocando Depeche Mode, Duran Duran e todas essas coisas, e eu não conseguia não cantar junto. Kieran abriu uma garrafa de champanhe. As bolhas espirraram sobre sua camisa; eu dei uma risada, mas ele não ligou. Nós estávamos bebendo do gargalo, nos divertindo nessa viagem no tempo, e quando o clássico do Human League começou, nós estávamos cantando:
— Don't you want me baby... (Você não me quer, querido?)
Foi então que Kieran segurou meu pulso.
— Você não quer, Wynn? Você não me quer?
Completamente do nada — ele não tinha dado em cima de mim em nenhum momento na noite. Eu estava

tentando entender se ele tinha ficado louco ou se era alguma brincadeira. Então ele continuou:

— Agora, agora, não diga não até você checar a mercadoria!

Então ele... eu acho que ele usou a mão livre para abrir a calça. Ele levantou a bunda o suficiente para poder abaixá-la um pouco... então ele... ele me mostrou a sua... área.

E era enorme! Não estava nem levantado como deveria — não que eu já tenha visto um... um desses eretos — mas estava apenas... em repouso. Como um furão rosa e pelado. Por dentro eu estava enojada, mas eu não conseguia parar de olhar, sem palavras, embasbacada. A única coisa que conseguiu me salvar foi a próxima música. A canção do Kajagoogoo, "Too shy". Eu apenas comecei a gritar a plenos pulmões:

— I'm too shy, too shy... (eu sou muito tímida, muito tímida)

Kieran entendeu a deixa, eu acho. Ele largou meu braço e guardou... seu troço. Fechou o zíper e começou a falar das pinturas de Monet no Met, como se nada tivesse acontecido.

Eu pisquei. Eu sorri. Eu bocejei. E disse:

— Kieran, eu acho que eu quero ir para casa agora.

Agora, se isso se parece com a sua idéia de um encontro dos sonhos, seja uma celebridade — por favor. Eu prefiro sair em turnê.

# A CHEFE

Já tinha agüentado demais. Eu estava a caminho da Wandweilder Worldwide. Para quê? Simples: eu ia entrar pela porta e dar ao Brian trinta segundos para anunciar alguns shows para o 6X. Ou então...
Ou então o quê? Reclamar e discutir? Destruir o escritório? Eu via essas imagens passando na minha mente. Passar o braço sobre a mesa do Brian e derrubar tudo no carpete. Pegar a sua sempre presente garrafa de água mineral e arremessá-la nos discos de platina pendurados na parede. Não ia acontecer. Stella Angenue Simone Saunders não perde o controle. Ataques de diva só na província de Kendalland. Eu ia agir com a conduta fria da profissional respeitável que sou.

No nono andar eu tentei passar pelas portas duplas, mas a maçaneta estava emperrada. Como de costume. O quartel-general da WandWorld é muito gueto. Quando eu entrei, fui saudada — mais ou menos — pela Susan, secretária do Brian e recepcionista da WandWorld. Ela fez um gesto para mim — parte um aceno e parte um sinal para parar — enquanto ela anotava um recado ao telefone.

— Sim, entendi, espere um minuto.
Então se virou para mim:
— Oi, Stella, ele está...
Voltou ao telefone:

— Eu disse que tenho, por favor...
Para mim:
— Stella, espere...
Telefone:
— Sim, obrigada!
Para ela mesma:
— Argh! Algumas pessoas!
Para mim:
— Stella, ele está em uma reunião. Você não pode simplesmente entrar lá.
Eu parei no meio do caminho e voltei até sua mesa:
— Me desculpe, Susan? — disse eu, como sempre tão educada. — Você está me dizendo que eu não posso entrar no escritório do Brian?
Susan tirou os óculos:
— Poupe-me da atitude, Stella — disse ela —, eu criei dois adolescentes, sou imune a isso. Você não tem hora marcada, então senta a bunda e espera.
Você tem que amar a Susan — ela não leva desaforo para casa. Eu fiz uma careta de qualquer forma, dei uma olhada nas revistas e me sentei para mofar com uma cópia da *Blender*. Alguns momentos depois, a entrada para o santuário do Brian se abriu. Eu me levantei. Lá vieram Gaylord, Brian e... vejam bem, eu sou uma garota da cidade, tudo bem. Minha experiência com o interior é limitada a umas duas viagens ao norte do estado no inverno para esquiar. Mas essa pessoa saindo do escritório com a mão na dobra do braço do Brian cheirava como um campo de margaridas. Fresca, ensolarada e pronta para fazê-lo começar a espirrar de alergia. Ela parecia pertencer àquele campo, com borboletas empo-

leiradas em seu lustroso rabo-de-cavalo castanho. Ah, e o Brian parecia pronto para se juntar a ela, talvez carregando uma cesta de piquenique ou uma maldita vara de pescar.

A princípio eu achei que o trio ia passar direto por mim. Eles não perceberam minha presença até estarem próximos o suficiente para pisarem no meu pé.

— Oh, oi, Stella. Que surpresa — disse Brian.

— É, oi, Sass — Gaylord resolveu me chamar assim desde que percebeu que esse é o meu acrônimo pessoal e quer dizer alguém que não tem papas na língua, ou seja, eu — como está tudo?

Eu não perdi tempo:

— Era isso que eu queria saber, mas...

Sim, bem, pergunta retórica. Nem Gaylord nem Brian tinham o mínimo interesse em como eu estava. Não com a menininha da fazenda por perto. Ela, no entanto, estava olhando para mim e sua pele macia se torceu revelando um sorriso torto.

— Ah, onde estão minhas maneiras! Deixe-me apresentá-las — disse Brian. — Stella, essa é Cara Lee Ballantine. Cara Lee, Stella é a baixista do 6X, uma das bandas de rock da WandWorld.

Uma das bandas de rock?! A frase deixou meu cérebro em chamas e Cara Lee fez uma careta:

— Vamos lá, Brian, eu saio da roça ocasionalmente.

A princípio seu sotaque era tão açucarado que ela fazia Kendall parecer ter saído do sul do Bronx. Então ela mudou para a sua voz verdadeira — com sotaque, sim, mas uma voz forte, confiante:

— Eu sei tudo sobre o 6X.

Com seu sorriso torto ainda no rosto, ela estendeu a mão:

— É um prazer conhecê-la — disse ela, dona de uma boa pegada. — Eu gosto muito do seu disco.

— Obrigada — disse eu.

Uma parte de mim queria que eu soltasse alguma piadinha, ou apenas roncasse, virasse os olhos e desse um fora nela. Mas eu não fiz isso. Aquela Cara Lee Ballantine merecia respeito.

— Vamos lá, Cara Lee, você não vai querer perder a liquidação na Guitar Center, acredite em mim — disse Brian, começando a guiá-la em direção à saída.

Cara Lee sorriu:

— Bem, essa foi uma ótima reunião. Eu gosto da forma como vocês pensam — disse ela. — Gaylord, foi um prazer, de verdade.

Ela se aproximou para um aperto de mão de despedida, então optou por dar um beijo improvisado, tirando até o pé esquerdo do chão quando se encostou. Gaylord ficou vermelho, como se os lábios de uma garota nunca tivessem roçado no seu rosto. Isso me fez rir — e me distraiu do fato que o Brian pretendia acompanhar aquela garota até a Guitar Center, não dando a mínima para mim. Eles saíram pela porta deixando um cheiro de flores-do-campo. Foi aí que eu encarei Gaylord. Você acha que eu perdi a calma? Não. Eu perguntei como quem não quer nada:

— Então, quem é essa Cara Lee Ballantine?

— Cara Lee Ballantine? — respondeu ele — Cara Lee Ballantine é o Ryan Adams de saias. A Faith Hill indie. A Loretta Lynn da nova geração.

Ele estava tão radiante que você podia pousar aviões no aeroporto usando sua cabeça.

— Ou pelo menos — ele acrescentou — é nisso que esperamos transformá-la...

# O GAROTO

Eu me considero um cara bem inteligente, com um domínio razoável do idioma. Mesmo assim, a mais simples das frases — "gostaria de sair qualquer hora?" — parecia estar entalada na minha garganta. Edie estava juntando suas palhetas e seu afinador e guardando sua guitarra. Ela estava vestindo sua jaqueta, tirando os óculos da cabeça e os posicionando sobre o nariz. Agora, cara, agora!

— Então, você gosta de café?

Edie levantou a cabeça:

— Café? Nunca ouvi falar deles.

O quê? Ah! Música era nosso único tema de discussão:

— Não é uma banda, ou talvez seja, talvez exista alguma banda chamada Café — disse eu — mas eu estava pensando em café de verdade. Ou cappuccino se você preferir. Até mesmo descafeinado. Você sabe, café, a bebida.

Enquanto falava, eu percebi um meio sorriso aparecendo em seus lábios cor de tangerina.

— Claro. Café é ótimo.

Ao dizer isso, ela pegou minha mão e escreveu seu número no meu pulso. Então ela saiu pela porta.

Bem, eu não gosto de joguinhos. Eu desprezo joguinhos. Joguinhos são para pessoas autodestrutivas, palhaços inseguros que compensam sua insegurança brincando com a cabeça das meninas. Eu não sou esse tipo de cara. Imediatamente eu procurei meu celular e disquei os números escritos na minha pele.

— Alô?
— Edie?
— A/B?
— É. Sou eu. Então, onde você está?
— Onde eu estou? Eu ainda estou aqui na Dondi's. Estou esperando minha mãe me buscar.
— Então, sobre aquele café... Você sabe, a gente podia tomar agora.

Uma batida, depois meu coração parou:
— Olha, A/B, eu não sou desse tipo. Se você quiser me ver, você tem que me perguntar com antecedência. Porque eu não sou uma groupiezinha deslumbrada que vai largar tudo para passar dez minutos com você, e eu peço desculpas se de alguma forma você teve essa impressão.

Certo, qual é a imagem mais fofa que você consegue imaginar? Um gatinho com as costas arqueadas e o rabo empinado, não é? Essa é a Edie. Podem ficar com suas garotas fracas e oprimidas. O que eu estava descobrindo é que a melhor coisa de uma mulher decidida, o que muitos caras não entendem, é que elas não controlam você, elas motivam você — elas o ajudam a ser o melhor que você pode ser.

— Que tal o Brew-Ha-Ha essa sexta? Café. Comédia. Biscoitos matadores. Por volta de seis, seis e meia...?

Ela disse sim. Sim!

Eu não suporto comédia stand-up, e você podia quebrar um dente com aqueles biscoitos duros do Brew-Ha-Ha. Até o café de lá é uma porcaria. Mas aquele lugar ficava na beira da praia em Long Beach, e que melhor maneira de queimar o barato da cafeína e do açúcar do que um passeio na beira da praia? Ondas quebrando. O sol se pondo. Gaivotas gritando. Então nós fomos. E foi perfeito. Tinham seis pequenos grampinhos de tartaruga no cabelo da Edie. Eu estou mencionando isso porque eu normalmente sou cego para esse tipo de coisa. Só que agora, com a Edie, eu sou um modelo de percepção. Eu absorvo cada mudança sutil, cada nuance, cada inflexão. Em outras palavras, eu presto atenção nela. Nós pedimos lattes que pareciam ter sido feitos na Roma Antiga. Uma porção de biscoitos que pareciam pedra, e vejam isso: nós dois mergulhamos no café! Só que era mais que etiqueta de café que nós tínhamos em comum. Entre os comediantes, nós conversamos, e o papo fluía — nós concordávamos muito (ótimo), e quando nós discordávamos as coisas ficavam mais intensas (melhor ainda!).

Depois de um tempo, sem os tênis, os jeans enrolados até a canela, nós fomos até a praia, com a água batendo nos nossos tornozelos. Nós estávamos próximos para podermos nos ouvir mais alto que o som das ondas. Ou talvez só porque nós queríamos. Depois, nós voltamos para o calçadão e paramos em um banco. O sol disse "até logo" e a noite começou a cair quente e aconchegante. Uma oportunidade perfeita para um beijo. Só que o que nós fizemos superou um beijo.

Talvez nós dois estivéssemos esperando um beijo quando nos viramos um na direção do outro, mas de repente baixamos nossos olhos. Os meus na direção do colo da Edie, onde suas mãos repousavam como um par de asas fechadas. Uau, elas são tão pequenas — como eu não percebi isso durante nossas aulas? Eu estiquei minhas mãos até elas com cuidado, como se as asas pudessem voar para longe, até que os dedos da minha mão direita fizessem contato com os dedos da sua mão esquerda. As dobras dos nós dos dedos, a superfície brilhante como uma concha das suas unhas. O berço aquecido onde as linhas de sua mão mostravam o seu futuro — nosso futuro. Ali meus dedos repousaram e foram saudados por uma pressão doce e significante, um apertão de excitação que é como o meu. Então nossos dedos se entrelaçaram, se encaixando perfeitamente, naturalmente inseparáveis.

Meus dedos nunca mais vão fazer nada — coçar a cabeça, levantar uma colher ou tocar um acorde — da mesma forma novamente.

# A VOZ

Deus, quando você acha que sabe tudo do diabo que você conhece, então o velho demônio faz gato e sapato de você. A partir do ensaio de hoje, o 6X parece ser um monte de bestas totalmente diferentes. A Srta. Nervos, também conhecida como Wynn Morgan, estava toda relaxada, enquanto Stella andava para lá e para cá com a cara fechada e preocupada. E o A/B? Se alguém entende aquele garoto, sou eu, mas quem era aquela pessoa com uma auréola de algodão-doce, cantarolando hits do rádio? Deus, o que eu não faria por um pouco de consistência por aqui!

Nosso ensaio foi todo estranho desde o começo, uma vez que eu fui a primeira a chegar e todos estavam atrasados. Então eles demoraram horas para pegar seus instrumentos. O novo jeito desatento da Wynn fazia perder o tempo e a Stella, que é em quem a gente pode confiar para manter a Wynn nas rédeas, estava tão preocupada que nem percebia. Parecia que a banda toda estava indo para você sabe onde num instante — até que algo incrível aconteceu. Nós estávamos tocando "Bliss de la Mess" meio de qualquer jeito quando o A/B veio flutuando até o meu microfone, se aproximou com aquela expressão sonhadora e começou a fazer um "ooh, la-la-laaah; ooh-ooh, la-laah...". Sim, do nada o menino decidiu cantar harmonias. E você sabe o que mais? Ficou maravilhoso. E mais, não fui só eu quem achou.

— Isso é excelente, A/B! Muito inspirado!
Eu não tinha percebido que o Sr. Wandweilder tinha entrado. Mas lá estava ele, aplaudindo quando nós terminamos a música.

— Mas é apenas o começo — disse ele. — É sério, gente, vocês vão ter que começar a se esforçar muito mais.

Da forma como a Stella reagiu, parecia que o Sr. Wandweilder tinha dito que ela teria que viver sob uma dieta de pedras a partir daquele momento.

— Nos esforçar mais? — explodiu ela. — Você é que anda dormindo. Nós temos ralado pra burro, Brian, mas é como estar preso numa daquelas rodas de hamster. Por que nós não fizemos nenhum show desde que o nosso disco foi lançado, hein? Por que nós não estamos na estrada?

Verdade seja dita, Stella e eu não concordamos em muitas coisas, mas me parecia que ela estava cem por cento certa! O 6X estava atolado na lama! Isso me deixava louca, então eu disse umas poucas e boas para o Sr. Wandweilder:

— Sim, eu queria saber isso também. Eu... nós... o 6X tem fãs, nós temos que servir nosso público, nós precisamos nos apresentar.

Eu fiquei ao lado da Stella para posar como uma frente unida:

— Nós estamos apenas perdendo nosso tempo ensaiando, enquanto você está descansando.

Stella bufou:

— Descansando?! Você quer saber o que ele tem feito? Deixe-me dizer. Ele está deixando as vendas do nosso disco pagar seu aluguel enquanto fica puxando o saco de novos artistas.

Eu não entendi o que a Stella queria dizer com aquilo, mas o Sr. Wandweilder se encolheu como se ele tivesse tomado um tapa. Stella sentiu uma certa satisfação com aquilo, então ela continuou, soltando todo o seu veneno:
— Vocês deviam tê-lo visto, beijando os pés de uma qualquer, uma caipira que se chama Cara Lee Ballantine.

Tinha tanto vapor saindo das orelhas do Sr. Wandweilder nesse momento que você podia cozinhar uma panela de milho. Enquanto isso, A/B apenas assistia como se ele tivesse lugares na primeira fila de uma violenta luta de boxe. Até a Wynn parecia estar entrando em sintonia pela primeira vez no dia. Mas quando entrou na conversa, ela mudou o rumo da discussão:

— Pare com isso, gente, vamos lá. Vocês realmente acham que o Brian está nos ferrando? — Ela se afastou da bateria. — Vocês sabem o quanto ele liga para nós.

Enquanto Wynn o defendia, o Sr. Wandweilder apenas estudava o chão. Com seus óculos tortos e o cabelo na cara, ele parecia um garotinho sendo molestado pelos colegas no recreio.

— Vocês nunca pensaram que talvez exista outro motivo para nós não estarmos em turnê? — perguntou Wynn. — Sei lá, talvez seja cósmico, além da nossa compreensão, tipo, não importa o quanto a gente queira, o destino tem outros planos. Existem coisas que não podemos explicar... que nós basicamente temos que aceitar.

Ela apertou as baquetas com força.

— É por isso, e por favor não fiquem com raiva, mas eu acho que vou dar um tempo. Eu tenho me correspondido muito com meu pai e ele me convenceu a ir para a

Europa. Estou num momento em que eu devia explorar, ser livre.

Graças a Deus não tinham moscas voando por ali, ou provavelmente elas iam entrar nas nossas bocas abertas. Então o Sr. Wandweilder soltou um assobio baixo:

— Oh, isso é simplesmente perfeito — disse ele — olha, gente, eu entendo a frustração de vocês, mas eu também tenho as minhas. Tirando a interessante teoria metafísica da Wynn, a razão por que vocês não estão na estrada é baseada na dura realidade. O fato é que apesar das vendas e das muitas oportunidades de mídia e promoção, o 6X não é um tiro certo para se contratar. Os promotores estão com o pé atrás. Por quê? Porque o 6X fez, o que, cinco shows no total?

Escutando o Sr. Wandweilder, nós ficamos todos chocados de formas diferentes; a fúria do rosto da Stella e a minha indignação se transformaram em vergonha.

— Então vá em frente, Wynn, arrume suas malas.

Oh, não! O que ele está fazendo? Será que o Sr. Wandweilder desistiu de nós? Então ele deixou escapar um pequeno sorriso:

— Só que Europa? Eu acho que não. Vocês vão para a Flórida. Foi para dizer isso que eu apareci aqui hoje. A turnê de clubes do 6X, que vai servir para vocês botarem tudo no lugar, começa em Orlando, logo depois que a Kendall terminar de gravar o comercial da Gap.

# O GAROTO

— Tudo bem, rock star...
A forma como Dondi disse rock star, parecia que ele estava dizendo nazista. Mas poxa, eu avisei a ele que eu estava com um pé na estrada. Então eu não estava muito preocupado com os seus sentimentos enquanto ele pagava o salário da minha última semana em dinheiro. Já os sentimentos da Edie...

Ela eu não avisei. Nunca disse, entre beijos (sim, nós somos como gêmeos siameses desde nosso primeiro encontro):

— Ah, por falar nisso, aproveita esse beijo porque eu vou sair da sua vida a qualquer minuto.

Não é justo! Assim que eu consegui uma namorada de verdade eu tinha que abandoná-la. E eu não fazia a menor idéia de como ela ia reagir à novidade. Seria uma coisa se eu fosse recrutado pelo exército, mas viajar de estado para estado com a minha guitarra e três gatas não pode ser interpretado como servir meu país. Para dificultar ainda mais as coisas, eu estava tão animado que não conseguia me conter. Mas eu não ia ficar enrolando. Eu ia contar. Logo depois do jantar. E da sobremesa. E de limpar a mesa.

Edie e eu estávamos tomando conta das suas irmãs, Roz, de 7 anos, e Lily, de 12, que geralmente não seriam vistas juntas por nada nesse mundo, mas naquela noite juntaram forças para nos provocar sem piedade. Elas estavam esparramadas no chão da sala com a Barbie e o Ken, só que elas não os chamavam de Barbie e Ken enquanto elas faziam os bonecos darem uns amassos cheios de luxúria.

— Ooooh, chupa meu rosto, A/B! Eu aaaaamo isso! — gritava Lily.

— Ooooh, chupa o *meu* rosto, Edie! — berrava Roz.

Quem escreveu aquela música "Thanks Heaven for Little Girls" (Agradeça aos céus pelas menininhas) estava totalmente errado.

— Tem alguma coisa que você possa fazer a respeito delas? — supliquei.

Edie colocou meu braço em volta dos seus ombros e se aconchegou perto de mim no sofá:

— Você não pode deixá-las saber que elas o irritam — sussurrou ela, dando um beijinho no meu pescoço.

— Sim, mas Edie... — a culpa subia como um arroto que eu não conseguia segurar — eu tenho que falar com você — burp — é importante.

Cara, como ela muda de atitude rápido:

— Vocês! — disse ela se levantando num pulo. — Vocês duas. Já pro quarto. Agora.

Roz e Lily instantaneamente sabiam, por alguma percepção misteriosa entre irmãs, que Edie não estava de brincadeira. Sem dar um pio, elas recolheram seus bonecos e subiram.

Edie ficou de pé na minha frente com as mãos na cintura:

— Eu não vou gostar do que você vai me dizer, vou?

Seu tom era suave — o que fazia tudo mais difícil. O seu lábio inferior tremia — o que tornava isso impossível.

— Não... — disse eu com um tom sombrio.

Eu bati na manta de crochê sobre o sofá, convidando-a para se sentar de novo. Um gesto que ela preferiu ignorar. Então eu me inclinei para a frente, tirei a sua mão da cintura e gentilmente a puxei para o meu lado.

— A banda... nossa turnê... eu tenho que ir, Edie. Eu vou sair em turnê.

Eu me sentia muito feliz de dizer isso, espero que não tenha dado para perceber.

Ela juntou seu lábio inferior ao superior para cessar a tremedeira. Por aqueles lábios apertados ela miou:

— Quando?

— Nós partimos na quarta.

— Essa próxima quarta...?

— É.

Por um lado eu queria que ela ficasse brava, me desse uma dose daquela irritação que era sua marca registrada. Mas seus olhos eram dois grandes globos verdes e seus lábios estavam fazendo o impossível para serem corajosos.

— Quanto tempo?

— Não muito — disse eu, segurando suas mãos, mas elas pareciam estar ficando menores; eu as segurei com mais força para que não desaparecessem — nem dois meses.

— *Dois meses!* Você está dizendo que você não vai estar aqui para as festas de fim de ano?

Edie estava horrorizada. Só porque nós somos judeus, não quer dizer que nós não entremos no espírito de felicidade dessa época. Eu ainda adoro o Hanukah, apesar de ser um feriado para crianças.

— Se tivesse algo que eu pudesse fazer a respeito disso, Edie, eu faria. Mas eu não posso. E, bem, eu vou estar de volta para o ano-novo.

Ela se animou um pouco:

— Ano-novo? Oh... Eu na verdade nunca tive um encontro no Ano-novo.

— Você tem agora — prometi — quer dizer, se você quiser. Quero dizer, Edie, você quer sair comigo na noite do Ano-novo?

Ela fungou mais uma vez, então se sentou reta:

— Sim — disse ela — sob uma condição.

— Qualquer coisa — disse.

— Eu vou conhecer as meninas antes de vocês partirem — ela é uma graça quando é mandona. — Se eu vou deixar você viajar com elas, tenho que olhar cada uma nos olhos.

Balançando seus cachinhos, Edie olhou nos meus olhos:

— Então arma esse encontro.

# A CHEFE

Não foi por amizade ou obrigação que nós fomos até o Sticky Thai — foi por fascinação mórbida, do tipo que faz você ficar olhando para um acidente de trânsito. Porque, pra ser sincera, talvez o A/B não tenha mais nada para fazer, mas o resto de nós está muito ocupado com os preparativos para a turnê. Quer saber se nós realmente estávamos muito motivados para nos encontrarmos para almoçar? Nem tanto. Nós vamos passar o próximo mês grudados, peidando na van depois de comer um monte de junk food nas estradas desse país.

— Vamos lá, Stella, isso é importante para mim — chantagem emocional é o forte do A/B e ele estava se esforçando no telefone —, Wynn e Kendall já disseram que vão, então você tem que ir também.

— Como assim, *tenho* que? — respondi, chegando no cabeleireiro. — Eu *tenho* que dar um jeito no meu afro, eu *tenho* que comprar um presente de aniversário para a Wynn, eu não *tenho* que sentar para bater papo com vocês.

— Mas não somos apenas nós — ele jogou a isca —, tem também... você tem que conhecer alguém.

Eu não entrei no jogo; não mordi a isca, apenas entrei no salão dizendo um "Yo!". Então o A/B disse:

— Stella, você está aí?

E eu:

— Eu tenho que ir, A/B, então pára de enrolar e fala logo.

— Tá certo, tá certo. Eu quero que você venha conhecer a Edie — disse, e antes de eu poder perguntar quem, ele soltou —, minha namorada.

Namorada? Namorada!

— Tá bom. Sticky Thai. Uma e meia. Estarei lá.

Meu próximo passo foi pedir para o meu cabeleireiro fazer um tratamento de óleo além do corte. Eu só queria que meu cabelo estivesse bom para a estrada. Por que deveria me preocupar se essa Edie me visse toda largada? Já a Kendall, ela devia estar perdendo o controle. Isso me deixava preocupada. A última coisa que eu queria era que ela perdesse as estribeiras antes de a gente partir. Além disso, na verdade, ela não vinha me enchendo o saco tanto ultimamente. Vejam, ela foi a única que ficou do meu lado quando eu encostei o Brian na parede por causa dos nossos planos de turnê. E nós estamos de acordo sobre os arranjos para esses shows — que são uma merda. Turnê de clubes, piada! Estava mais para uma Turnê da Pobreza. Brian estava nos fazendo parar em cada buraco entre Orlando e Las Vegas, para que nós pudéssemos ficar afiados e nos transformássemos numa "máquina de tocar", azeitada e poderosa e blablablá. Sem quartos separados, nós teríamos que dividir. Nada de ônibus confortável, apenas uma van ferrada.

Deixa para lá... Eu fui até o restaurante tailandês convencida de que ia catar os caquinhos de Kendall Taylor antes de o sorvete de chá verde ser servido.

# A VOZ

Foi legal a minha mãe tirar a manhã de folga para me trazer na filmagem do comercial da Gap. Legal para ela, claro. No fundo, minha mãe ainda é uma pessoa simples do interior, então ela fica muito excitada com o lado glamouroso da minha carreira. Deus, como ela ficou vermelha ao conhecer Delta Burke, a atriz de cabelo grande daquele antigo programa de TV *Designing Women*. Vejam, a linha de fim de ano da Gap tinha um toque retrô dos anos 1990, e o tema da campanha é o velho junto do novo: estrelas jovens, bonitas e cool, como eu, e pessoas que eram famosas naquela época.

Bem, minha mãe estava tão pegajosa quanto um ovo mal cozido, recitando frases de seus episódios favoritos de *Designing Women* e implorando por autógrafos não apenas para ela como para toda sua cidade natal de Frog Level, na Carolina do Sul. A Srta. Burke estava sendo uma dama quanto a isso, assinando cada pedaço de papel que minha mãe entregava a ela.

Finalmente minha mãe checou seu relógio, respirou fundo e voltou para o trabalho — graças a Deus. Eu coloquei o meu figurino e me encontrei com as outras estrelas no fundo infinito — que é uma folha muito longa de papel liso que começa no teto e chega ao chão como um rolo gigante de papel toalha. Um assistente ligou um ventilador que fazia nossos cabelos voarem — e imaginar que nós ficamos duas horas sentados na cadeira do cabeleireiro para desarrumarem tudo depois.

— Muito bem, gente, apenas... se misturem! — gritou o diretor.

E nós começamos a agir como se estivéssemos numa festa louca, dançando e cantando junto da música. Foi muito divertido, mais livre e fácil do que qualquer outra filmagem em que estive. O tempo voava e antes que eu me desse conta, nós já tínhamos acabado — fim de papo.

Na saída o pessoal da Gap me deu uma bolsa cheia de presentes, apenas por fazer parte do comercial, o que me deixou com o humor lá em cima enquanto eu ia para o que foi provavelmente o almoço mais bobo, mais ridículo, que nunca entrou para o Livro dos Recordes.

Eu estava apenas um pouquinho atrasada quando entrei, mas tinha certeza de que eles entenderiam — foi bem inconveniente ter que correr para lá depois da gravação. Mas eu não podia faltar ao almoço; seria falta de educação. E eu não podia ser grosseira com a Edie — isto estava abaixo da minha dignidade. Você sabe, da primeira vez que o A/B me contou sobre ela, eu fiquei estupefata; mas depois eu entendi o que era toda essa coisa de apresentação. Aquilo me deu um certo alívio e eu sabia exatamente como me portar.

— Ooooiiii, Edie! — disse eu antes que eles pudessem mesmo me saudar — Eu sou a Kendall. É tão bom conhecer você! A/B me falou tanto de você.

Bem, a última parte é uma pequena mentira, pois o A/B surgiu com essa menina como um daqueles palhaços que saem da caixa. Eu me sentei e abri meu cardápio com um sorriso.

Edie sorriu de volta e então se virou para o A/B:
— Você quer dividir uma entrada, querido?
Querido. Eu escutei aquilo e pensei, coitadinha! Pobre menina meiga, simples e ordinária. Ela acredita que o A/B é realmente seu namorado e, bem... não é minha função dissuadi-la. Nós pedimos um monte de comida — macarrão, satay e sopa de coco — então eu perguntei como eles se conheceram.

Edie cerrou seus olhos verdes por um segundo:
— Eu pensei que ele tivesse contado tudo sobre mim — disse ela.
— Ah, você conhece o A/B — disse Wynn —, ele nos falou de como você era legal e como era bonita...
— E como era boa — acrescentei.

Wynn acenou com a cabeça concordando.
— Mas como vocês se conheceram? Que cara ia entrar nesse nível de detalhe?

Edie fechou o punho e deu um soco de brincadeira no braço do A/B:
— Obviamente que não seria o meu cara — disse ela com um suspiro. — Ele era meu professor de guitarra. Só que agora as aulas são grátis.

Agora Stella, que estava muito quieta, entrou na conversa como um passarinho atrás de amendoim:
— Você toca?
— Ela é ótima — disse A/B, colocando seu braço em volta de Edie com orgulho —, ela tem um ouvido matador e consegue tirar quase qualquer música...
— É, qualquer coisa que não envolva um si bemol com sétima — disse ela. — Meus dedinhos gorduchos não...

— Ei, você está falando dos dedos que eu amo!

A/B pegou a mão da Edie e, Deus do Céu, beijou cada dedo de uma vez. Ele certamente estava fazendo um espetáculo.

— Eu ensinei a ela alguns solos, e ela tem um bom ouvido para linhas de baixo também.

Um ziguezague de raios de calor muito familiar se acendeu nos olhos da Stella, mas ela deixou passar. Era como se ela quisesse ser agradável — ou pelo menos não muito hostil — mas não sabia muito bem fazer isso. A forma como ela mexia seu café tailandês gelado fazia você pensar que ela queria abrir um buraco no fundo do copo. Por que Stella estaria minimamente perturbada por causa dessa qualquer? Porque Edie toca um pouco de guitarra? Ou será que a Stella estava me protegendo desnecessariamente? Bem, eu estava completamente perplexa.

O almoço foi servido e a comida meio que neutralizou a conversa. Durante a refeição eu fiquei espiando A/B e Edie. Eles comiam um do prato do outro e comentavam depois de cada garfada com um "hum". Edie parecia tão... completamente normal e mais uma vez eu fiquei abalada por quão triste é isso tudo. Não que o A/B pudesse ser cruel conscientemente, mas ele não poderia estar levando nenhum romance a sério no momento, logo antes da nossa turnê, então esse namorico — com... bem, uma garota qualquer que apareceu no caminho — é obviamente uma tentativa de me deixar com ciúmes.

Eu devo ter me perdido nos meus pensamentos, imaginando como Edie está fadada a ficar de coração partido e se sorvete de chá verde pode ser realmente bom, quando a Stella cutucou minhas costelas com o cotovelo dizendo um "yo!". Assustada eu olhei para cima e vi que Wynn não estava na cabine e A/B e Edie estavam fazendo carinhas meigas um para o outro.

— A Wynn foi fazer xixi, então eu queria perguntar se vocês querem ir comprar o presente de aniversário dela depois daqui? A gente podia se juntar para comprar algo.

Aquele café gelado deve ter feito o cérebro da Stella congelar — a forma como ela estava me tratando como melhor amiga de uma hora para outra. A verdade é que eu não tinha pensado nem por um segundo no presente da Wynn, então ir comprar com a Stella ia ajudar, mas eu estava correndo para cima e para baixo fazendo coisas para os outros o dia todo e já tinha atingido o meu limite.

— Ah, Stella, eu iria, só que você sabe a hora que eu tinha que estar no set hoje de manhã? Cinco e meia! Por que você não faz o seguinte: você compra algo legal, você conhece o gosto da Wynn melhor que eu, e eu pago depois.

Eu estava me arrastando como se eu pudesse dormir até domingo quando estava juntando minhas coisas e me despedindo. Mas quando eu saí, não me sentia mais cansada exatamente, mas eu comecei a me sentir... estranha, desligada. No começo eu perdi meu rumo, como se não soubesse em que direção eu devia andar. Então alguma coisa estranha e pegajosa pareceu me pegar pelo pescoço, como um saco de lixo se fechando sobre a minha cabeça. Eu conseguia ver... mas por pouco. Eu conseguia respirar... mas por pouco. Me forçando a botar um pé na frente do outro, segui subindo a rua como se estivesse andando contra uma violenta parede de vento. Cada rosto parecia estar usando uma máscara de ferro — malvada e fria. Eu levantei meu olhar para um dos prédios altos e fiquei tonta.

Então eu o vi. Um letreiro. Brilhante, piscando e acenando. Eu entrei correndo e sentei numa mesa para me recompor. Um aroma encheu minhas narinas — parecia estar vindo do céu! Eu ainda estava um pouco trêmula e eu percebi que apesar de estar vindo direto do almoço, parecia que eu não tinha comido nada o dia inteiro. Eu não sabia explicar, eu só sabia que estava faminta. Obrigada, Jesus, por ter me guiado para a salvação do Carolina Fried Chicken. Eu estava com fome, só isso. Com muita, muita fome.

## PARTE DOIS

## *Shawlândia*

"Don't pass out now, there's no refund..."
(Não desmaie agora, não tem reembolso...)

— Elvis Costello

# A GOSTOSA

A I-95 não é nenhuma Champs-Elysées, mas tá valendo. Nós estávamos tão animados quanto possível no caminho para Orlando no meu aniversário de 16 anos. Uma histeria que fazia o coração bater mais rápido, como se qualquer coisa pudesse acontecer, tomava conta de todos nós (incluindo nossos acompanhantes, Gaylord e Peony). Nós paramos para almoçar num Applebee's na beira da estrada e eles entoaram um "Parabéns pra você" e me deram de presente um diário — capa de couro, todo chique, com minhas iniciais na frente — e mais uma caneta-tinteiro muito elegante. Todos eles contribuíram, não apenas com dinheiro, mas com idéias, e eu gostei do presente porque é a lembrança que conta.

No fim das contas, eu provavelmente nunca vou usá-lo. Eu não sou o tipo de escritora que ia querer papel chique e uma caneta de ouro. Eu sou mais o tipo bloquinho e caneta Bic. Olhando para o diário, o monograma gravado era quase uma zombaria. Eu o abri, passei meu dedo pela página e a textura delicada me dava uma sensação estranha ao toque, meio como a minha mãe se sente em um elevador lotado. Eu decidi guardar o diário na minha mala durante toda a viagem, depois eu o deixo em uma gaveta em casa. Eu vou olhar para ele de vez em quando e ele vai me fazer lembrar da banda; espero que com o tempo essas sejam boas lembranças. Porque nesse momento, eu estou um pouco desapontada. Quero dizer, eu não esperava que a Kendall escolhesse alguma coisa que eu gostasse; ela é tão preocupada apenas consigo mesma que dá medo. E o A/B apenas deu o dinheiro, eu tenho certeza — ele provavelmente ficou tão surpreso quanto eu quando abri o presente. É só que eu estava esperando que a Stella me conhecesse melhor... Mas em vez disso, parece que ela e a Kendall estão se unindo. Isso que eu chamo de uma aliança profana! Ah, isso foi maldoso. É só que aquelas duas não são óleo e água, elas são lava e relâmpago — uma combinação explosiva que atearia fogo num macacão de amianto. Mas lá estavam elas dividindo as batatas, e ninguém em volta estava em chamas.

# A CHEFE

Avisem a Central de Fofocas — esse babado é forte. Wynn está sendo idolatrada. Só que não é por um pé-rapado qualquer que coleciona pedaços de unhas cortadas. A loucura é que a superfã da Wynn é tão famosa em seu mundo — não, esquece, mais famosa — quanto o 6X no nosso.

Então, eis a cena: se você achava que Orlando era uma cidade toda bonitinha como um parque de diversões, você está 99% certo. Mas tem o lado errado dos trilhos — e a jóia na sua coroa reluzente é o Goudy's, um bar velho e encardido. Nós chegamos lá por volta das cinco da tarde pensando que aquele não podia ser o lugar certo — nem tinha um palco no fundo, apenas uma plataforma a uns vinte centímetros do chão. A/B falou entre os dentes que ele costumava tocar em espeluncas como essa quando tinha 12 anos, o garoto prodígio na banda cover do seu tio. Passagem de som, nem pensar. Técnico de som, muito menos — tirando uns coroas no bar, o lugar estava deserto. Nós decidimos descarregar o equipamento, então achar o hotel, descansar, lanchar...

Só que nesse momento a porta se abriu:
— Eles estão aqui, não estão?
Era uma mistura de um trompete com um berrante, um ganido grave.
— WIIIIIN Morgan está aqui, não está?

Nós estávamos pensando "que diabos..." já que nenhum de nós conhece uma alma em Orlando. A dona da voz se aproximou, seguida de uma pequena comitiva e nós ficamos olhando para aquela... aquela gigante. Quase um metro e noventa, cabelo curto arrepiado, corpo sarado e bronzeado.

— WIIIIIN! WIIIN MORGAN!

Para espanto geral, a amazona com sotaque pegou Wynn pela cintura e a levantou do chão. Para nossa surpresa ainda maior, Wynn retribuiu o abraço de forma exuberante.

— Oh, meu Deus — disse Wynn —, eu não acredito! Malinka!

Elas ficaram paradas por alguns instantes, sorrindo uma para a outra. Então elas começaram a pular enquanto seguravam uma os braços da outra como num pogo violento que fazia todo o bar tremer. Depois de alguns segundos, as duas pararam e Malinka tirou uma mecha de cabelo dos olhos de Wynn.

— Malinka, o que você está fazendo aqui? — perguntou Wynn.

Eu ainda não fazia idéia de quem era aquela garota, mas Wynn claramente sabia.

— Aqui é onde eu moro, onde eu treino.

A garota grande apertou os ombros da Wynn:

— Você não está zangada, não é, Wiiiin? Quando eu vi que o 6X tocaria aqui eu fiquei tão animada que não pude esperar até de noite.

— Não, sim, desculpa. Claro! — disse Wynn toda nervosa. — É maravilhoso ver você. É que eu achei que você já tinha se esquecido de nós.

— Oh, não! — disse Malinka rindo e tocando mais uma vez o cabelo da Wynn. — Eu amo o 6X.

As duas estavam tendo um momento e todo o resto — eu, o resto da banda, Gaylord, Peony, a comitiva da Malinka, os clientes de sempre do Goudy's —, nós deixamos de existir.

Então alguns flashes da ESPN devem ter passado pelo cérebro do A/B:

— Caramba! — disse ele suavemente. — Aquela é Malinka Kolakova: a Borboleta Brutal.

E então todos nós ficamos com cara de idiotas. Porque até o maior pateta que não entende nada de esportes já ouviu falar na sensação do tênis que está arrasando as adversárias a torto e a direito nos torneios. Nós inclusive a conhecíamos — ela era uma das celebridades aleatórias que apareceram na festa do lançamento do nosso disco em Nova York. O apelido? Claro, eu conheço das páginas finais do *Post* e dos minutos finais do telejornal das dez da noite: aparentemente, a russa de 18 anos surgiu do nada — como se fosse de um casulo — e cada vez que ela bate seus oponentes na quadra, ela faz um movimento típico como se estivesse batendo as asas. Olhar para aqueles braços, agora envolvendo alegremente a Wynn outra vez, me dá um pequeno arrepio estranho, como se me deixasse feliz o fato de ela gostar da nossa banda. Eu certamente não queria que alguém com aqueles braços me odiasse, isso é certo.

# A GOSTOSA

No que diz respeito a surpresas de aniversário, essa vai para o livro dos recordes: Malinka aparecendo como se fôssemos velhas amigas que se reencontraram, em vez de duas pessoas que se conheceram casualmente numa festa. É bem verdade que a gente se deu bem logo de cara, mesmo com a barreira do idioma. Conversar com a Malinka é tão divertido. Não é engraçado, como se você estivesse rindo dela — é mais como uma brincadeira em que você tenta entender a mistura de inglês britânico com as gírias americanas. Não é que ela seja estúpida nem nada; eu garanto, ela é muito inteligente... para uma atleta. Mas basicamente, a melhor coisa de tê-la por aqui é que ela me ajuda com meus nervos — eu estou tendo um nervosismo de primeira noite da turnê, mas a Malinka garante que vai dar tudo certo.

Quando ela nos encontrou no Goudy's e me ofereceu uma carona até o hotel, eu aceitei na hora. Um descanso daquela van lotada. Eu nem liguei se meus companheiros de banda estavam com inveja quando eu sentei no banco do carona do seu carro esporte vermelho novo em folha, um Porsche, eu acho, e conversível. Malinka dirige como uma louca, mas a sensação de voar ao lado dela é sublime, o sol na nossa pele, os cabelos todos desgrenhados ao vento. No estacionamento do hotel, nós continuamos de papo. Era como se ela não fosse me deixar subir para o quarto sem ela. Só quando eu a lembrei que ela ainda estava usando seu uniforme de tênis foi que ela concordou em ir pra casa e se trocar. Eu fiz o check-in e subi correndo para o chuveiro, antes que a van chegasse e Stella, minha companheira de quarto, resolvesse entrar antes de mim.

— Eu a odeio tanto nesse momento — informou Stella.

Ela estava sentada na cama perto da janela, escolhendo roupas de sua mala, quando eu saí do banheiro cheio de vapor.

— Puro e verdadeiro ódio e desprezo estão saindo de mim em ondas.

A sua expressão, ainda bem, negava isso. Na verdade, ela parecia espantada, intrigada:

— Ah, estou sentindo — disse eu, caindo na outra cama me contorcendo numa agonia de brincadeira — por favor, faça parar! Faça parar!

— Você quer pelo menos começar a explicar o que está acontecendo? — perguntou Stella.

Eu me sentei e desenrolei a toalha que estava na minha cabeça como um turbante:

— Malinka? Eu não faço idéia — disse a ela. — Quero dizer, nós nos conhecemos no show do Otto's. Eu sabia que ela curtia a banda, mas... — fiz uma pausa — sei lá, eu acho que Orlando é chato. Ela soube que nós íamos tocar e...

— Não me venha com essa — disse Stella —, sua amiguinha Malinka age como se vocês duas tivessem sido separadas no nascimento.

Ela tirou seus jeans e os jogou de lado numa bola:

— Tem essa superatleta milionária seguindo o 6X, não tem como se comprar esse tipo de publicidade. Então nos faça um favor e não estrague tudo.

Balançando a cabeça, ela entrou no banheiro.

— Malinka mora aqui — gritei da porta. — Acho difícil chamar isso de seguir a banda.

— Não importa! — respondeu Stella por cima do barulho do chuveiro.

\* \* \*

Mais tarde, de volta ao Goudy's, percebi como eu estava feliz que Malinka estava vindo. Toda a população de jovens esquisitos de Orlando tinha convergido para o bar, mas eles não estavam lá por causa do 6X. A galera de preto tinha ido para ver os góticos da cidade, Dead for Centuries, que tocariam às nove horas. Os outros logo estariam gritando por Clovis Knot, que alguém descreveu para mim como creamo — um tipo de emo mais barulhento.

O Dead for Centuries já estava no bis quando Malinka entrou no recinto desviando a atenção do espetáculo sanguinolento no palco de mentirinha. Ela estava... brilhando. E apesar de poder ser apenas um bom gloss, eu acho que era algo mais, uma qualidade magnética. É claro que ela não estava sozinha. O cara atarracado e musculoso (seu treinador?) e a magrela toda dura (provavelmente da sua comissão técnica também) que estavam com ela mais cedo, e também quatro meninas que Malinka nos apresentou como suas primas — Prima Letya, Prima Lina, Prima Cosima e Prima Yelena. Eu não sei se as primas também levam tênis a sério, mas elas certamente levam curtição a sério. Impetuosas e belas, com queixos imponentes e olhares enviesados, elas eram como um bando de supermodelos eslávicas, fazendo brindes e virando shots de Stoli Vanil. Enquanto as primas optaram por roupas de designer — tops de lingerie, saias esvoaçantes, montes de jóias — Malinka era mais discreta com seus jeans e camiseta branca. Ainda assim era ela quem mais chamava atenção. A Borboleta Brutal. Uma superstar.

# A VOZ

Longe de mim querer julgar, mas a forma como as pessoas babam pelos atletas hoje em dia me deixa passada. Meu Deus, o que tem de mais bater uma bola idiota por cima de uma rede? Você poderia ensinar um chimpanzé a fazer aquilo. Então, quando o Gaylord chegou na mesa do café-da-manhã acenando com o *Orlando Orange Press* todo animado porque nós estávamos na página de fofoca, foi simplesmente irritante descobrir que a nota era toda sobre Malinka Kolakova e que quase não mencionava o 6X.

Por mais nojento que fosse, eu não falei uma palavra, apenas terminei minha torrada e minha salada de frutas. Essa foi uma das poucas refeições que passou pelo escrutínio da Srta. Peony. Ela é muito crítica quando o assunto é comida, inclusive ela é vegan e tudo. Nós estamos na estrada há apenas dois dias, e ela já arrumou motivo para fazer aquela cara de desaprovação, como se estivesse vomitando. Mas como você pode ser saudável, sem falar em politicamente correto, num McDonald's de beira de estrada? Ontem à noite, antes do show, ela também encheu meu saco por causa do hambúrguer que pedi do serviço de quarto. Foi quando eu tive que lembrá-la que o trabalho dela era ser minha tutora e não ficar me ensinando sobre nutrição e direitos dos animais. Isso foi suficiente para colocá-la em seu lugar. O problema é que o negócio com a Srta. Peony é que quando você ganha você se sente como se tivesse perdido e quando você perde, você se sente ganhando. Eu provavelmente não estou explicando muito bem, mas é assim que é a Srta. Peony — difícil de explicar.

De qualquer forma, eu poderia sentar aqui e listar todas as irritações dessa turnê até agora. A van apertada. As pocilgas onde a gente ia tocar (se aquela porcaria do Goudy's servia de indicação!). Dividir o quarto com a Srta. Peony (que monopoliza o banheiro, além de suas noções estranhas sobre pêlos no corpo). Mas eu tenho que parar ou vou acabar dando curto-circuito na câmera. E eu não quero ser chata. Então eu me sentei, botei meus fones de ouvido para que a Srta. Peony não começasse a encher meus ouvidos (duas horas diárias de aulas são o suficiente) e fiquei olhando pela janela, enquanto nós íamos para Oeste, em direção ao Alabama. Para manter meus pensamentos positivos, lembrei em como o A/B tinha feito backing vocal em duas músicas na noite anterior, se encostando em mim e fazendo lá-lá-lá no meu microfone.

A situação com o A/B... eu prometo acertar tudo durante essa viagem. Mas ser direta com garotos... bem, não foi assim que eu fui criada. Além do mais, A/B é tímido também. Mais ainda, embora eu não acredite nem por um segundo que ele leva aquela menina Edie a sério, ele fez um esforço danado por ela. Eu nunca faria nada com um rapaz que é comprometido — ou que diga que é. Isso seria quebrar um mandamento: cobiçar a mulher do próximo. Eu dei uma olhada para onde ele estava sentado, perto da Stella, os dois brigando por causa do Game

Boy. Ela mostrou a língua para ele, ele deu um pequeno empurrão nela, mas é só brincadeira. Eles se dão muito bem.

De repente, a visão dela com A/B — ela deu uma gravata e estava dando cascudos nele — me deu um nó na garganta. E se? Mas não! Desfazendo o nó na garganta, eu conseguia ver além do contato físico — eles eram como irmãos. Ver Stella agir como uma bobalhona em vez de toda cheia de atitude me faz sentir feliz. Naquele momento eu decidi que na próxima vez que tivermos um minuto sozinhas, eu vou arrumar um jeito de pedir conselhos sobre o A/B. Porque a Stella é experiente, decidida — ela sabe como conseguir o que ela quer. Eu vou pedir algumas dicas sobre como deixar as coisas bem com o A/B. Você sabe, trazê-lo de volta — porque junto a mim é onde aquele menino deve ficar.

## O GAROTO

Por favor, não me coloquem em uma missão secreta. Eu sou realmente péssimo nesse tipo de coisa. Eu posso guardar um segredo. E eu me viro com uma missão. Mas a combinação da missão e o segredo são demais para mim. Então quando nós fizemos o check-in no motel em Mobile e eu tirei o meu celular da mochila, escutei um som de alarme com a mensagem do Brian:

— Ligue para mim quando você estiver sozinho. Tem algo que eu preciso discutir com você mano a mano.

Bem, certo, eu poderia ter ignorado a mensagem, mas eu desafio você a me mostrar um cara que resista a qualquer coisa apresentada como "mano a mano".

Quando Gaylord — com sua máscara para tapar os olhos e plugues nos ouvidos — se deitou para seu cochilo, eu liguei pro Brian:

— É o A/B, o que houve? — disse, me colocando à disposição.

Brian, no entanto, falava como se acabasse de preparar uma piña colada:

— A/B! Qual é, cara? Como foi o show ontem?

Ele manteve o modo blasé por um minuto, então deixou as amenidades de lado:

— Ahhh, A/B, eu preciso que você me faça um favor. Eu preciso que você tome conta da nossa garotinha.

Do que ele estava falando? E, por favor, que isso não tenha nada a ver com a Kendall.

— Olha, essa turnê de clubes foi pensada para preparar vocês para algo maior, e todos precisam se focar. Todo mundo que eu conheço pode confiar em você para se certificar de que a Kendall não... faça nada. Como ficar bêbada, fugir com algum rapaz. Ou qualquer outra travessura de diva.

— Hum, eu não tenho certeza do que você está falando, Brian. Eu não acho que a Kendall tenha tomado um gole de bebida desde o incidente com Reid-Vincent Mitchell.

— A/B, você me conhece. E nós estamos falando da Kendall. Kendall Taylor. Você pode me dizer honestamente que você não acha que aquela doce, amável e inocente menina poderia sucumbir para o lado negro com a menor provocação? — disse Brian, num tom de pregador de televisão — e quem é melhor para o papel do bravo cavaleiro do que você?

Minha cabeça estava rodando com todas essas referências — 007, Guerra nas estrelas, Rei Arthur — uau!

— Gaylord está tomando conta da turnê. Ele já tem trabalho demais nas costas dele. Peony Randolph? Ela ainda não está entrosada. Tem que ser você. Você tem que cuidar da Kendall, se assegurar que ela não se meta em encrencas. Porque não vai precisar de muita coisa para aquela mãe dela resolver tirar A Voz da turnê e da banda. E ninguém quer isso.

Será que ele não precisa de oxigênio? Eu ficava imaginando.

— Além do mais, Kendall é louca por você. Não existem problemas de ciúmes como os que ela pode ter com as outras meninas. Ela vê você como um igual, no que diz respeito ao talento, então ela respeita você. Mais importante de tudo, ela confia em você. Você é como um irmão mais velho para ela.

Aí, Brian Wandweilder, aí é que você se engana. Porque eu sei algo que você não sabe: eu sei sobre uma certa troca de saliva que eu e essa mesma Kendall experimentamos no vôo noturno de Los Angeles no começo do ano. Então eu posso dizer com absoluta certeza que Kendall Taylor não me vê como um irmão mais velho.

# A CHEFE

Folheando as *Páginas Amarelas* no meu quarto de motel em Mobile, Alabama, eu localizei alguns brechós — e eu estava me coçando para conferi-los. Não é que eu não goste de gastar dinheiro numa loja bacana. E vocês sabem que eu comprei uma bolsa nova no dia em que o cheque do adiantamento da Universe chegou. Mas vasculhar uma loja do Exército da Salvação ou outro tipo de bazar é como um safári das compras. Além do mais, eu consigo comprar camisetas *vintage* e jóias transadas. E discos de vinil? Eles praticamente dão de graça! Não que eu tenha um toca-discos, mas o A/B tem, então eu imaginei que poderia motivá-lo a ir comigo enquanto a Kendall e a Wynn estavam na aula. Eu estava quase indo bater na porta dele quando alguém bateu na minha.

— Kendall! — falei. — Você não está atrasada para o seu interlúdio acadêmico diário? A Wynn já foi.

— Sim, era isso mesmo que eu estava esperando — disse ela. — Posso entrar?

Eu dei passagem. Kendall se sentou na cama, se levantou, se sentou novamente. Eu me sentei na cadeira junto à escrivaninha e entrei no modo terapeuta:

— Então, qual é o seu problema?

— Quem disse que eu tenho um problema, Stella? Eu não tenho um problema — falou Kendall de forma defensiva e evasiva (enquanto eu pensava: essa vai ser difícil). — Eu apenas quero falar com você, só isso. Eu quero que você me ajude com... humm...

— Com seu problema? Vamos lá, Kendall, fala logo — disse eu, completando carinhosamente. — Sério, eu quero ajudar. Mesmo.

— Bem, certo, lá vai...

Ela se inclinou na minha direção, levantando da cama, e eu me inclinei também, como se o destino do universo estivesse em nossas mãos.

— Aquela menina, aquela Edie. Você não acha que o A/B poderia de alguma forma levar isso a sério, acha? Eu quero dizer, Deus, que tipo de idiota se envolve com alguém logo antes de ir embora por dois meses!

Verdade? Eu já tinha pensado nisso e chegado à mesma conclusão. Eu balancei minha cabeça para Kendall de forma encorajadora.

— Então eu cheguei à conclusão que ele a está usando para chegar a mim. Para me lembrar de como ele é atraente, desejável... Porque, você sabe, o A/B e eu, nós tivemos... bem, nós quase...

Então é isso:

— É, Kendall, eu sei — falei, sem acrescentar "que você estava se enganando achando que o A/B gostava de você".

Ela sorriu ao ver que eu era tão compreensiva:

— Bem, então, você sabe, o A/B e eu estamos destinados a ficar juntos. Mas ele é tão tímido e eu... bem, perseguir um menino não é a forma como eu fui criada, então, humm, se você pudesse...

— Se eu pudesse o quê? — de repente essa conversa começou a me irritar e eu não tenho certeza por quê.

— Armar para vocês dois? Descobrir o que ele está sentindo? Falar bem de você?

— Oh, Stella, sim! — falou ela, batendo palmas toda feliz — Exatamente!

Ela se levantou e foi andando na direção da porta:

— Oh, eu sabia que lá no fundo você era uma pessoa boa e decente. Eu sabia que você era minha amiga, Stella!

Para meu total choque, Kendall se jogou em cima de mim e me deu um abraço apertado:

— Obrigada, Stella, muito obrigada! Eu mal posso esperar para saber de tudo.

## A GOSTOSA

Não é porque alguém que você respeita e admira discorda de você, que você deve tomar isso de forma negativa. Não é um ato de crueldade ou rejeição maliciosa. Só acontece que elas não partilham daquela idéia ou opinião particulares. Só que agora eu estou sendo tutorada pela P — foi assim que eu sempre chamei Penelope Randolph — ela está sempre plantando coisas interessantes e desafiadoras no meu cérebro. Mas se eu mencionar qualquer coisa para a Stella, ela apenas sorrirá de forma sarcástica. E esse sorriso dói como um chute com um dedo de aço. Loucura, não? Eu quero dizer, ela está esculhambando a P, não a mim. Ou eu sou uma retardada por extensão por comprar as idéias tão alternativas, liberais, desafiadoramente esquisitas que a P solta, como se fosse uma Dança dos Sete Véus de esquerda?

Eu não sei. Eu acho que apenas quero — preciso — que a Stella... me aprove. Quando ela aprova, eu fico bem. Quando ela não aprova, dói. Fisicamente. No meu coração, minha cabeça, por todo lado, ferroadas fugazes que queimam e doem. Isso me chateia. O poder que ela tem sobre mim. Eu duvido que ela tenha a mínima noção de que a minha auto-estima é completamente dependente da percepção que ela tem de mim em um determinado momento. É uma substância elástica, molenga a minha auto-estima. Massinha... não. Um marshmallow... não.

Um porquinho-da-índia — sim, é isso. Quando a Stella me cumprimenta ou me elogia depois de um show, ou simplesmente me olha com aprovação, minha auto-estima é um pequeno roedor feliz e saudável. Quando ela sorri com sarcasmo, ronca ou faz aquela cara de quem está de saco cheio, puf! — panqueca de porquinho-da-índia.

A auto-estima da Stella? É um colar de pérolas de água doce. Natural. Invejável. Inquebrável.

Você poderia pensar que depois da Flórida, com a Malinka... eu quero dizer, se a aprovação de qualquer pessoa deveria me fazer sentir validada... Mas quando eu tento imaginar o que fiz para merecer a sua devoção tão forte, tudo que eu consigo imaginar é que ela me acha legal. Eu toco numa banda estourada e sou... você sabe... meus atributos físicos, e ela é de outro país então para ela eu represento o sonho americano. A deusa do rock rica e branca e protestante. Que horror. Malinka provavelmente tem uma melhor amiga cada semana. Eu sou uma fantasia efêmera. Hoje Wynn Morgan, amanhã Crimson Snow ou qualquer outra. Não que eu ache que Malinka tem culpa. Quer dizer, ela apenas não me conhece.

Ninguém me conhece. Esse é o problema. Toda essa massa que não é digerida no meu estômago e que vai crescendo dentro de mim a cada minuto. As pessoas me vêem — a aparência, o que eu faço, a superfície — e param por aí. É o suficiente para eles. Mas não é suficiente para mim.

# A CHEFE

Prontos para uma revelação? Eu sinto alguma coisa pelo A/B! Uma coisinha de nada, possivelmente apenas um vírus: aqui hoje, acabado amanhã. Pode ser um sintoma precoce da vida na estrada — longe de tudo que é familiar, eu estou jogando a isca para o peixe mais conveniente. Qualquer que seja a causa, lá está ela, pequena mas grudenta, um caramelo preso num canto da minha consciência. É muito incompreensível, mas se não existe, o que está me impedindo de cumprir o que eu prometi à Kendall?

Não é que eu não tenha tido a chance de falar bem dela. Principal exemplo: o dia em que eu e A/B saímos para fazer compras. Depois de furar comigo em Mobile, ele prometeu que ia nos brechós comigo aqui em Jackson — então nós saímos numa caça a uma loja do Exército da Salvação. Andando a esmo, nós falamos principalmente de negócios – como a turnê estava uma porcaria e a necessidade disso tudo.

— Eu sei que os clubes são horríveis — disse ele —, mas comparativamente nós também somos.

— Ei, fale por você, cara!

É claro que ele não pode falar por ele mesmo — nós dois sabemos que ele não deve nada a ninguém no quesito talento.

— É que ter um disco de sucesso não faz de nós uma usina de som no palco — disse ele. — Brian tem razão.

Nós temos que nos entrosar. E onde você prefere fazer besteira, aqui no cu do Judas do Mississipi... ou no Saturday Night Live?

Eu tive que concordar — pagar mico no Saturday Night Live é o pior que pode acontecer para um artista depois da Ashlee Simpson. E de repente eu comecei a me sentir mal. Muito mal:

— Quer saber, esquece isso, eu não quero mais achar essa loja.

— Tudo bem, você que sabe, Stella. Que tal a gente apenas tomar um café?

— Só se a gente puder levar para viagem — falei, colocando a mão no braço do A/B —, olha, eu estou muito puta comigo agora. Eu não quero ser o motivo por que os produtores não contratam o 6X. Não, não dê desculpas por mim, eu sei que preciso melhorar. E não é só no baixo... eu preciso fazer alguns *backing vocals*. Eu sei que o Brian queria isso de mim.

Autoflagelo realmente não é o meu estilo, mas aqui estava eu me chicoteando num frenesi:

— É tão frustrante! Eu escuto harmonias na minha cabeça, mas cantar enquanto eu toco no ritmo? Eu não sei como a Wynn consegue. E você! O Sr. Eu-só-vou-ficar-aqui-parado-tocando-os-riffs, agora você está cantando também. Eu sou a única que não consigo chegar nesse estágio.

Eu estava gritando? Eu devia estar, já que os cidadãos conservadores de Jackson estavam passando longe de mim na calçada. A/B botou as mãos nos meus ombros:

— Shhh, qual é, está tudo bem, fica calma. Caramba, Stella, você é sempre tão intensa.

Por meio segundo eu quis sacudi-lo, mas as suas mãos, a sua voz, aqueles olhos castanhos transbordando de preocupação e um toque de humor, tudo isso estava me estabilizando. Mas ao mesmo tempo eu estava me sentido mexida — um tipo bem diferente de mexida.

A/B estava me tocando.

E não como se ele estivesse tentando pegar o Game Boy de volta. Seus dedos longos e habilidosos derretiam meus ombros através da camiseta. E será que eu nunca tinha notado como os seus lábios eram deliciosos. O aroma súbito de gengibre do seu hálito? Aqueles cachinhos superfofos e a novidade — as costeletas sensuais.

Se isso estava acontecendo — e eu não tenho 100% de certeza que não é um truque da luz — isso tinha que parar. Agora. Nesse momento. Então eu disse:

— Pára!

— Pára? — disse A/B sem saber do que eu estava falando, ou será que ele sabia. — Parar o quê, Stella?

— Ah, eu estou falando comigo mesma — veio a resposta rápido demais, saindo de uma prateleira na minha biblioteca de mentiras. — Eu faço isso quando estou perdendo o controle. Eu falo alto para mim mesma para parar.

Eu devia tentar me desvencilhar do toque dele, mas eu não conseguia, ou não queria — sei lá, eu só não me desvencilhei:

— Pfff! Olha só para mim — disse olhando em seus olhos. — Eu estava no meu limite ali, não estava?

Nesse momento A/B recuou; suas mãos repousando ao seu lado:

— É, bem, eu fico feliz que você tenha se recomposto, porque se você perdesse o controle, eu provavelmente perderia também. E um rapaz judeu e uma menina negra histéricos na rua... poderiam nos prender por isso aqui no Mississipi.

Eu ri. De nervoso. Droga!

Então o A/B disse que topava voltar para o seu quarto e repassar o set, tocar um pouco, estimular minhas cordas vocais. Então nós fomos. Isso foi tudo que fizemos. Mas Kendall? Edie? Bem, elas não foram mencionadas. Depois do nosso ensaio particular eu estava me sentindo totalmente de bem com a vida, até que adivinha quem me seguiu no corredor para acabar com meu humor:

— Stella — gritou Kendall.

Cara, o mundo todo é um palco para aquela menina. Tudo que eu disse foi:

— Ei!

— Ei, nada! — falou ela me seguindo até meu quarto.
— O que está acontecendo aqui?

— De que você está falando? — perguntei toda indiferente, balançando meu baixo.

Onde está a Wynn quando eu preciso dela? A presença dela tiraria a Kendall de cima de mim, mas ela provavelmente estava meditando ou fazendo qualquer dessas bobagens de hippie com a Peony.

— Eu não vi você saindo do quarto do A/B nesse momento? — perguntou Kendall.

— Sim, e daí? Nós estávamos ensaiando, algum problema?

Ela acreditou.

— Ah, claro, foi o que eu imaginei!

Ela ficou sem graça e ficou boazinha:

— Eu quero saber o que está acontecendo? O que você descobriu? Sobre a tal da Edie, sobre o A/B e eu.

Eu me joguei na cama e desamarrei minhas botas:

— Ah, isso? — disse eu. — Nós não discutimos isso.

— O quê! — disse ela, com a raiva voltando instantaneamente — Stella, você disse...

Eu mostrei com a mão que ela devia parar:

— Olha, eu não sei quem falou para você que o sistema solar gira ao seu redor, mas você está mal informada.

Eu joguei uma bota contra a parede:

— A/B e eu estávamos ocupados, estávamos trabalhando; nós estamos tentando nos assegurar que assim que acabar essa Turnê da Pobreza, o 6X esteja pronto para tocar com os cachorros grandes.

E a outra bota. Eu me levantei, toda confiante — mas era apenas aparência. Eu estava me sentindo mais como Brutus do que como César:

— Então sua vida amorosa talvez não seja minha prioridade mais alta. Agora, se você não se importa, eu vou tomar banho. Nós temos que passar o som em menos de uma hora.

# O GAROTO

Eu estou na estrada com três damas — ou com três zagueiros? Se vocês alguma vez vissem minhas companheiras de banda fazer uma refeição, vocês iriam ficar confusos também. Definitivamente não é um bando de meninas que só comem salada. Isso não é uma reclamação — fico feliz de elas não serem aquelas magrelas sem graça. Mesmo a minha gatinha Edie tem bastante carne, como se diz por aí, e eu sou totalmente a favor. O problema é que nós todos estamos ficando cansados da mesma comida de sempre na estrada, então quando estávamos perdidos procurando por um Cracker Barrel e acabamos em frente a um restaurante com uma placa toda velha anunciando comida caseira autêntica, nós ficamos loucos.

Então nós entramos. A Taverna do Buford era autêntica... quer dizer, o autêntico massacre da serra elétrica. Sobre o bar, uma nuvem de fumaça que parecia uma teia de aranha. O chão era grudento, e eu posso estar enganado, mas acho que não era proposital. Três coroas estavam sentados nos bancos do bar, uma cerveja numa mão e um cigarro na outra; eles provavelmente estavam lá desde o mandato de Bill Clinton. Todos os homens estavam fixados em uma das duas televisões com a imagem horrível que ficavam em cada lado do bar — cada uma em um canal diferente. Atrás do balcão, outro Matusalém empunhava um pano de prato acinzentado. Ele sorria. Não tinha um dente em sua boca.

— Posso trazer algo para vocês? — perguntou.

Nós todos apenas nos olhamos assustados, a não ser a Peony. Aparentemente ela já viu um monte de pedintes, leprosos e vagabundos em geral, então não estava nem um pouco espantada.

— Sim, senhor — disse ela —, uma mesa para seis, por favor.

Isso demorou um pouco a ser registrado no cérebro do velho Buford. Ele pigarreou forte, cuspiu no pano que segurava e coçou a cabeça:

— Vocês não são daqui, são?

Um gemido escapou de mim. Stella deu uma risadinha como resposta e me cutucou nas costelas.

— Não, senhor, nós não somos — disse Peony —, mas nós estamos com fome. Isto é, se vocês estiverem servindo. Senão, talvez o senhor possa nos recomendar um...

— Ah, não, será um prazer. Fico muito feliz de recebê-los! Minha filha May Verna é a melhor cozinheira do país — disse ele largando o pano e saindo de trás do balcão. — Nós apenas não recebemos muitos clientes para jantar, desde que abriram aquele maldito Cracker Barrel. Servir vocês vai ser o melhor momento do ano de May Verna. Ela geralmente só cozinha para mim e seus filhos. Venham comigo, sentem-se.

Essa foi a parte em que nós imaginamos se talvez a melhor idéia fosse sair correndo e dar um pulo na vigilância sanitária. Mas Peony nos censurou com uma cara

89

de quem diz que isso é tudo loucura. Tinham mais três aparelhos de TV ligados com o volume máximo no salão e cada um de nós escolheu um para olhar enquanto Buford gritava na direção da cozinha:

— May Verrrr-na!

De lá saiu uma mulher robusta, com as bochechas coradas, vestindo um avental e com um sorriso que continha um número confiável de dentes. May Verna nos disse que eles não tinham menus desde o incêndio de 1998, mas que ela podia nos preparar praticamente qualquer coisa, então começou a listar as opções. Peony disse para ela nos surpreender e, uma vez que May Verna percebeu que aquilo significava que nós comeríamos qualquer coisa, ela voltou logo para a cozinha.

Quinze minutos depois, os mais maravilhosos aromas vinham na nossa direção. E quando May Verna, acompanhada de várias crianças parrudas, com bochechas coradas e muitos dentes, orgulhosamente nos trouxe nossos pratos, nós enchemos a pança como se não houvesse amanhã. Costeletas de porco defumadas, frango com bolinhos, feijão fradinho, macarrão com queijo. Jarras de chá gelado doce ajudavam a fazer descer a comida e abrir espaço para mais. Eu me senti um pouco mal por causa da Peony. Por causa das suas crenças, ela não se empanturrou como nós. Deu uma mordidinha em um biscoito, cheirou a batata-doce com suspeita. Bem, até mesmo os legumes têm gosto de bacon aqui na Taverna do Buford, então o que uma vegan poderia fazer? Esperar que o Gaylord parasse num Tofu Hut depois do show, eu imagino.

Mas o resto de nós estava caindo de boca como se não houvesse amanhã — até que de repente a Wynn se engasgou com a boca cheia e apontou para um dos aparelhos de TV.
— Olhem isso!

# A GOSTOSA

Eu não sou muito de TV; acho que era por isso que todos aqueles aparelhos ligados na Taverna do Buford estavam me enlouquecendo. É tanta coisa acontecendo ao mesmo tempo que eu achei que ia ter um ataque, mas fiquei feliz de não conseguir ignorá-los porque fui eu que percebi o comercial da Kendall passando.

— Olhem isso! — gritei.

E lá estava ela dançando com Alinda Monserat — lembram dela? Ela lançou um disco mega estourado nos anos 1990 e depois ninguém mais ouviu falar dela. A câmera cortou para outra dupla de celebridades, então uma terceira, depois voltou para Kendall e Alinda. Nós todos começamos a bater palmas e a gritar para comemorar a estréia da Kendall em comerciais.

Todos menos Kendall. E eu duvido que fosse por falsa modéstia. Kendall está acostumada a receber elogios de forma natural. Quando ela agradece no palco, ela mantém aquela doçura de sempre. Só que agora ela parecia desolada — ficou emburrada, pálida, sua postura mudou. Inclusive afastou seu prato.

Talvez eu devesse ter perguntado o que estava errado, mas eu amarelei. Minha imaginação às vezes me engana — eu sinto alguma coisa num nível emocional que sou apenas eu projetando minhas próprias inseguranças. Além disso, algumas vezes com a Kendall você simplesmente não pergunta, porque você não quer que ela comece a falar. Nós ainda tínhamos um show para fazer e eu não queria provocar nenhum tipo de desavença antes dele.

E acabou sendo a nossa melhor apresentação até então. A/B estava detonado com seus *backing vocal*, e, dessa vez, em vez de cantar no microfone da Kendall, ele ia até o microfone da Stella e eles cantavam lá-lá-lá de rosto colado. Não estou dizendo que eu realmente conseguia escutar a Stella cantar, mas ela estava tentando. A melhor de todos era Kendall. Bem quando eu pensei que ela não conseguiria mais manter essa história de altos e baixos, ela se superou. Sua voz vinha de algum lugar escondido no seu interior.

Então eu não sabia mais nada. Eu disse a mim mesma que estava tendo alucinações no jantar. E eu acreditei em mim. Até por volta das três da manhã do dia seguinte.

Stella estava desmaiada na cama ao lado, mas eu não conseguia dormir. Os travesseiros do motel eram horríveis e as fronhas davam coceira. Eu pensei em pegar o meu diário, mas não queria correr o risco de acordar Stella, então depois de algum tempo eu saí cuidadosamente da cama e fui até a janela olhar a lua. Estava quase cheia — uma imensa, brilhante e benevolente bola, dourada em vez de prateada. Incrivelmente brilhante ela iluminava o estacionamento, a estrada e a piscina. E quando eu olhei rapidamente para baixo, fiquei confusa, depois intrigada com o que eu vi.

Uma pessoa solitária, num roupão, numa daquelas espreguiçadeiras da piscina. Cercada de papéis coloridos. Embalagens de Butterfinger, Kit Kat, Snickers, Crunch.

Poderia ser? Sim, quem mais? Kendall devia ter ido até a máquina de doces no corredor e passado o rodo em tudo o que viu. Deliberadamente e metodicamente ela abria uma embalagem, colocava o conteúdo na boca, tomava um gole de Dr Pepper para limpar e partia para o próximo. O ar do lado de fora estava parado; todas aquelas embalagens vazias mal se mexiam, enquanto, um a um, Kendall devorava o seu cachê.

## O GAROTO

Quem poderia dizer que Oklahoma City seria um berço das atividades roqueiras? Eu pensei que eram só os Flaming Lips e pronto. Mas, bem, o lugar parecia estar infestado de bandas, me deixando muito animado para o nosso show de Halloween. A rua dos descolados — cheia de clubes, bares, cafeterias, lojas de quadrinhos, skate e lojas de roupas usadas — tinha uma permissão especial para abrir a noite toda para o evento anual Sick 'Ween Scene. A música não ia parar até as seis da manhã. A melhor parte? Sem a supervisão dos adultos!

É que para Peony, Halloween é uma noite sagrada, então ela ia se juntar a algumas bruxas da região que ela achou na internet. E o Gaylord está num esquema de tomar conta de tudo 24 horas por dia, e ele está acabado ultimamente. Não é fácil para mim também, eu tive que dirigir a van enquanto ele gemia no banco de trás; além disso, dividir o quarto com ele não tem sido tão agradável assim. Mas isso significa que o 6X em Oklahoma pode ser tão barulhento, rápido e fora de controle quanto nós quisermos. U-hu!

Para entrar no espírito, decidimos nos fantasiar, cosmeticamente. As três meninas esvaziaram suas bolsas de maquiagem e Wynn mostrou seus truques de maquiadora, pintando nossos rostos num look meio fantasma glamour. Vimos algumas bandas tocarem antes de nós

— nós tocávamos na mesma noite do Land of Rotten, que faz um som meio na onda psychobilly. Eles eram uma banda difícil de superar, mas isso somente nos deixou mais ligados — isso, a máscara de maquiagem e a vibração da noite nos deixaram em estado de graça. Depois do show, nós andamos de clube em clube. Um pouco antes das duas, eu acompanhei Kendall até o hotel da virada do século onde estávamos hospedados, e eu não sei se ela estava tão cansada quanto dizia estar, mas ela recostou a cabeça no meu ombro o tempo todo. Wynn voltou lá pelas três e meia, e eu e Stella — que não queríamos perder nada da noite — só fomos ver se ela chegava em segurança ao quarto.

— Então, para onde agora? — perguntei.

Eu e Stella nos embrenhamos por um portal de uma viela para nos proteger da multidão que a essa altura já estava alucinada de bêbada. Ela deu uma olhada no seu programa do Sick 'Ween Scene e então deu de ombros:

— Quer saber? Eu não me importo com o que nós vamos ver agora, mas se eu não ingerir cafeína logo, você vai ter que me arrastar pela calçada.

Ela não teve que me obrigar. Nós entramos na primeira cafeteria que vimos, achamos uma mesa e pedimos o maior café expresso que eles tinham. O palco improvisado estava vazio, mas o lugar estava muito barulhento e nós estávamos tão cansados, mas ao mesmo tempo ligados, que nem falávamos nada; em vez disso, nós olhávamos para o vazio, como zumbis. Então eu percebi que alguém subiu no palco. Um cara, mais ou menos da minha idade, simplesmente parecia ter surgido do nada. Ele se parecia com Jimi Hendrix — cabelo selvagem, ossos da bochecha altos, bigode ralo, pele morena. Ele se vestia como Malcolm X — terno sóbrio com a lapela estreita, camisa de botões branca, gravata fina. Ele parou em frente ao microfone e olhava calmamente, mas concentrado para o público, até que aos poucos, mas com toda certeza, cada uma das pessoas na platéia notasse que ele estava ali. A partir da primeira faísca de atenção, um sorriso começou a se formar no seu rosto — quase como um sorriso de uma criança satisfeita. Assim que praticamente a metade de nós estava prestando atenção, ele pegou seu violão, um Gibson acústico. Isso chamava mais atenção para ele, mas ele ainda esperava, praticando algum tipo de hipnose. Até ele conseguir o que queria. Estranhamente as pessoas deixaram de gritar como loucas e começaram a sussurrar apreensivas.

— Bem-vindos ao show de Didion Jones — disse com uma voz de barítono meio adormecida. — Eu sou Didion Jones.

Naquele momento, o coração, a alma e a mente da Stella saíram de seu corpo e me abandonaram.

# A CHEFE

Bem, agora eu sei. É claro que eu sei, certo? Eu simplesmente sei.

Eu sei o que Romeu e Julieta sabiam, o que Tristão e Isolda sabiam, o que Sid e Nancy sabiam.

Eu sei que qualquer coisa que eu achava que sabia — sobre Brian, sobre A/B, sobre qualquer outro cara no planeta — não era verdade, que aqueles pensamentos sobre não saber, ou sobre quase saber, eram apenas uma armadilha para que quando eu realmente soubesse, eu pudesse saber. Eu saberia com certeza, como eu sei agora.

Eu não sei se ele sabe, mas eu sei que eu sei. Como ele poderia saber? Ele não tem como, claro. Ele nunca me viu. Mas eu o vi. A partir do momento em que eu o vi, eu soube. Algo era diferente — maravilhoso. Seus olhos, seus cabelos, suas mãos. Ele de pé lá, me deixando olhar para ele, me deixando saber. Então ele abriu a boca e eu o ouvi, e eu soube mais. Então ele tocou, e tudo foi confirmado.

Quer saber onde eu sei? Eu sei nas convulsões do meu cérebro. E na minha pele; eu sei em cada poro. Aqui, no meu coração. Aqui, no meu estômago. Onde mais? Aqui embaixo — ah sim, lá, com certeza. Eu definitivamente sei lá embaixo. Eu sei como louca.

Agora eu só preciso saber o que fazer a respeito disso.

## A VOZ

Amor, amor, amor! É isso que importa — e é isso que eu recebo o tempo todo em que estou no palco. Quase toda noite, eu posso descer do palco e cumprimentar uma nova leva de fãs devotados e carinhosos. Eu canto para eles e eles retribuem. Algumas vezes eu dou a mão para toda a primeira fila ou escolho apenas um sortudo, mas eu queria poder tocar todos eles. É claro que eu os toco — com minha voz. Eles me tocam também, com seus aplausos. A coisa maravilhosa de tocar em um clube pequeno é que os fãs estão bem ali, não tem distância entre você e eles, e, quando eu me apresento, me sinto tão perto de Deus quanto eu me sinto deles. É como se Jesus estivesse no Céu, mas também na platéia. Jesus é um de meus fãs.

Deus, eu sou tão abençoada! Embora pareça que existam milhões de artistas por aí, comparado com todas as outras pessoas nessa terra de Deus, existem apenas algumas poucas pessoas especiais que são capazes de experimentar esse tipo de estrelato. Não é como acontece com meus companheiros de banda. Ah, a platéia definitivamente gosta da forma como eles tocam. Mas quando você é a líder, o foco, o destino de todo aquele amor... bem, é diferente, só isso.

É por isso que eles procuram amor de outras fontes. É simplesmente natural que eles queiram algo parecido com o que eu recebo na vida deles, mesmo que seja uma imitação barata. Então A/B tem a Edie — eles estão sempre se falando ao telefone, ou trocando mensagens de texto no telefone ou no computador, e ele não pode parar em nenhuma loja de beira de estrada sem comprar uma lembrancinha boba para ela (me irrita um pouco a forma como ele insiste em manter essa farsa). Aí tem a Wynn com aquela garota russa ligando para ela o tempo todo. Aparentemente Malinka vai encontrar com o 6X no Texas. Como ela não está mais na temporada dos torneios de tênis e tem toneladas de dinheiro, ela pode pegar um avião para onde quiser, na hora em que quiser.

Agora a Stella tem alguém sobre quem ela não consegue parar de falar também:

— Gente escute o que eu estou dizendo — ele é absolutamente fantástico!

Stella estava gritando, ainda que você pudesse pensar que ela ia estar acabada na nossa segunda noite em Oklahoma City — eu não acho que ela conseguiu dormir nem um minuto — ela estava segurando as pontas como aquele coelhinho da Duracell.

— Diz para eles, A/B.

A/B estava tentando trocar as cordas da guitarra com pressa — nós tínhamos que estar no palco em cinco minutos — então eu gostaria que ela parasse de encher o saco dele. De todos nós, na verdade. O objeto de sua obsessão ia tocar naquela noite de novo, depois do nosso show e Stella estava usando de todas as suas táticas para nos fazer ir com ela vê-lo. A/B estava irritado com as tarraxas da guitarra, mas ele é tão gentil — ele não descontou nela.

— Ele é demais, com certeza — disse ele. — Eu nunca vi ou ouvi alguém como Didion Jones.

Didion Jones, Didion Jones, Didion Jones! Meu Deus, eu já estou de saco cheio desse nome. Só que dizer não para a Stella é como uma margarida desafiando um trator, então nós concordamos em ver o seu show, embora eu na verdade ainda estivesse cansada da noite anterior. Pelo menos, fazer uma social, embora não seja oficialmente um encontro, já vai ser um primeiro passo para o A/B e eu.

Quando nós chegamos à cafeteria, no entanto, eu não pensei no A/B, nem por um segundo. Eu nunca imaginei que poderia me deixar entreter minimamente por alguém que se veste como o Sr. O'Fallon, meu professor de matemática da oitava série. Mas a Stella estava tão certa, e o A/B também — Didion Jones é o cantor e compositor mais original e puro de coração que eu já vi. Cada uma de suas canções tem um título que é apenas uma palavra, uma emoção: "Anger" (Raiva), "Pity" (Pena), "Frustration" (Frustração), "Joy" (Alegria). E quando ele toca essas músicas ele se transforma nessas emoções. Em músicas mais ferozes ele é um vingador — seus olhos saltam, seu corpo treme, suas veias aparecem e seus mocassins fazem levantar poeira do palco. Mas nas canções mais calmas ele é um pastor, um anjo; ele é Moisés, ou Jesus na manjedoura. Você nunca poderia imaginar que alguém que se esgoela com força tão assustadora poderia cantar de forma tão bela. Uma voz profunda e doce como melado, é o que ele tem.

Todos na cafeteria bateram palmas como loucos e pediram bis, mas Didion Jones saiu depois de "Hurt"

(Dor). O engenheiro de som passou uma jarra vazia para as pessoas encherem com notas e essa percepção — de que ele toca por gorjetas — me deixou tonta. Eu queria ter uma nota de cem dólares na minha bolsa, eu a colocaria naquela jarra. Na verdade, eu fiquei sem graça por só ter comigo algumas notas de cinco e de um, mas a minha mãe me avisou que era perigoso sair por aí com muito dinheiro. Bem, eu coloquei tudo o que tinha na minha bolsa na jarra e me lembrei de que Didion Jones é na verdade rico. Da mesma forma que eu sou rica quando me apresento. Rico de amor.

De repente, no entanto, eu precisei sair de lá. Stella, Wynn e A/B estavam falando sem parar; eles queriam ficar mais e falar com Didion Jones, que em algum momento teria que reaparecer para coletar seu salário de notas de um dólar amassadas e moedas. Mas eu não podia, simplesmente não podia. Eu pedi para a Srta. Peony voltar comigo para o hotel. Eu não queria atrapalhar os outros. Eu nem queria dar boa-noite para eles. Mais que tudo, eu não queria olhar nos olhos de Didion Jones. Porque eu me sentia tão mal por ele.

Ou eu me sentia mal por mim mesma? Ah, isso só poderia ser besteira. Eu não sou uma artista menor porque Didion Jones também é um artista. O seu talento não diminui o meu. Minha cabeça dói só de pensar nisso, mas, mesmo depois de eu ir para a cama e fazer minhas orações, os pensamentos continuavam rondando minha cabeça. Finalmente eu consegui solucionar o mistério. Eu me sentia mal por Didion Jones e por mim mesma, porque nós estávamos no mesmo barco. Nós dois recebemos aquele amor quando estamos no palco e é tanto que nós poderíamos chorar. Mas aí todos vão para casa. O aplauso vai diminuindo. E mesmo que você saiba que daqui a algumas noites você vai estar de volta sobre o palco, e que aquele amor vai crescer novamente, não é assim que você se sente. Você se sente como se o amor nunca fosse voltar, é como se você o tivesse perdido para sempre.

# A GOSTOSA

O Texas não tem fim. Minha bunda estava me matando, e já que o Gaylord tem fobia de paradas na estrada, no segundo em que a gente parou no Holiday Inn de Austin, eu tive que sair correndo para o banheiro feminino da recepção — o xixi mais satisfatório da minha vida. Quando eu me juntei à banda novamente na recepção, todos estavam cochichando e reclamando. Parece que esqueceram de pedir para o check-in ser cedo e nossos quartos não estariam prontos antes das três da tarde. Nós queríamos banhos, nós queríamos cochilos, nós queríamos serviço de quarto. Nós estávamos mal-humorados. Muito mal-humorados. Desculpem, mas é difícil ficar zen quando você passou a noite dentro de uma van lotada.

Salvos pelo toque do celular: "Chain-Link Fish", do Ayn Rand.

— Wynn? Wynn! Como você está agora, Wynn?
— Oh, Malinka, ei! Estou bem, eu acho.
— Eu também estou bem! Onde está você?
— Bem, nós acabamos de chegar na cidade, mas estamos com um pequeno problema já que nossos quartos não vão estar disponíveis por algumas horas.

Malinka riu. Sua risada parecia uma sinfonia de tão alto.

— Você está nessa porcaria de Holiday Inn e eles não deixam vocês entrarem? Wynn, isso realmente é um problemão. Mas dá para resolver. Venham aqui para o Four Seasons. É muito bom.

Eu fiquei tão tentada. Eu não sou mimada, juro, mas quando eu viajo com minha mãe e meu padrasto, nós sempre ficamos nos melhores hotéis, e mesmo que eu estivesse tentando ser uma boa companheira nessa viagem econômica, o pensamento de me esticar ao lado da piscina no hotel mais chique da cidade... hummmmm! Mas eu não poderia simplesmente abandonar a banda.

— Wynn? Wynn, você está aí? Vamos lá, eu tenho uma barraca e tudo.

Viu, eu sabia que ela estava na piscina.

— Você pode trazer a banda. Sem problemas.

Uau, talvez Malinka seja vidente.

— Quanto mais gente, mais melhor.

— Melhor — corrigi automaticamente —, quanto mais gente, melhor. Você tem certeza?

Mais sons de orquestra. Então:

— Wynn, espera um segundo. Oi, menino das barracas! Sim, por favor, você! Eu estou precisando de mais toalha, pode trazer? Desculpe, Wynn. Sim, claro que eu tenho certeza. Eu amo o 6X! Eu vim até aqui só para ver você... vocês. Então venham logo para o meu hotel!

Não foi como se eu precisasse implorar — o 6X rapidamente entrou no modo rock-star. Achar Malinka foi fácil. Embora seu séquito tenha diminuído para apenas uma pessoa (Prima Cosima), elas duas estavam nas suas espreguiçadeiras com seus biquínis em forma de short — douradas, brilhantes e quentes como um bolinho que acaba de sair do forno. Quando Malinka me viu, ela desceu do lounge num pulo. Ainda bem que a piscina do hotel não estava muito lotada. O pessoal dos Bloody Marys pareceu gostar de ver Malinka correndo em minha direção na velocidade da luz com seus músculos se contraindo e pulsando. Ela tinha pintado seu cabelo espetado de vermelho vivo desde a última vez que eu a tinha visto.

Malinka nos levou direto para a sua barraca para nos trocarmos.

— Vocês estão de brincadeira comigo? Sem garotos!

Ela fechou a porta na cara de A/B e Gaylord.

— Vocês terão que esperar aqui. Não pode olhar. Nem mesmo imaginar!

Cabelo preso, óculos escuros, como era bom ficar deitada aproveitando a generosidade da Malinka. Sucos de manga, cafés gelados, tacos de camarão — e meus favoritos, spritzers de romã — tudo na conta de Kolakova, quarto 502. Até mesmo a P, que faz aquele estilo hippie mochileira que prefere acampar, deixou seu lado de menina bem-nascida aflorar. Depois de tomar uma mimosa de champanhe Cristal, ela partiu em busca do spa — uma massagem de lama e um pouco de estímulo nos chacras são necessários. Gaylord e A/B deram um mergulho rápido e depois botaram toalhas molhadas sobre os olhos e pegaram no sono, deixando nós meninas com um monte de protetores solares, um monte de revistas de fofoca, e, bem, papo de mulherzinha. Que a Stella monopolizou. Afinal, ela tinha quatro novos ouvidos para encher com sua nova obsessão que era Didion Jones.

Eu olharia para a Kendall como que dizendo "vai começar tudo de novo", mas eu estava muito confortável para me preocupar. Além do mais, é no mínimo inusitado escutar Stella falando de sua paixão. Stella não tem paixões (pelo menos não que ela mencione para os outros — eu não sei o que é aquilo que ela sente pelo Brian desde o primeiro dia). Stella considera que namorados são um conceito obsoleto — ela prefere amigos com benefícios. Mas vocês deviam tê-la visto depois do show do Didion — ela era quase como uma violeta murcha, cercando ele com cara de tiete, mas quase tímida demais para falar. A forma como ela fala dele agora, no entanto, deixa claro que ela pretende que ele seja dela. E eu não duvido — mesmo que ela não saiba nada a seu respeito (como o número do seu telefone, e-mail — você sabe, essas coisas básicas).

Então, sim, é uma graça ver a Stella toda boba, mas aí ela passou de devaneios românticos para coisas mais específicas sobre o que ela pretendia fazer com cada centímetro quadrado do seu corpo. Kendall ficou envergonhada. As russas queriam saber mais. Eu, eu fiquei no meio. Por um lado, o falatório da Stella é excitante — eu quero dizer, não posso fazer nada, sexo é sexy! Mas por outro lado, eu não sei, é como se algo estivesse errado. Me faz lembrar daquelas vezes em que eu tentei me masturbar e não funcionava, e acabou ficando, na verdade, chato. De qualquer forma, as coisas finalmente degeneraram quando Cosima perguntou a Stella se ela esperava que o Didion tivesse — nessas palavras, eu juro — "um pacote impressionante de carne dentro das calças". Stella olhou para mim e eu sabia o que ela queria — ela queria que eu contasse a história do Kieran Dennis, o dançarino nu de Hollywood.

— Está quente! — falei sobressaltada e, deixando os óculos na espreguiçadeira, mergulhei na piscina.

# A VOZ

Literatura, redação e aritmética estão indo bem, mas talvez seja hora de pedir para a Srta. Peony para incluir uma eletiva. Sim, eu estou falando de educação sexual! É claro que eu sei de onde vêm os bebês — eu já tenho 15 anos, pelo amor de Deus. É claro que eu estou me guardando para o casamento — amor verdadeiro espera. Mas escutar o que Stella e aquelas garotas russas falavam, eu não pude fazer nada a não ser escutar, percebi que as coisas não são assim tão simples.

Tipo, eu sei que você pode dizer que uma menina não é virgem porque ela tem o hímen rompido, mas como você pode saber isso de um garoto? Tem uma forma de saber só de olhar? Eu tenho certeza de que o A/B era virgem quando nós nos beijamos — mas desde que ele conheceu a Edie, será que ele a conheceu... no sentido bíblico? No seu coração, A/B foi feito para mim, mas eu ouvi dizer que os garotos podem ser comandados por outras partes do corpo — será que com ele aconteceu isso? E se isso aconteceu, será que eu poderia algum dia perdoá-lo? Além disso, eu gostaria de saber como é sexo — sério, o que é isso que as pessoas falam tanto. E quando alguém deve deixar de ser romântico e doce para entrar numa "atividade sexual"? E o mais importante: como se faz para não passar dos limites?

Essa é a parte na qual eu mais penso — é um território perigoso, um caminho escorregadio. Porque quando eu penso naquele beijo no A/B no avião, eu me lembro como isso foi natural. Um instinto. A forma como meus lábios se abriram e meus braços envolveram o seu pescoço. Aquele suspiro que saiu de dentro de mim no final. E como eu queria mais um beijo, e mais um — eu queria dar uns amassos! —, mas o capitão veio ao microfone nos mandar preparar para a aterrissagem e nós paramos. A questão é que eu queria mais beijos, e se eles tivessem rolado será que eu ia querer que o A/B me tocasse acima da cintura, depois abaixo e depois... entende o que eu quero dizer com um caminho escorregadio? Talvez seja melhor você nunca beijar mesmo até a noite do seu casamento, mas agora é tarde demais para mim.

Os dias passavam e eu não pensava mais em beijar o A/B. Eu pensava nele — em como nós somos perfeitos um para o outro, e em como ninguém está caindo nessa história maluca de ele ter uma namorada. Então às vezes eu tenho uns... surtos. Algumas vezes vêm do nada. Eu estou assistindo à TV e... oh oh. Outras vezes têm uma causa óbvia, como a conversa na piscina. Dá para acreditar nelas, falando daquele jeito em plena luz do dia e em público? São as garotas mais sujas de todos os tempos!

De qualquer forma, quando eu tenho esses surtos — idéias, imagens, sensações nos meus, bem, nos meus órgãos — às vezes eu toco o meu próprio corpo. É claro que eu sei o que é isso (eu não preciso dizer a palavra). E nem eu sou tão idiota de achar que isso vai me deixar cega. É como assistir a cenas de um filme de adultos; eu não estou nas cenas, nem o A/B — eu não ia estragar o que nós temos. Se eu continuar, chega um ponto onde parece que meu coração vai explodir, então — ahhh! — é como chegar ao paraíso. E antes de pensar em como você deve subir ao paraíso em vez de descer, eu caio no sono.

 De qualquer forma, eu mal posso acreditar que estou falando disso tão abertamente para a câmera, mas na verdade é bem fácil. Eu não tive a oportunidade de tocar nesse assunto com a Srta. Peony, no entanto. Falar essas coisas para uma pessoa, mesmo ela, seria muito difícil. Talvez quando chegar a hora de... assuntos íntimos, as palavras vão sair mais facilmente. Eu sei que quando eu olho para o A/B, meu coração fala por mim. E assim que nós nos livrarmos daquele problema que é a Edie, nada vai ficar entre nós.

# A GOSTOSA

Nós temos dois shows em Austin, com dias de descanso entre eles e nos dias seguintes ao último, antes do show de Dallas. É meio que um descanso, sem contar que com as russas por perto, nós descansamos uns dos outros — pelo menos Malinka e Cosima são outras pessoas para podermos conversar. Eu sou um ser humano, não uma bateria eletrônica — eu ficaria feliz de bobeira na piscina... mas Malinka tinha outros planos.

— Eu tenho sido tão preguiçosa. Isso não é bom para o meu cólon — anunciou ela — eu acho que nós vamos fazer ski aquático. Eu já fiz as reservas e tudo mais. O Lago Austin é muito bonito, Wynn, você vai gostar.

Então nós fomos. E é realmente bonito. E divertido. Eu já tinha esquiado antes no Caribe; eu não sou muito boa, mas consigo ficar de pé e me segurar. Malinka, naturalmente, faz horrores na água — o seu corpo deve ser a oitava ou a nona maravilha do mundo. Eu tenho certeza que o seu cólon está melhor depois de uma hora fazendo manobras na água doce. Depois de esquiarmos, pegamos a cesta de piquenique gastronômico do Four Seasons e procuramos um bom lugar para nos deitarmos.

— Wynn, você acha que eu sou uma grande piranha, eu aposto — disse Malinka do nada.

— Malinka! Claro que não! — insisti. — Por que você acha isso?

Ela se virou de lado e mexeu apenas um dos ombros:
— Por causa de ontem, falando todas aquelas coisas com a Stella. Ela é uma grande piranha, não é?
— Não seja ridícula — falei defendendo Stella. — Stella pode fazer parecer que ela já esteve com metade do Brooklyn, mas eu sei com certeza que ela só fez sexo com um cara.

Malinka ficou quieta por um instante, então mergulhou seu garfo num abacate recheado de camarão.
— Posso te dizer uma coisa, Wynn? Eu também falo muito, mas eu nunca fiz sexo, nem uma vez.
— Jura? Você é virgem?

Eu parecia surpresa, mas por alguma razão eu realmente não estava.
— Sim, é verdade, Wynn. Nenhum homem nunca botou em mim. E você?
— Sim, eu quero dizer, não. Eu sou virgem também.

Eu me sentei com as pernas cruzadas e provei o ceviche.
— Eu me interesso por sexo, definitivamente, mas fazer isso com um cara? Eu apenas, eu não sei, não consigo fazer isso nem na minha cabeça.
— Eu entendo o que você está dizendo — concordou Malinka —, mas aposto que você tem um monte de garotos o tempo todo tentando invadir sua calcinha. Você é uma estrela do rock linda, uma celebridade e tudo o mais.

Esse último comentário meio que me irritou:
— Você sabe, Malinka, eu realmente não penso em mim desse jeito — informei meio ofendida — e é meio nojento que as pessoas pensem assim, e que gostem de

mim por causa disso. E não apenas os rapazes, amigas também.

— Que isso, Wynn, espera! Devagar com o andor!

Eu estava chateada, então nem me preocupei em corrigi-la. Mas ela parecia autenticamente perturbada também quando ela se ajoelhou e coçou sua cabeça vermelha.

— Você não... meu inglês... você me entendeu errado, Wynn. Você acha que eu gosto de você por que você é famosa? Por que você é uma estrela do rock? Você está enganada, Wynn — falou ela se sentando sobre os calcanhares e olhando para mim fixamente. — Você está muito enganada.

Mas eu não estava convencida. Quero dizer, por que mais ela gostaria de mim — por que qualquer um gostaria de mim?

— Tudo bem, Malinka — disse eu —, estou acostumada com isso. Mesmo antes de eu ser famosa, as pessoas gostavam de mim porque eu era rica, ou porque eu sou... por causa da minha aparência. Eu quero dizer, eu não gosto disso, mas tudo bem.

Inacreditavelmente eu citei Whitney Houston:

— It's not right, but it's ok... (não está certo, mas tudo bem)

— Não, Wynn, não está tudo bem — insistiu Malinka. — Eu vou dizer por que eu gosto de você: eu não gosto de você porque você é do 6X. Eu gosto de você porque você escreve as letras do 6X. A música sobre o pai verdadeiro que mora longe e finge que se importa. A música da modelo de lingerie, sobre as pessoas que a julgam pelo seu tamanho de sutiã. Essas músicas, eu, Malinka, eu escuto essas palavras e eu me sinto... eu apenas sinto.

Ela balançou a cabeça.

— Você entendeu? Ou não estou me fazendo entender?

E eu pensei: Oh. Meu. Deus. Porque eu estava entendendo perfeitamente. Malinka estava falando para a poetisa em mim. E ninguém nunca tinha feito isso antes. Principalmente, ninguém na banda. Ah, eles ficam felizes que as minhas anotações preencham as melodias e talvez até tenham achado bacana alguma frase ou o que seja, mas nenhum deles nunca mencionou sentir nada. Então nesse momento eu estava embasbacada. Eu abaixei minha cabeça; eu não podia olhar para ela. Eu estava tão emocionada. Uma sensação única.

— Wynn — disse Malinka me fazendo olhar para ela —, é por isso que eu gosto de você...

Ela botou as pontas dos seus dedos nos lábios e os beijou, depois se inclinou e apertou minha bochecha, então muito devagar botou a mão sobre o meu peito, sobre o meu coração:

— Dusha... — disse Malinka, depois traduzindo — alma...

# O GAROTO

As garotas do Texas são uma espécie particular. Uma espécie espetacular. Vai por mim — eu estou cercado por garotas incríveis na minha banda, eu tenho uma namorada incrível, mas, cara, essas garotas não são como nenhuma garota que eu conheci antes. Em Austin eu achei que podia ser um golpe de sorte — mas aí nós chegamos em Dallas. É como se tivesse um laboratório biogenético debaixo da Dealey Plaza fabricando tipos como as cheerleaders do Dallas Cowboys: curvas matadoras. Narizes delicados. Sorrisos de comercial de pasta de dente. Montanhas de cabelo. Mas o melhor de tudo? Todas elas sabem como falar com os caras.

Depois do nosso show de Austin, dúzias delas simplesmente passaram para dar um oi. Era assim:

— Oi, eu sou Lindsay!

— Ei, eu sou a Bobbi!

Até mesmo:

— Upa — upa? —, eu sou a Felicity!

E elas não são de ficar brigando entre si — veja bem, se elas vêem que uma de suas colegas texanas está conversando comigo, elas esperam a sua vez. A não ser, é claro, que elas sejam amigas. Aí é mais ou menos assim:

— Oi, eu sou Michelle e essa aqui é a Taryn!

Vocês entendem o que eu estou dizendo — elas estão dispostas a compartilhar você. Que tipo de universo paralelo é esse?

Além disso, não é como se elas dissessem oi e deixassem o resto do trabalho com você. Não, uma garota do Texas segue um cumprimento com um elogio, então complementa com uma pergunta, tipo:

— Como foi que você aprendeu a tocar tão bem?

Ou:

— Eles já botaram o seu nome numa rua na sua cidade natal?

E ainda tem o fato que elas parecem estar se divertindo o tempo todo (o quê? O estado da estrela solitária patenteou um remédio contra a TPM? Poe e Kafka estão banidos das bibliotecas públicas?).

De qualquer forma, Austin foi apenas o aperitivo. Quando nós chegamos no clube em Dallas, adivinhem quem estava me esperando para me cumprimentar? Meu fã-clube. Sério. Não era o fã-clube do 6X, mas sim o A/B Farrelberg Fan Club. Nunca, nem nos meus sonhos mais selvagens, eu ia imaginar uma coisa dessas — mas elas estavam lá, cinco delas, com um banner do tamanho de um carro. E quando eu saí da van, elas fizeram como cheerleaders — me dê um A! me dê um B! — com aqueles chutes para o alto e tudo mais.

— Oi, eu sou Keeley Spencer, e sou a fundadora e presidente do A/B Farrelberg Fan Club!

Ela nem parecia ter se cansado do espetáculo de ginástica.

— Vocês só podem estar brincando comigo...

Se eu fosse famoso o suficiente para ser pego numa pegadinha do *Punk'd*, estaria procurando o Ashton Kutcher.

— Que nada! Não é brincadeira! — disse Keeley, botando seu braço de forma insinuante sobre o meu. — Vamos, lá, A/B, nós estamos tão excitadas em vê-lo que poderíamos romper um pulmão.

Ela se virou sobre o pé, me virando junto, então virou a cabeça sobre o ombro para gritar para Kendall, Wynn e Stella, que estavam boquiabertas como se acabassem de sair do tratamento de choque:

— Oi, meninas! Nós amamos vocês também! Só que não tanto!

Todas as suas companheiras do A/BFFC deram uma risadinha ao mesmo tempo enquanto acenavam para minhas colegas de banda, então voltaram a atenção para mim. Nós entramos no clube juntos e eu autografei seus CDs e camisetas e a porção de pele que ficava acima da margem superior do sutiã da Keeley. Sim, essa vai entrar para as minhas memórias: o capítulo chamado "O Dia em que eu Autografei um Peito".

Eu me desvencilhei delas tempo suficiente para perguntar às meninas se o fã-clube podia ficar para a passagem de som.

Wynn e Kendall não deram a mínima — ou faziam parecer que não davam. Mas sempre no papel da chefe, Stella queria saber:

— O que a gente ganha com isso? Tipo, elas são populares? Influentes? Elas têm um website ou algo assim? Se for assim tudo bem, sou a favor. Elas vão trazer gente para nos ver mais tarde. Mas se elas forem umas perdedoras, por favor. Nós não vamos dar um show grátis para as suas cinco fãs.

— Olhe para elas, Stella — disse eu —, elas parecem perdedoras para você?

Stella olhou para o pequeno grupo do melhor que o Texas tem para oferecer, então apertou os lábios da forma que ela faz quando está chateada, mas não o suficiente para machucar você:

— É, elas todas parecem ser garotas universitárias peitudas. Melhor dizer para elas trazerem seus amigos mais tarde.

Stella me segurou antes que eu pudesse voltar para minhas meninas:

— E, A/B, leia meus lábios: Nada de lista de convidados. Elas pagam ou nada feito.

Tudo bem por mim — não só porque a Stella falou. Mas de alguma forma eu duvido que a Edie fosse ficar muito feliz com a idéia de eu dar ingressos grátis para cinco fãs ávidas. Não que ela fosse ficar feliz com o fato de eu ter assinado o decote de outra garota também.

# A CHEFE

O resto dessa turnê, o resto da minha maldita vida, vai se arrastar até a próxima vez que eu chegar em um ponto do mapa onde eu ache um flyer feito à mão, grampeado a um poste de telefone, anunciando o show de Didion Jones. Quando isso vai ser? Haha! Talvez seja boa idéia pedir para a bruxinha Peony consultar suas cartas de tarô. Será que ele tem um website? Não. Uma lista de discussão? Não. Será que ele não sabe que estamos no século XXI?

Em Oklahoma nós só falamos com Didion o suficiente para dizer a ele como ele era magnífico e aprender que suas próximas apresentações estavam na mão do destino. Basicamente, ele pega carona de cidade para cidade, armando shows aonde chega. Ou como ele mesmo disse:

— Tendo uma guitarra, eu viajo...

Já eu, não consigo deixar as coisas para a sorte. Embora até um certo ponto eu admire o seu modo de agir — se é que é verdade. Didion tem esse lance de fazer piada de si mesmo, ou talvez seja você que ele está zombando; eu só sei que não dá para levar tudo que ele diz ou faz ao pé da letra. Todo aquele jeitão, com a voz mole e os olhos meio fechados e um físico privilegiado, Didion Jones é parte pantera, parte aranha, e todo problema. O tipo de problema com o qual eu posso lidar. Problema sabor caramelo. Vocês sabem que eu estava morrendo de vontade de perguntar se ele não queria ir conosco até o Texas, mas, primeiro, não tinha lugar na van, a não ser que nós o amarrássemos no capô e, depois, eu estava tentando não dar muita bandeira.

Mas vamos avançar para Albuquerque, onde eu avistei, será que pode ser?, um flyer de Didion Jones. Claramente ele tinha guardado na memória o itinerário do 6X que eu deixei escapar, então usou seu dedão de caroneiro para o trazer até aqui. É claro que eu estava esperando que ele fosse ver o nosso show, mas a decepção não me deteve de ir ao dele. Alguém reconhece um padrão se desenvolvendo? O 6X toca, depois corre para outro clube para ver o fenômeno que aquece a alma, parte o coração e o faz suar que é Didion Jones.

Mais tarde, nós e Didion, nós éramos como velhos amigos. Quando ele mencionou que não tinha onde dormir, eu joguei para Wynn um olhar que dizia "eu vou ficar te devendo muito". Ela sempre percebe tudo, eu nunca tenho que ficar explicando as coisas para ela — mas o rosto dela não parece muito confiante. Quase como que ela quisesse que eu ficasse feliz, mas se não soubesse se convidar Didion para ficar no nosso quarto era o caminho direto para o Nirvana. Sim, bem, eu tomei a sua não-resposta como um sim e disse casualmente que o chão do nosso quarto estava disponível. O chão, certo?

Didion sorriu e agradeceu. De volta ao Ramada, ele abriu uma garrafa de bourbon e pediu permissão para tirar os sapatos. Caramba, como os pés dele são grandes! Eu e Wynn sorrimos e tiramos os nossos sapatos também. Então nós escolhemos uma cama. Nós três. Eu me encostei na cabeceira e o Didion também, mas ele se posicionou de forma a poder me ver e também a Wynn que estava sentada em posição de ioga ao pé da cama. Aí veio um silêncio, mas não do tipo constrangedor — era como se estivéssemos apenas tomando fôlego novamente, algo que músicos de estrada naquele espaço de tempo entre o show e o amanhecer conhecem bem. Eu retomei meu fôlego primeiro:

— Então, quem é você, Didion Jones?

Enquanto Didion contava sua história, ele tirou sua gravata, depois seu paletó cinza-escuro, depois um por um ele desabotoou os botões de sua camisa. Em volta do seu pescoço estava uma corrente de prata com o que parecia ser uma medalha do tamanho de uma moeda.

— Bem, eu sou de Nova Orleans...

Essa simples frase — que parecia um blues rasgado na sua voz — dizia tudo. Didion não precisou entrar em detalhes; eu imaginei que ele tivesse perdido sua casa para aquele monstro chamado Katrina.

— Mas eu adorei crescer lá — continuou ele —, apesar de minha mãe... vamos dizer apenas que o nosso relacionamento era... amorfo.

Ele tomou um gole do bourbon — eu fiquei olhando para o seu pescoço enquanto a bebida descia — então passou a garrafa para mim.

— Ela entrou e saiu da minha vida um bocado. Meu avô sempre a ameaçava dizendo que ia instalar uma daquelas portas de cachorro para que ela não tivesse que se preocupar se perdesse as chaves. Então um dia ela perdeu. Perdeu para sempre. Meu avô, foi ele quem realmente me criou.

E como criou bem, eu pensei, enquanto aproximava a garrafa da minha boca, meus olhos ainda escravos do rosto de Didion — o brilho nos seus olhos cor de âmbar, suas bochechas herança dos índios, seu bigode esparso coroando seu tão bem esculpido lábio superior. Então é claro que eu me engasguei com a bebida forte; na verdade eu acabei cuspindo toda a bebida na roupa de cama, então continuei tossindo, como se o bourbon tivesse descido pelo lugar errado.

— Stella, meu Deus, você está bem?

Wynn correu até o banheiro para pegar água para mim. Quando ela voltou, Didion já tinha me curado. Com o nó do seu dedo indicador ele massageou a parte de baixo do meu queixo, empurrando minha cabeça para trás, como você faz com um gato para ele ronronar. Pronto! Eu estava melhor, respirando facilmente. E com inveja do maldito gato, desejando que eu pudesse ronronar.

— Então — disse eu, sem conseguir me lembrar de alguma vez ter ficado tão feliz de ceder o meu chão em troca de uma história — seu vovô... avô?

Didion nos contou sua teoria de que sua mãe ficou louca para se rebelar contra o pai dela. Morrison Jones era Alguém. O primeiro professor titular de ascendência indígena da Tulane University. E não era qualquer matéria também: matemática. Ele se casou com uma virtuosa do violino meio sueca, meio nigeriana. Teve três filhos que cresceram para ser um engenheiro, um médico e um advogado. Então, quando o mais novo já estava na adolescência, um acidente — lá veio a mãe de Didion. Não ajudou muito o fato de sua mãe ter morrido quando ela tinha 2 anos, como se o professor já não estivesse amargo o suficiente. Mas se o vovô não foi justo com sua filha temporã, ele compensou com o filho dela.

— Ele me deixou ser como eu sou — explicou Didion —, me deu todas as vantagens, mas me deixou escolher por mim mesmo. Nunca tentou me forçar a fazer nada como ele fez com ela. Meus tios, seus filhos, eles não ligam muito para mim, mas meu avô me amava. Me respeitava também.

— No passado?

Eu me aventurei com cuidado, imaginando se o jeito meio cigano de Didion era um sintoma de ter ficado sozinho no mundo. Eu pisquei meus olhos para a Wynn e percebi que eles estavam molhados.

— Falecido, cremado e espalhado. Vai fazer três anos no mês que vem.

Wynn e eu não sabíamos o que dizer. Nós, com a nossa vida comparativamente normal e famílias tradicionalmente disfuncionais.

— Mas está tudo bem — disse Didion para nós, brincando com a medalha no seu peito. — O que ficou para mim do meu avô? Minha coragem, minha vontade... e meus ternos. Eu uso os seus ternos em sua memória.

— Espera, sério? — disse a Wynn, num breve lampejo de discussão sobre moda. — Você nunca usa jeans?

Didion sorriu:

— Só aos domingos. E algumas vezes eu uso os quadriculados.

— Quadriculados?

— Você nunca foi na cozinha de um restaurante? São umas calças quadriculadas em preto-e-branco, o que os ajudantes da cozinha vestem.

Ele olhou para mim, para Wynn e depois de novo para mim, sorrindo:

— Eu odeio me gabar, mas eu sei cozinhar. Talvez algum dia eu seja capaz de retribuir a hospitalidade dessa noite com um belo jantar Creole para vocês.

Caramba, existe alguma coisa que Didion Jones não saiba fazer?

— Então da sua avó você claramente herdou o talento — disse eu para nós voltarmos ao assunto.

— Isso e a paixão. Talento é uma armadilha se for sem paixão.

Eu e Wynn ficamos ruminando naquilo por alguns instantes. Então ela perguntou algo que eu não perguntaria:

— E da sua mãe? O que você herdou dela?

Didion não perdeu o rebolado:

— Eu nem quero saber — disse ele.

\* \* \*

— Stella, eu tenho que beijar você.

Horas depois, Wynn estava na sua própria cama e eu e Didion estávamos nos aproximando, falando mais manso, até que não dava para chegar muito mais perto e estávamos quase sem palavras para dizer. E eu estava pronta, claro, esperando. Ele me avisou. Ele disse que ia me beijar. Mas quando ele me beijou, eu não estava preparada, eu não estava esperando, nunca estive... Eu beijei rapazes — tudo bem, eu já fiz muito mais que beijar —, mas esse beijo, esse beijo pingava mel, acendia meu fogo, inquietava minha alma, fazia um feitiço como um bruxo de vodu... Oh. Não. Nada. Nunca. Como. Isso.

Um milênio se passou, e quando Didion se afastou lentamente eu precisava de outro beijo como se fosse crack. Mas eu não podia agarrar seus ombros, sentar no seu colo; eu não podia fazer isso como eu fazia com tudo que eu sempre quis. Tudo que eu podia fazer era esperar. E torcer. Por mais.

É claro que ele ia me dar mais. É para isso que os rapazes vivem: mais. Eles têm que ter mais, ir além; todos os caras que eu conheci estavam no ponto de o saco explodir.

Sim. Bem. Mas não Didion Jones. Ele não partiu para cima de mim. Ele não botou sua mão por baixo da minha camiseta — mesmo que ele tenha que saber, é claro que tem, que ele pode fazer minha camiseta evaporar. Aquele beijo não foi um passo em direção a um objetivo; era apenas... aquilo mesmo. A satisfação no seu sorriso me dizia aquilo. E quando ele moveu seu cotovelo para deitar sobre suas costas, uma corrente de ar eletrificado passou entre a gente e eu percebi que estava satisfeita também. Eu não ia ser gananciosa. Um único e perfeito beijo era muito. E é mesmo.

À nossa volta o mundo continuava funcionando. Caminhões devoravam as estradas. Wynn roncava e murmurava. Os objetos no quarto se tornavam distintos enquanto as sombras davam lugar à luz. Eu estava apenas achando isso — eu não estava tecnicamente consciente disso tudo. Eu só estava ciente de Didion Jones. Um suspiro saiu de dentro de mim, tão diferente de tudo que eu já senti, tão simultaneamente leve e carregado, que chegava a doer.

Foi quando ele me disse:

— Não, Stella.

Seus olhos estavam parados no teto. O livro do meu coração devia estar aberto ali.

— Não se apaixone por mim. Por favor, Stella, não faça isso...

Ah, sim, claro. Eu entendo. Eu entendo completamente. Eu entendo sobre Didion Jones. Como ele me aconselha a não me apaixonar por ele porque ele estava morrendo de medo de acontecer o mesmo com ele. Como ele poderia não ter medo de amar, um garoto como aquele, um órfão, um órfão do furacão — ele perdeu tanta coisa, amor é como um incêndio para ele. Quente demais para tocar. Impossível de prever. Provável de queimar a carne, deixando cicatrizes no processo. Amor era a antítese da sobrevivência para Didion.

Então era a minha missão fazê-lo crer no contrário. Porque se tem alguma coisa de que Didion Jones precisa, é que nós nos apaixonemos. Intensamente. Rápido. Para sempre.

# O GAROTO

Mais três datas — Phoenix, Salt Lake, Vegas — e então nós voltamos para casa. Estou com saudades da minha garota, eu quero tanto vê-la, mas voltar para casa? Para quê? A estrada é como uma solitária; ela se entranha em você. Eu consigo entender voltar para uma visita, um pit stop para a vida pessoal, mas ficar por lá, criar raízes, isso não me parece... normal mais.

Uma coisa é certa — é estranho não passar o Dia de Ação de Graças com a família. Minha mãe tomando tragos escondida para manter a calma enquanto meus primos pequenos tocam o terror na sala. Meu pai montando guarda, esperando o pequeno botão vermelho que indica quando o peru está pronto para saltar. A Batalha dos Peitos — Vovó Ann contra Vovó Doris num combate verbal:

— Você chama isso de caçarola de feijão verde?

— Você chama isso de molho?

Lar, doce lar...

Em vez disso, nós estávamos num jantar de Ação de Graças Tex-Mex no Arizona, onde o menu trazia salsa de cranberry, enchiladas de batata-doce e outros sacrilégios. Mas nós aproveitamos o melhor que pudemos, até nos vestimos para a ocasião, o que é louvável, já que lavamos roupa apenas uma vez em toda a viagem e estamos nas últimas peças da mala. Peony, no entanto, se transformou totalmente — por causa da presença da nossa convidada de honra, Sra. Taylor, que veio passar o fim de semana conosco. Ela prendeu o cabelo e estava usando uma blusa que cobria as tatuagens. Na verdade foi a própria Peony que pediu à Sra. Taylor para fazer a oração. Depois da oração as duas ficaram paparicando a Kendall.

Kendall parecia preferir a comida, mastigando com gosto, até que ela teve uma idéia:

— Já sei! — gritou ela. — Vamos dar a volta na mesa dizendo o que cada um de nós quer agradecer.

Ninguém se manifestou negativamente, mas também ninguém pareceu animado com a idéia. Kendall não deu a mínima:

— Eu começo — disse ela —, uau. Meu Deus. É tanta coisa. Bem, antes de tudo, eu agradeço a Deus por me dar tantos, mas tantos talentos. E eu quero agradecer oficialmente à minha mãe por vir até aqui. Nós passamos por maus bocados, mas eu aprecio tudo o que você fez por mim, mãe.

Ela e a Taylor Senior trocaram um olhar meloso antes de Kendall deixar seu olhar descansar rapidamente, mas de forma teatral, em todos nós, um de cada vez.

— Eu também gostaria de agradecer ao Senhor por me trazer a Srta. Peony, a melhor tutora que já existiu. E eu quero agradecer pelo Sr. Gaylord, que agüenta nossas confusões e nos mantém a salvo. E, bem, talvez não seja justo dizer que acima de tudo, mas o que eu estou mais agradecida é pela minha banda. Wynn... Stella... A/B... — falou ela, a parte final olhando diretamente para mim —, eu sei que vocês me amam tanto quanto eu amo vocês.

Cara, isso ia ser difícil de superar! Nós acabamos ecoando os sentimentos da Kendall de forma meio vazia, mas se nós fôssemos absolutamente honestos, eu acho que seria mais ou menos assim:

Gaylord:

— Eu quero agradecer o fato de só restarem mais três datas nessa turnê. Eu não sabia o que esperava quando entrei para o ramo de produção, mas ser motorista de ônibus é que não foi.

Peony:

— Eu agradeço por a Kendall estar dividindo o quarto com sua mãe em Phoenix, me deixando livre para entoar meus cânticos e desenhar meus pentagramas, ou que quer que seja que eu faço normalmente.

Wynn:

— Eu estou tão agradecida que nenhum de nós tenha cortado a garganta do outro até agora, porque, eu juro, não consigo suportar esse tipo de sofrimento emocional.

Stella:

— Primeiro, eu quero agradecer por não ter passado por cima da mesa com minha faca de manteiga e ter cortado a cara da Kendall por nos ter chamado de sua banda, como se nós fôssemos os músicos de apoio que ela contratou. Mas a principal coisa por que eu estou agradecida é Didion Jones. Eu agradeço o fato de ele existir, que eu tenha tido a oportunidade de experimentá-lo e que eu tenha inteligência para descobrir uma forma de ficar com ele.

Eu:

— Eu estou agradecido pela minha Edie. Eu só espero conseguir evitar fazer algo estúpido que poderia fazê-la me dar um pé na bunda.

Gremlins estavam conspirando contra mim, no entanto — naquela noite eu fiz coisas que muito bem mereciam um pé na bunda. O relógio digital mostrava o fato irrefutável que eram 2h26 da manhã quando eu fui acordado por insistentes batidas.

— Gaylord — grunhi —, tem alguém na porta.

Alguém batendo na porta a essa hora só pode significar que tem algo errado, e resolver problema é basicamente a descrição do trabalho de um tour manager. Mas as batidas continuaram e Gaylord não fez nada. Momentos depois eu percebi que era porque Gaylord não estava lá — não estava na cama ao lado, nem no banheiro, não estava no quarto.

Então devia ser ele — ele pode ter saído para comprar um refrigerante e esqueceu a chave no quarto. Ainda meio dormindo, eu levantei para abrir a porta para ele usando apenas minhas cuecas. Só que não era ele — era Kendall. Ela jogou seus braços em volta do meu pescoço, seu movimento nos empurrando para dentro do quarto. Sua camisola de algodão estava quente contra o meu peito nu; seu corpo debaixo dela estava ainda mais quente.

— Oh, A/B — sussurrou ela violentamente no meu ouvido.

Eu queria esclarecer as coisas, literalmente — eu tentei achar o interruptor na parede.

— Não, A/B! Por favor! Não acenda a luz — disse Kendall, me apertando mais forte ainda. — Eu não quero acordar o Sr. Gaylord; eu só, eu queria ter certeza de que você estava bem...

— Kendall, relaxa!

Eu estava dizendo a ela para relaxar? Eu estava 95% nu nos braços de Kendall Taylor! Ela me soltou, mas conseguiu me manobrar me posicionando contra a porta, meu rosto em suas mãos, (aparentemente) sem se dar conta da minha quase nudez.

— O que você quer dizer? Por que eu não estaria bem? Sério, olha só, é com o Gaylord que eu estou preocupado. Ele nem está aqui!

Kendall mudou de tom, alarmada, excitada:

— Ele não está?

Andando todo atabalhoado eu acabei batendo com minha canela em algum móvel de hotel colocado em algum lugar inconveniente.

— Au! Merda! Au!

— Oh! A/B! A/B!

A mão de Kendall tocou o flanco esquerdo do meu corpo enquanto eu claudicava na direção da maldita escrivaninha e esticava minha mão até a lâmpada que estava sobre ela. Eu a acendi. Kendall e eu piscamos um para o outro.

— Oh, A/B! Você se machucou? Eu sinto muito.

— Tudo bem! — menti, estava doendo pra burro. — Ah, que nada, está tudo bem.

— Você está sangrando?

Ela se abaixou, sua camisola branca pendurada sobre sua pele:

— Deixe-me ver. Ah, você rompeu a pele.

Delicadamente ela tocou o local da ferida, o que me rendeu um sobressalto, como um calafrio. Kendall, perdendo o equilíbrio, caiu de bunda no chão. Então eu me abaixei ao seu lado para saber se ela estava bem. Uma posição constrangedora, uma situação constrangedora, apenas isso — apenas um garoto e uma garota em trajes sumários no meio da noite por causa de... por causa de quê?

— Kendall, o que está acontecendo? O que você está fazendo aqui?

Ela saiu de perto, depois olhou para trás:

— Desculpe, eu... eu tive um sonho, um pesadelo e você estava nele... Ah, A/B, eu não consigo lembrar mais. Mas eu sei que você estava em perigo, muito perigo, e apesar de ser um sonho foi tão real, bem, quando eu acordei, dei uma escapada do meu quarto. Eu apenas tinha que me assegurar que nada tinha acontecido com você.

Que gracinha, seus olhos olhando profundamente nos meus. Dava para ver a preocupação no seu rosto... e um pouco de maquiagem. Além disso, seu cabelo não estava como se tivesse acabado de sair da cama. Hummm. Então ela acordou sobressaltada, com a garganta fechando de medo pela minha alma mortal, mas mesmo assim arrumou alguns segundos para passar um gloss e pentear o cabelo? Eu precisava me levantar... agora, naquele momento, já. Eu fiz isso, e Kendall me seguiu. Nós não podíamos apenas ficar ali de pé. Então nós nos sentamos. Na cama.

— Oh, A/B, me desculpe. Eu só... meu Deus, você não está com frio?

Com certeza, eu estava morrendo de frio! Tremendo com minha cueca samba canção e um par de meias, para ser preciso.

— Por que você não entra debaixo das cobertas? — sugeriu ela, dando uma de Florence Nightingale e ajeitando o lençol.

Eu entrei debaixo das cobertas, dobrando meus joelhos contra o peito, trazendo os cobertores junto. Kendall murmurou:

— Estou com frio também.

A próxima coisa que eu percebi foi ela entrando debaixo da coberta também, apenas um pedaço de algodão separando a pele dela da minha. Isso não era boa coisa. Mas o que eu poderia fazer, empurrá-la para fora? Kendall é... frágil. E eu fiz um juramento de que ia fazer de tudo para ela não pirar.

— Olha, Kendall, antes de tudo — falei com um pouco de carinho, mas ao mesmo tempo num tom de negócios —, o que está errado, sério?

— Eu já falei — resmungou ela. — Eu tive um pesadelo e fiquei preocupada com você.

— Tá bom, calma! Eu entendi, eu sei. Mas eu estou perfeitamente bem. Certo? Um pouco machucado na canela, talvez...

Testei uma risada.

— Oh, A/B. Como você pode rir? Não é engraçado.

— O que não é engraçado? O que está acontecendo? Você pode me contar...

— Nada. Tudo. Eu não sei — suspirou ela. — Eu só estou tão cansada. A turnê, ser o centro das atenções... você não tem idéia de como isso é desgastante. Aulas todos os dias ainda por cima. E eu me sinto, eu não sei, solitária de alguma forma. Tipo as meninas, eu esperava que nós fossemos nos entrosar na turnê, nos aproximar como deve acontecer com as amigas. Meu Deus, algumas vezes eu sinto como se elas mal me tolerassem.

— O que é isso, Kendall. Isso não é verdade.

Ok, como eu vou escapar dessa?

— Você sabe o que eu acho? — tentei. — Eu acho que como você é uma pessoa boa e generosa, você acha que todas as pessoas são como você. Mas elas não são. A Stella, por exemplo, não é que ela não ligue para você, é só que aquele jeito arredio de menina do Brooklyn é tudo o que ela sabe. E a Wynn, bem, ela é cheia de sentimentos, mas com a sua criação, aquela coisa fria de família rica, demonstrar afeto é considerado cafona. Então ela bota nas letras e na bateria o que ela não consegue expressar diretamente.

A cabeça de Kendall recostou sobre o meu ombro, baseado nisso eu acho que fiz um bom trabalho — Wandweilder teria ficado orgulhoso de mim.

— Você está certo, A/B — disse ela, acrescentando mais animada —, quer saber? Você é realmente um príncipe.

Ela me beijou — um pequeno e casto beijo na bochecha — então meio que ajeitou seu corpo sob as cobertas. Se acomodando. Se acomodando demais, eu diria. Na minha cabeça, eu me lembrava que ela não deveria — não podia — passar a noite ali. Eu fiquei pensando no meu próximo passo enquanto seu hálito esquentava o meu pescoço. Então finalmente: eureca!

— Então... — disse eu. — Onde você acha que o Gaylord se meteu?

# A VOZ

As pessoas que não acreditam em Jesus Cristo são tão cegas! São tantos sinais da Sua existência onde quer que você procure. Veja a noite de Ação de Graças. Quando eu bati na porta do A/B, tudo que eu esperava era mostrar a ele que eu estava preocupada. Eu certamente não esperava que nós acabássemos na cama. Agora se isso não é um presente de Deus, eu não sei o que é. Então, para melhorar as coisas, nós agora temos um segredo só nosso. Porque eu nunca pensei em ficar lá a noite toda e ele sabia que isso não era certo também, então ele resolveu mencionar novamente o desaparecido Sr. Gaylord.

— Nós devíamos procurá-lo — disse A/B levantando as cobertas e pegando um par de calças. — Ele não pode estar no bar; deve ter fechado às duas. E ele não pode estar na recepção, no telefone com Nova York. Ainda não amanheceu lá.

— Meu Deus, A/B, você daria um detetive brilhante — disse a ele.

Eu estava simplesmente emocionada — romance e mistério!

— O que devemos fazer?

— Eu não sei. Talvez ele tenha ido até as máquinas de refrigerante e tenha tido uma embolia cerebral. Algo assim pode matar uma pessoa em segundos — disse A/B estalando os dedos.

Aquilo era assustador. Seria desastroso se algo horrível acontecesse quando todo o resto estava indo tão bem. Mas deixei meus medos para trás:

— Vamos checar.

— Sim — disse ele pegando a chave e botando os tênis —, em que direção ficam as máquinas?

Nós saímos pelo corredor para o lado esquerdo. Não tivemos sorte. Quando estávamos voltando na outra direção, ouvimos um barulho e instintivamente nos escondemos atrás da porta da escada. Dando uma espiadinha nós vimos o Sr. Gaylord, ah, com certeza nós o vimos! E ele parecia estar muito bem — com a Srta. Peony agarrada a ele como um macaco a um galho. Ela estava usando um robe fino, esvoaçante e, meu Deus, transparente. E nadinha por baixo! Bem, A/B e eu estávamos prontos para explodir. Nós botamos nossas mãos na boca enquanto entrávamos no vão da escada. Então, a Srta. Peony e o Sr. Gaylord começaram a se beijar apaixonadamente bem ali no corredor.

A/B me puxou de volta para a escada.

— Eu tenho que voltar para o quarto — sussurrou —, eu não quero que ele saiba que eu sei.

Eu balancei a cabeça concordando.

— Você está com a sua chave? — perguntou ele.

Eu a tirei do bolso da minha camisola.

— Bom — disse ele —, tudo bem você esperar aqui até eles... hummm, terminarem?

Novamente eu concordei com a cabeça.

— Certo. Bem, bico calado sobre isso, tá bom? Ninguém mais precisa saber.

O brilho dos meus olhos era resposta suficiente e A/B fez um sinal de "shh" — com o dedo nos lábios — antes de ele caminhar cuidadosamente pelo corredor e entrar em seu quarto. Finalmente a Srta. Peony e o Sr. Gaylord se separaram e ela passou pela sua porta, o vendo andar em direção ao seu quarto. Eu aposto que o A/B se jogou na cama ainda com as calças e os sapatos vestidos. A Srta. Peony entrou no quarto e eu fui até a minha porta, passei a chave e abri a porta cuidadosamente para não fazer barulho. A última coisa que eu queria era acordar a minha mãe.

# A CHEFE

No campo musical, tudo que o Brian sonhou está acontecendo. Nós somos agora uma banda que domina o palco. Quando eu vou até o microfone, harmonias realmente saem da minha boca. Pode ter a ver com o Didion — eu quero que ele me respeite como artista quando ele vier nos ver. Percebeu que eu não disse "se"? Não existe "se". Eu e Didion vamos ficar juntos; eu só tenho que descobrir como. Acreditem em mim, as rodas estão girando. Exatamente quando eu estava pensando nisso, sentada na van a caminho de Salt Lake, uma ligação de um número desconhecido chegou no meu celular.

— Stella?

Demorou um segundo para eu reconhecer:

— Brian?

Eu não sabia dele desde que nós partimos.

— E aí? Como está tudo?

— Um milhão de coisas, Stella — disse ele —, mas como dizia Willie Nelson, "You are always on my mind" (Você está sempre na minha mente).

Uau, eu fiquei muito animada. Ele andava pensando em mim esse tempo todo, provavelmente louco para ligar, mas me deixando fazer o que eu tenho que fazer, voar mais longe, ou o que seja. Um lampejo de algo como culpa bateu em mim. Agora que eu conheci Didion, beijei Didion... tudo é diferente.

— Stella, você está aí?

— Claro, Brian, estou aqui — disse eu.

— Meus espiões têm me dito coisas ótimas sobre você.

— Pára com isso.

— Não estou brincando. Só o que Gaylord fala é como você está maravilhosa no palco. Ele disse que você tem um novo passo, um trote? E que está cantando como uma louca.

Garotas negras também ruborizam, é verdade. Só que eu? Nem tanto. Até esse exato momento.

— Nesses buracos que você colocou a gente para tocar? — disse eu. — Eles são tão pequenos que eu troto três passos e já bato numa parede. Mas a parte de cantar, sim, eu tenho me esforçado bastante.

— Não posso esperar para ver você, Stella. Não posso mesmo.

— Bem, é bom você armar alguma coisa para a gente em Nova York — provoquei, eu sei que ele adora.

— Já armei — disse ele. — Outro single, um novo vídeo, com certeza. Saturday Night Live, quase lá. Mas eu falo disso com mais detalhes na sexta.

— Sexta?

De que ele estava falando?

— Gaylord não contou para vocês? — falou ele animado. — Estou indo para Vegas. Estou em Los Angeles agora para algumas reuniões, então pensei em fazer uma loucura. Fico um dia a mais, depois encontro com minha banda favorita. Nós podemos fazer uma farra em Vegas, depois todos voltamos para casa juntos.

Isso era tão inesperado — mas ao mesmo tempo, totalmente Brian. Ele dá linha, depois puxa de volta.

— Stella? Estou perdendo você?

Eu não sei, Brian. Pensei que você já tivesse me perdido.

— Não, estou aqui — disse eu —, vai ser legal. Eu... vai ser ótimo ver você.

— Eu sei — disse ele — apenas alguns dias. Mal posso esperar.

# A GOSTOSA

Nesse momento o cansaço da turnê realmente bateu. Toda aquela falação do A/B sobre a Edie no começo era uma gracinha, mas agora já está parecendo um disco arranhado. Eu juro que prefiro ouvir ele falar sobre progressões de acordes ou pedais de distorção. A negação teimosa da Kendall a isso tudo já está me dando nos nervos também. No palco ela é uma profissional, mas nas outras vinte e três horas do dia ou ela é lerda e tímida demais, ou age como uma cheerleader. E sabe o que mais — eu sei que isso vai soar como crueldade —, ela está ganhando peso. É difícil comer comida saudável quando você pula de um drive-thru a outro, e todos nós gostamos de cair de boca num bom sorvete ocasionalmente, mas desde que eu a peguei devorando aqueles chocolates sob a luz da lua... bem, aquilo foi perturbador.

Eu tenho sorte de ter o meu diário para soltar a tinta. Porque é nessas horas que um escritor escreve, quando sentimentos conflitantes se apresentam — saudade e melancolia, irritação e isolamento. Eu provavelmente estaria escrevendo mais se eu tivesse alguma privacidade, mas dividir o quarto com Stella traz os seus próprios desafios. Por exemplo, eu estou de saco cheio de lavar as minhas calcinhas na pia toda noite, mas agora ela resolveu largar as dela no chão do banheiro, sabendo que eu vou pegá-las e lavar junto das minhas. Eu juro, isso é muita intimidade. Quando foi que eu virei a empregada dela? Além do mais, eu tenho tido que lidar com duas Stellas, a anterior e a posterior ao Didion; como estamos na fase pós-Didion, ela não consegue parar de falar sobre ele — ela faz o A/B parecer um monge que fez um voto de silêncio duplo.

Não é que eu não entenda o que a Stella vê nesse cara. Talentoso, Lindo. Alto, língua afiada. E tem essa pureza que emana dele também... ou será que é isso exatamente o que ele quer que os outros pensem? Todo aquele jeitão de trovador sensível, os ternos velhos, a forma como ele rejeita a forma tradicional para o sucesso — eu quero dizer, se é real, tudo bem, mas se for só para fazer gênero e ficar bonito no seu release, é o fim do mundo — eu normalmente não sou tão cínica. Só quando se trata de homens, eu acho.

É claro que a Stella não é a Kendall. Stella tem a cabeça no lugar, ela conhece o mundo, ela pode sentir o cheiro de farsa a um quilômetro. Mesmo assim o Didion me deixa apreensiva. Ele nem ao menos ligou para ela desde que eles passaram a noite juntos. Talvez eu acredite que ela mereça alguém que é mais que carne, alguém com substância e lealdade, com alma... dusha. De qualquer forma, enquanto chegávamos a Salt Lake City, sua vida apresentou novas complexidades.

— Quer adivinhar quem era?

Ela fechou o celular, balançou a cabeça e sorriu toda feliz:

— Brian. Ele está vindo para Vegas. O que será que aconteceu? Você acha que ele sabe?

— Sabe? — disse eu. — Sabe de quê?

Oh, eu sabia perfeitamente do que ela estava falando, mas me fingi de idiota, especialmente porque os sentimentos da Stella em relação ao Brian — óbvios como eles são, ou eram — é um tópico sobre o qual nós nunca falamos de verdade.

Ela olhou para mim como se eu fosse uma completa retardada — aparentemente eu me finjo de idiota muito bem:

— Sabe sobre o Didion. Gaylord é tão fofoqueiro, deve ter sido ele que falou. Por que mais o Brian me ligaria todo "Oh, Stella, eu tenho ouvido que você está maravilhosa no palco" e "Oh, Stella, mal posso esperar para ver você"?

Eu não sabia como responder. Por um lado parece realmente estranho que o interesse do Brian na Stella tenha reaparecido de repente — eu certamente não recebi uma ligação pessoal anunciando a sua visita. Mas, por outro lado, ela provavelmente estava entendendo ele errado. Ela fazia parecer que o único motivo de ele ir a Vegas era carregá-la para a capela do Elvis! O que seja. Se a Stella quiser fazer esse papel de "dividida entre dois amantes" não sou eu que vou fazer nada. Então eu só botei um pouco de lenha na fogueira:

— Uau, é realmente estranho...

E voltei meu olhar para a janela.

## A CHEFE

Vegas, baby! Milhões de luzes, aquele cheiro no ar do deserto, a vibração de todo aquele dinheiro perdido, ganho e depois perdido novamente. E aqueles hotéis temáticos imensos, um mais louco que o outro. Que se dane o Holiday Inn, nós vamos ficar no mais novo e mais chique hotel da cidade. Le Rousseau, inspirado pelo pintor pós-impressionista, é uma floresta mágica incrustada num palácio — quartos, restaurantes e um imenso cassino, tudo é uma homenagem ao trabalho exuberante do francês. Bem que é recompensador terminar a turnê num lugar bacana, especialmente porque não vamos tocar no Hard Rock ou no House of Blues. Na verdade, esse deve ser o pior moquifo de toda a Turnê da Pobreza. Não que eu ligue para isso, mas é hilário ver a Kendall descobrir aos poucos que tipo de clube é o Peekers.

Eu vou dar algumas dicas: fica numa ruazinha afastada da rua principal, onde ficam os cassinos. E a silhueta no cartaz do lado de fora é a mesma que você está acostumado a ver nos pára-choques dos caminhões. A/B e eu notamos de cara, rindo como loucos enquanto entrávamos. Wynn percebeu quando viu o mastro no palco. Mas a Kendall? Nem desconfiava.

— E aí, o que você achou, Kendall? — perguntei, sem conseguir resistir.

— Bem — disse ela — não é pior que as outras pocilgas em que tocamos.

— Você tem certeza?

Eu rodei no mastro, segurei, dei um pulo e fui escorregando.

— Uau, isso é divertido — disse eu.

— Você é um talento natural, Stella. Se essa coisa de rock não der certo, você não vai morrer de fome.

Será que eu detectei maldade no comentário da Wynn?

— Fale por você mesma, Barbie da Playboy — disse a ela —, aqueles parecem os seus peitos no cartaz, não os meus!

Com a guitarra numa mão e o amplificador na outra, A/B seguiu Gaylord em direção ao camarim:

— Eu vou ficar fora dessa — falou por cima do ombro.

— Alguém vai me dizer o que está acontecendo? — perguntou Kendall.

— Ela está provocando você, Kendall — disse Wynn, estragando a brincadeira. — O Peekers é o tipo de lugar onde homens... onde mulheres... dançarinas exóticas...

Lentamente o rosto de Kendall dava sinais de que ela estava entendendo.

— Parabéns — zombei. — Muito bem, você acertou, Peekers é um clube de strip!

— Ei! — falou uma voz familiar vinda da entrada. — Era um clube de strip.

Eu não conseguia vê-lo — a área do bar estava muito esfumaçada — mas eu sabia quem estava vindo na direção do palco.

Brian!

— Ei, Brian, saca só!

Eu rodopiei no mastro fazendo piruetas no melhor estilo garota de programa.

Brian assoviou e aplaudiu, o que naturalmente me encorajou a engatinhar até a beira do palco. Quando eu olhei, lá estava ele ainda aplaudindo, ainda assoviando. Brian sempre me entendeu — minhas loucuras, meu senso de humor estranho. O problema é que ele não estava sozinho.

— Você se lembra da Cara Lee Ballantine, não lembra, Stella?

Claro que eu me lembrava. Só que da última vez que a vi, ela estava de jeans — dessa vez ela estava toda alinhada com um top de linho e uma saia rodada. Nada a ver com um clube de strip.

— Sim — disse eu descendo do palco e procurando minha dignidade e imaginando o que aquela vaca estava fazendo lá.

# A VOZ

**E**sse é um show muito importante para nós. O destino do 6X está na corda bamba. Se nós conseguirmos impressionar todos os figurões que o Sr. Wandweilder trouxe para Vegas — produtores de shows, diretores de programação de rádios, o editor da *Pollstar*, a revista que fala de shows —, nós praticamente garantiríamos uma turnê de verdade no próximo ano. Deus, não seria maravilhoso? Um ônibus de turnê de verdade, com um centro de entretenimento e tudo mais. Nós ainda não seríamos a atração principal, mas nós abriríamos para alguma banda grande e tocaríamos em enormes teatros ou talvez até em arenas com camarins de verdade. Ah, e nós teríamos um rider! É um contrato detalhando todas as suas exigências para o show — como doces e refrigerantes no camarim e muitas calcinhas e meias para a gente não ter que se preocupar com roupa limpa.

Para minha sorte eu não fico nervosa em subir no palco e eu sempre rezo antes do show então eu sei que o Senhor está comigo (no começo da turnê eu tentei trazer a banda toda para as orações, mas, bem, é problema deles se eles não querem ser salvos). Essa noite eu decidi rezar mais, já que o show é tão importante, e também porque o Peekers é um lugar onde as pessoas costumavam tirar a roupa, então eu não acho que o Senhor tenha tido algum motivo para vir aqui antes. Bem quando eu estava pensando na melhor forma de falar isso para Jesus, Stella e Wynn entraram. Meu Deus! As coisas podiam ir por água abaixo num minuto.

— Vai pra piiiii, Wynn! Eu faço o que eu quiser — disse Stella, num tom calmo, mas cheio de malícia.

— Não, vai se piiii, você, Stella — disse Wynn, muito menos controlada. — Você está bêbada para piiiii, e se você fizer piiiiiii no palco, você não estará só piiiiiii você mesma, você estará piiiiiii todos nós.

— Urgh! Eu não agüento mais essa piiiiii! Você não é a piiiii da minha mãe, tá bom!

Wynn não gosta de brigar. Ao contrário da Stella, ela não é boa nisso. Ela estava tentando não chorar, engolindo os soluços, limpando a coriza com a mão:

— Stella, por favor, você está entornando desde as seis da tarde. Você tem que largar essa bebida agora mesmo!

A/B e Gaylord entraram no camarim apertado e instantaneamente fizeram uma cara de quem queria dar a volta e sair, mas Wynn e Stella estavam nos ignorando. Wynn torcia as mãos. Stella bebia de uma lata de Red Bull batizado, fazendo um "ahhhh" depois de cada gole. Mas se ela estava bebendo aquilo há três horas, ela não parecia tão mal assim. Meu Deus, a vez em que eu acidentalmente fiquei bêbada, não me lembro de muitos detalhes, mas acredito que vômito fez parte da história. Stella não estava gritando ou falando enrolado. Seus movimentos estavam um pouco exagerados, seus braços balançando um pouco demais, mas ela não estava cambaleando. Ela se sentou ao meu lado, pernas abertas, lata de Red Bull entre os dedos:

— Você é tão mimada, uma piiiii de um bebê! — disse ela para Wynn.

— Eu sou um bebê? — gritou Wynn. — Olhe para você ficando bêbada para chamar atenção. Mas vai em frente, faça de você mesmo um espetáculo em frente aos nossos fãs de Vegas e o pessoal do meio que o Brian trouxe para nos ver. Você não tem nada para se preocupar se o seu amado não está por perto — essa parte fez Stella se levantar. — É verdade — continuou Wynn —, eu sinceramente duvido que você estivesse agindo como uma piiiiii se Didion Jones estivesse aqui.

Stella se enfezou:

— Como você se atreve?

Agora ela estava gritando também:

— Como você se atreve a mencionar o Didion? Você não é digna nem mesmo de falar o nome dele.

Oh, meu Deus, ela estava transtornada. Mas ela largou a lata de Red Bull na mesma hora.

# A GOSTOSA

Guerra é uma coisa que eu nunca vou compreender. Como governos convencem um bando de pessoas a sair e massacrar outro bando de pessoas que eles nem conhecem? Quero dizer, como um total desconhecido pode te deixar tão furioso? E como você iria atacá-lo? Bem, essa parte não faz sentido se você tem armas químicas ou uma bomba atômica, mas se você lutar soco a soco — ou tiro a tiro — você precisa ter uma idéia de onde atacar seu adversário. A única coisa que faz sentido é conhecer seu inimigo. Provavelmente ajuda se você amá-la também.

O arranca-rabo com a Stella? Fui eu que comecei, sem dúvida. Sim, a panaca aqui pegando no pé da rainha do confronto. É claro que eu não planejei isso; forças ocultas e por isso mais incontroláveis estavam por trás de tudo. Eu acho que aquilo estava sendo preparado por um tempo e eu estava esperando a hora certa. O porre da Stella apenas me deu uma desculpa conveniente. Ela nem estava tão alucinada assim. O que me deixava furiosa era por que ela estava bebendo. Frustrada por seu querido Didion não estar à disposição, ela falou com o Brian e ficou toda animada — mas quando ele chegou com Cara Lee, ela resolveu acreditar que ele estava brincando com ela. Então ela resolveu beber, colocando em risco o nosso maior show até agora. Parece coisa de novela.

Uma amiga de verdade, uma boa pessoa, teria se compadecido — aparentemente eu não sou nem uma nem outra. Stella estava se afogando numa areia movediça amorosa. Será que eu devia entrar para salvá-la? Devia jogar uma bóia? Não. Tudo que eu falei, doce e sinceramente, foi:

— Você realmente acha que precisa de outro Red Flag?

O impulso de brigar veio num galope. Uma energia doentia, perversa — um gosto estranho e amargo no fundo da sua garganta, uma contração involuntária nos seus músculos. Mas foi irresistível, muito forte. E só porque algo interrompeu isso tudo — seu empresário, vamos dizer, zombou da sua sede de sangue e a levou pela mão até o palco como uma professora do primário — o problema não ia embora automaticamente. A única coisa boa que eu posso dizer dessa sensação de raiva é que ela alavancou nosso show. Eu juro, Stella e eu estávamos nos engalfinhando no camarim para fazermos a melhor apresentação de nossas vidas alguns minutos depois.

O álcool deve modular o impulso de brigar na Stella. Raiva é um estimulante e a bebida a deixa solta, fazendo o ritmo fluir. Conscientemente, talvez exista algo como "eu vou mostrar para a Wynn; eu vou mostrar para todos eles" nela essa noite. Quando ela se inclinava no microfone para seus *backing vocals*, ela cuspia como uma cobra. Ela estava com tudo.

Eu, eu me sentia envenenada e o único antídoto era bater na bateria como um corredor de charretes. Eu precisava bater forte para tirar aquilo de mim, fazer sair com meu suor. Eu tive sorte que no nosso *set list* para a noite eu só teria que cantar na quarta música. Não é que até lá eu já estivesse sob controle — longe disso — eu apenas estava mais acostumada com o fato de estar fora de controle. E ainda tinha essa corrente de competição, o que era muito bizarro; eu não sou nem um pouco competitiva. Mas se a Stella estava vindo com um "eu vou mostrar para a Wynn", eu tinha que revidar com um pouco de "eu vou mostrar para ela" também.

Já o A/B e a Kendall não tinham como saber que o nosso impulso de brigar iria funcionar a nosso favor, então eles estava tentando com mais afinco. A/B estava bailando com sua guitarra como se estivesse num concurso de dança, tocando com a paixão de um homem possuído. Naturalmente Kendall não podia ser ofuscada pelos membros da "sua" banda, então ela estava pegando fogo. Com alguns cantores, suas vozes vão enfraquecendo ao longo da turnê, mas quanto mais Kendall exercitava o seu instrumento, mais clara e doce ela ficava. Essa noite, no entanto, tinha uma nova dimensão nela. Talvez tivesse raízes na cena da briga que ela tinha testemunhado mais cedo; talvez seja por causa de outros demônios contra os quais ela estava lutando. Eu não sei, mas tinha um novo lado alienígena na sua performance que nos levava ao precipício e nos jogava — a banda, os fãs, até o pessoal da indústria fonográfica — pro alto e para o vazio.

Mas a voz era apenas uma parte disso tudo. Kendall estava usando o seu corpo também. A forma como ela estava cantando era física, para início de conversa — a voz vinha das entranhas e ela se contorcia involuntariamente. E já que ela resolveu usar os saltos mais finos que ela conseguiu achar, quando ela fazia movimentos voluntários — montando no pedestal do microfone como um cavalo, batendo o pé com força no ritmo da música — ela ficava meio desengonçada, o que é parte do seu charme. Só que essa noite ela estava exagerando nos giros e rodopios como um filhote de Stevie Nicks com um mico-leão-dourado.

Tudo estava indo bem — até "Put This in Your Purse (Ashley)". O refrão é frenético, muito rápido e barulhento, com uma pausa abrupta antes da ponte. Kendall decidiu que essa era a hora para um novo passo — pense na posição do guerreiro da ioga. Perna esquerda dobrada, perna direita esticada, braços para o alto, cabeça jogada para trás. Ela parou na posição, mantendo o equilíbrio com custo sobre os saltos, mas quando ela fez força no pé da frente para voltar a ficar de pé normalmente: Skr-r-r-r-r-ip! Suas calças se rasgaram até a parte de trás. Suas calcinhas brancas apareciam pelo rombo. Da minha posição privilegiada, atrás dela, na bateria, eu consegui ver tudo. Ela devia estar tendo um treco! Eu me lembrei de quando meu peito saltou para fora da camisa no nosso showcase em Nova York e fiquei imaginando se catástrofes com vestuário seriam uma maldição do 6X.

Kendall fechou os joelhos e continuou cantando. Quando A/B entrou no seu solo, ela lançou olhares de pânico para a esquerda e para a direita sem se mexer, então terminou a música sob uma parede de barulho e agradeceu. Só quando o aplauso começou é que ela saiu correndo para a lateral do palco. A/B e Stella não sabiam que a costura tinha estourado — só o que eles sabiam é que nós ainda tínhamos três músicas para tocar — e eles se olhavam sem entender nada. Eu não hesitei: levantei correndo do meu banco, peguei o casaco de capuz que eu tirei depois da primeira música e corri atrás da Kendall.

— Ohhh, Wynn — disse Kendall quase perdendo o fôlego —, você viu?

— Vi, mas não se preocupe, ninguém mais viu. Eu olhei para o palco. Stella e A/B andavam de um lado para o outro desconfortáveis, sem saber se saiam do palco ou o que faziam. Então a platéia começou a pedir "mais" e "bis". A/B tocou algumas notas, Stella o acompanhou um pouco, desesperada para achar uma linha de baixo que se encaixasse no seu improviso.

— Veja, está tudo bem — disse eu.

Mas Kendall estava tão chocada que parecia que eu estava falando grego.

— Caramba, Kendall!

Eu balancei seu ombro com uma mão e empurrei meu casaco em cima dela com a outra.

— Amarra isso na sua cintura e volta pro palco logo!

Eu fui em direção à bateria e o público ao perceber começou a gritar mais alto. Então Kendall apareceu causando mais gritos na platéia.

— Obrigada! Muito obrigada! — disse ela tímida, então elevou o volume. — Uhu, agora eu sei o que Elvis queria dizer quando falava "Viva Las Vegas"!

Ela emendou num pequeno discurso sobre como esse show era o ponto alto da nossa primeira turnê, e como era maravilhoso para nós ter um público tão incrível para melhorar tudo. Então ela literalmente disse:

— Ai, caramba!

E anunciou "Hello Kitty Creeps Me Out".

Então nós terminamos nosso set e depois disso, bem, você não ia acreditar em como Stella e eu conseguimos evitar contato visual até depois de meia-noite, quando Brian anunciou que estava levando a festa para o hotel. Stella e Kendall foram com ele, Cara Lee, e alguns figurões selecionados a dedo na limusine; eu fui com A/B, Peony e Gaylord na van. Assim que nós chegamos, no entanto, eu não consegui me juntar à festa. Eu pisei no lixo que eram as roupas e sapatos da Stella em nosso quarto, lavei meu rosto e botei uma calça confortável. Pensei em pegar o meu diário ou em falar com essa câmera, mas não — a briga com a Stella, como eu me sentia em relação ao fim da turnê e a voltar para casa, eu ainda não estava pronta para gravar isso tudo para a posteridade ainda.

A princípio eu achei que a minha única outra opção era cair na cama e fingir dormir, para que quando a Stella chegasse mais tarde eu não ter que falar nada. O problema é que eu estava muito ligada para ser convincente. Minha respiração era vulcânica, eu conseguia ouvir o meu cabelo crescer. Então eu me toquei: eu estava em Las Vegas. Eu botei a minha chave no bolso e saí andando pelos salões verdejantes e assombrados por olhos de tigre do Le Rousseau.

Foi quando eu vi a Kendall. Ela não estava na festa também; ela também estava usando calças de moletom largas, e ela estava indo na direção do Jungle Indulgence, um bufê de sobremesas.

— Ótima idéia — pensei —, brilhante!

Correndo, eu a alcancei e puxei a manga da sua camisa. Ela tomou um susto quando me viu, olhos arregalados, boca aberta, bochechas coradas. É claro que ela estava envergonhada. Esse é o último lugar onde ela quer ser vista depois de rasgar as calças, e como eu era a única que sabia disso, eu era a última pessoa no mundo que ela queria que a visse.

Mas não tinha nenhum sinal de julgamento no meu sorriso. Kendall devia saber aquilo. Eu passei meu braço por dentro do dela:

— Mentes brilhantes pensam parecido — disse eu suavemente, a confortando e a levando para dentro.

# PARTE TRÊS

## Pé na Estrada

"Have love, will travel..."
(Tendo amor, eu viajo)

— The Sonics

# A CHEFE

É assim que eu faço: eu fico com raiva. Eu explodo. Eu supero. E eu sigo adiante. Wynn, claro, queria falar sobre as minúcias de nossa briga na manhã seguinte, mas eu estava com muita ressaca para me importar. O que tem para se analisar? Merda acontece. Nós estávamos dividindo o quarto por meses. Isso é duro. Para piorar tudo, era eu que estava chamando a atenção dos caras, não ela. Então ela me atacou. Ela realmente entrou em contato com o seu lado malicioso — mas é melhor que ela faça isso abertamente do que deixar isso alimentar a sua neurose. Minha resposta foi a epítome do estilo Stella: eu a perdoei. Se considere desculpada, piranha — não deixe isso acontecer novamente.

Agora, de volta a Nova York, está tudo bem. Nós estamos ocupadas. Reuniões na Universe sobre o nosso próximo vídeo — o selo quer a Wynn na frente, então estão entre "Hello Kitty" e "Lingerie Model". Além disso, estou me preparando para minhas provas de admissão na faculdade. No tempo livre, compras de Natal. Um celular para o Didion — isso é parte do meu plano perfeito. Um telefone com câmera, claro. Já carregado com várias fotos de adivinha quem...

Eu e a Wynn fomos até o Soho, esperando evitar a confusão do centro da cidade, mas estava complicado lá também. O prefeito devia cobrar entrada ou algo assim.

Desviar de turistas carregados de pacotes é muito cansativo, então quando a Wynn sugeriu um chocolate quente mexicano eu a mandei mostrar o caminho.

— Nós devíamos marcar um dia para trocarmos presentes entre a banda — disse ela sobre uma caneca fumegante.

Nós pegamos nossos PDAs.

— É melhor que seja logo. Quando a Kendall vai partir para Hog Level?

— Frog Level.

Que se dane.

— Desculpe, mas eu acho que Hog (porco) Level tem mais a ver. Você olhou para a sua menina recentemente?

— Stella, você é tão má — disse Wynn inalando seu narcótico de chocolate — toda aquela comida engordativa da estrada, eu provavelmente engordei uns três quilos também.

Por favor. A Barbie precisa de um selo de qualidade no seu traseiro para lembrá-la como seu corpo é fantástico.

— Então, o que você vai fazer no réveillon?

Wynn mastigou um biscoito.

— Meu pai verdadeiro está vindo. Naturalmente minha mãe recebeu essa informação comprando uma passagem para St. Bart's. Manhattan não é grande o suficiente para eles dois. De qualquer forma, ele vai estar com a sua namorada, então nós provavelmente vamos apenas jantar e eu vou ficar no seu hotel. Eu não quero voltar para uma casa vazia. E vai ser bom vê-lo... los — falou ela encolhendo os ombros. — E você?

— Você ouviu o que o Brian disse na reunião do selo. Ele vai arrumar uma mesa naquele tributo aos Ramones para angariar fundos para a pesquisa sobre o câncer — lembrei. — Foge depois do jantar com o seu pai, a gente vai se divertir.

Wynn estava sem sombra de dúvidas louca para perguntar se eu estava tranqüila com o lance da Cara Lee. Quer a verdade? Eu ainda não sei se o Brian está misturando trabalho com prazer, mas eu sei que aquela piranha de Oklahoma vai para casa para as festas de fim de ano, então ela não é problema. Wynn estava com um bigode de chocolate. Eu devia estar com um também. Eu lambi os beiços e um segundo depois ela fez o mesmo. Foi aí que o telefone dela tocou.

— E aí — disse Wynn toda animada — como está tudo?

Aquele zurro... Malinka. Wynn segurava o telefone afastado do ouvido.

— Sério! Legal! — disse Wynn — Não, meus pais viajam nesse dia. Não, não seja boba. Sim, claro. Êêê! Festa!

Wynn fechou seu celular com um sorriso bobo.

— Parece que eu não tenho que me preocupar em ficar sozinha em casa...

## A VOZ

Agora que eu sou famosa minha prima Carlene não larga do meu pé. Da última vez que eu a vi ela agia como se fosse superior, com seu anel de compromisso e seu noivo; agora ela é a minha melhor amiga. Será que ela acha que meu talento é contagioso? Eu estava sendo muito graciosa enquanto ela me levava para os lugares, desfilando ao meu lado. Graças a Deus eu trouxe um monte de fotos de divulgação. Um pequeno gesto de minha parte — mas para as pessoas de Frog Level era um tesouro eterno.

É bom ver todo mundo, ter a cidade aos meus pés, mas eu estava distraída, desligada. Ultimamente o conceito de lar é algo que eu não entendo muito bem. Meu lar é aqui na Carolina do Sul, onde eu nasci? Ou é em Nova Jersey, na casa da minha mãe? Ou no meu fabuloso apartamento nas Teen Towers, onde eu nem fui ainda desde que nós voltamos da turnê. Eu devia me sentir tranqüila aqui no sul, mas na verdade acontecia o contrário. No East Village, com tanta gente — estudantes e artistas, trabalhadores, vagabundos, todo mundo —, você consegue ser anônimo. Mesmo se as pessoas o reconhecem, elas mostram respeito; elas não vão ficar babando em você a não ser que seja seu fã número um que esteja a ponto de molhar as calças. Aqui, pode ser no Piggly Wiggly ou no Dairy Queen, as pessoas vêm falar com você como se elas tivessem esse direito.

Bem, eu convivo bem com isso, mas estou feliz que nós vamos embora logo. Não que eu tenha nenhum plano mirabolante para o réveillon. Eu sei com quem eu quero passar — eu só não sabia como dar um jeito de isso acontecer até que Jane Marie Fulton começou a falar dos meus brincos:

— Eles são realmente diferentes — disse ela, esticando a mão para tocá-los.

Nós estávamos no Dairy Queen. Eu, Carlene e as suas amigas. Eu rezei para Deus impedir Jane Marie de deixar impressões digitais gordurosas no meu presente de Natal mais estimado.

— Não tem realmente nada parecido com eles na Claire's.

Claire's? Até parece que o A/B ia comprar o meu presente em uma loja de departamentos antiga.

— Obrigada, Jane Marie.

Pedras semipreciosas brilhavam e balançavam enquanto eu jogava minha cabeça para o lado. Os dedos de Jane Marie voltaram.

— Foi um presente do A/B.
— Sério?

Jane Marie, Carlene e Devon estavam mais interessadas agora — elas começaram a perguntar tudo sobre o A/B. Era como alimentar peixes num lago; você joga umas migalhas e eles devoram. Mas eu disse:

— Ah, eu não posso falar sobre isso.

Nessa hora entrou na cabeça de minhoca delas que é grosseria se intrometer na vida dos outros. Mesmo assim eu olhei com carinho para Jane Marie — graças a ela uma grande idéia me ocorreu.

— Vou dizer o seguinte, eu posso ligar para o A/B e descobrir onde ele comprou os brincos — disse eu —, tenho certeza de que foi em alguma boutique exclusiva, mas talvez eles façam encomendas pelo telefone.

— Você faria isso, Kendall? — falou Jane Marie toda animada. — Uau, isso seria tão legal!

Eu acariciei a sua mão:

— É claro que eu farei isso — disse eu.

Então todas elas ficaram olhando para mim como se eu fosse ligar para o A/B naquele exato momento e lugar.

— Mais tarde...

Só que quando eu teria um momento de paz para fazer aquilo? A casa dos meus avós é pequena e eu e minha mãe estávamos dividindo o quarto em que ela cresceu. E como a cidade é pequena, não parava de vir gente nos visitar, só às onze da noite que a minha mãe foi tomar seu banho. Eu peguei meu celular.

— E aí, Kendall.

Meu Deus, como é bom escutar a voz dele!

— Ei, A/B! Seu Natal foi bom? Eu espero que sim!

— Legal, você sabe, o clássico Natal judeu: um filme e comida chinesa.

Eu sempre me esqueço que o A/B é judeu — mais um rio para cruzar.

— Bem, o meu foi maravilhoso. Um dia, A/B, você vai ter que experimentar um Natal no interior. Mas olha aqui, a razão por que eu estou ligando...

Eu me livrei daquilo logo, então continuei a desenhar corações no meu caderninho.

— Nós vamos voltar depois de amanhã. Eu já fiquei tempo suficiente em Frog Level, mas, bem, as coisas têm sido tão agitadas desde a turnê, vir para cá e tudo mais, eu não fiz nenhum plano para o réveillon. Não é engraçado? Kendall Taylor sem nada para fazer no dia mais festivo do ano?

Eu deixei a ficha cair por um segundo. A coisa com o A/B é assim, se eu armar direitinho com os sinais certos e deixar ele saber que ele pode ser direto, ele faz a coisa certa. É claro que ele faz. É por isso que eu o amo tanto!

# A GOSTOSA

Minha mãe e meu padrasto estavam tão animados que minha amiga mundialmente famosa vinha me visitar que eles estavam arriscando perder o vôo para dar as boas-vindas a ela. Eu não os avisei que isso podia ser doloroso.

— Sra. Mãe da Wynn!

Malinka gritou largando a bagagem no hall e abraçando minha mãe para um beijo na bochecha esquerda, depois na direita e depois na esquerda novamente. E eu disse na bochecha, não no ar na vizinhança da bochecha. Isso deixou meu padrasto rindo até que ele foi pego pela Borboleta Brutal. Levemente feridos e atordoados, eles saíram para o aeroporto. Malinka e eu ficamos sozinhas.

— Sua casa é linda, Wynn — disse Malinka, seu olhar passando pelo teto alto, as cortinas pesadas e o chão encerado. — Você tem muitos serviçais?

— Só durante o dia, não dormem aqui. E nós não os chamamos de serviçais, tolinha — disse a ela. — Quer que eu mostre a casa?

Nós não passamos da biblioteca antes que a campainha tocasse. Federal Express.

— Aposto que é o meu presente de Natal! — disse Malinka ansiosa, enquanto eu assinava.

— Você não devia ter me comprado um presente de Natal!

— Por que não? Você não comprou um para mim?

— É claro que comprei — disse eu meio culpada, pois ela não estava na minha lista até ela se convidar para vir.

Eu carreguei a caixa grande até a sala de estar. A nossa árvore de natal incrustada de cristais ficava numa posição de destaque e Malinka fez um "ohhh" de aprovação. Ela se ajeitou sobre o tapete persa enquanto eu empurrei o seu presente na sua direção.

— Tiffany?

Ela atacou a tradicional caixa azul e a abriu com excitação.

— Oh, Wynn, é lindo.

— Você realmente gostou?

Eu realmente esperava que ela tivesse gostado.

— Broches estão tão na moda ultimamente, mas uma borboleta... Não é muito piegas?

— Wynn!

Ela quase me botou para dormir com o seu abraço, então segurou a criatura prateada na luz.

— É lindo, eu amei, eu vou usá-lo no réveillon e dizer ao seu pai que foi um presente seu. Vai ser um assunto para conversa. Eu vou espetá-lo aqui, no meu peito e vai ficar *très chic*.

Ela botou o broche de volta na embalagem, pegou a fita e ficou brincando com ela.

— Agora você, meu... — falou ela quase tímida — não é nada comparado ao seu presente, mas eu tinha certeza que isso ia bagunçar o seu coreto.

— O quê?

Às vezes eu não entendo muito bem as gírias que ela usa. Eu abri a embalagem:

— Ah, Malinka, que maravilhoso!

Uma caixa alongada, com os adesivos "importado do Marrocos" e "romãs frescas e maduras". Aninhadas entre fios de juta estavam as frutas de um vermelho vivo e de casca grossa. Eles podiam muito bem ser importados de Júpiter.

— Malinka, isso é incrível — disse a ela e confessei: — Eu amo suco de romã, é tão legal você lembrar, mas eu nunca comi a fruta mesmo na minha vida.

Eu peguei um do seu delicado ninho, passei a mão na casca colorida e então mexi no botão que parecia um mamilo e ficava na parte superior. Era tão... estranho, alienígena.

— Experimente! — disse Malinka.

— Bem... humm...

Eu fiquei olhando para a fruta na minha mão e raspei a casca com a unha.

— Como é que... como se come isso?

Malinka riu, aquela sinfonia de sempre:

— Você precisa de uma faca e uma vasilha, vasilha grande. Talvez nós devêssemos ir para a cozinha, Wynn.

— Não, espere, eu vou buscar uma faca e já volto — disse eu. — Você relaxa.

— Você tem certeza de que quer comer romã na sala tão elegantemente decorada da sua mãe? — disse ela, e adicionou meio cantando. — Mui-ta-ba-gun-ça.

Isso me deixou ainda mais animada.

— Por que eu ligaria? Não tem ninguém em casa.

E eu saí para buscar os instrumentos de destruição de romã, voltando rapidamente com uma tigela de porcelana e uma faca afiada. Malinka e eu nos sentamos no chão, uma de frente para a outra e quando ela perfurou a casca eu prendi o ar aterrorizada — ela tinha se cortado! Mas não era Malinka; era o romã que estava sangrando. Quando ela abriu a fruta eu engasguei novamente. Era como se ela tivesse me mostrado uma pedra preciosa. Pequenos gomos vermelhos brilhando como jóias.

Malinka dividiu a fruta em quatro e me deu um pedaço. Ainda assim eu não tinha idéia do que fazer. Eu sorri para o sorriso da Malinka:

— Certo, eu sou retardada... como é que faz?

Os olhos de Malinka brilharam com um know-how quase ameaçador.

— É fácil — disse ela — morde, chupa, rasga, chupa, cospe.

— Hein?

Ela apontou para o pedaço suculento;

— Veja, são sementes. Você não deve engolir... ou você vai ficar com uma árvore de romã no seu estômago.

Nós duas rimos.

— Então: morde, chupa, rasga, chupa, cospe. Aqui, vou mostrar para você.

Malinka abriu a boca para receber a fruta, fazendo bastante barulho ao sugar para fazer efeito, então tirou as sementes da casca. A pele em volta da sua boca ficou vermelha. Ela sugou um pouco mais e finalmente cuspiu a mistura de caroço e polpa na vasilha que estava entre nós. Então ela sorriu:

— Sua vez!

Eu mordi, chupei, rasguei, chupei e cuspi. Então uivei:

— Oh, meu Deus! Isso é tão delicioso!

— Mas é engraçado — riu Malinka —, parece que eu estou dando drogas para você.

Eu continuei a comer o meu pedaço. Morde, chupa, rasga, chupa, cospe, uiva.

— Drogas? Por favor! Isso é muito melhor que qualquer droga! Melhor que sexo!

— Como você poderia saber, Srta. Wynn Virgem Morgan?

Ela riu de mim novamente.

— Cala a boca, sua traficante de romã!

Eu olhei para minhas mãos. Elas já estavam manchadas.

— Só me dê mais.

# O GAROTO

Eu não só convidei a Edie para passar o réveillon comigo com dois meses de antecedência, como eu também disse a ela que nós faríamos o que ela quisesse. Encoleirado? Para meu desespero, ela vetou o tributo aos Ramones em favor de uma festa em uma casa em Long Island. Mas espere, tem mais. Aparentemente eu mereço ser repreendido por ter convidado uma das minhas companheiras de banda.

— A/B, como você pôde?

Edie não ficou nem um pouco satisfeita ao descobrir que a Kendall ia ficar segurando vela.

Isso me deixou confuso. Afinal, Edie não escondeu em nenhum momento que ela queria ir comigo nessa festa para cimentar seu status num novo estrato social. Logicamente eu imaginei que a única coisa melhor que um rock star seriam dois rock stars.

— Como eu pude o quê?

Edie jogou lasers verdes sobre mim e fez uma operação no meu coração sem anestesia.

— Não é como se a gente tivesse que ficar com ela a noite toda. As pessoas vão ficar em cima dela, e a Kendall adora esse tipo de atenção. Ela vem em um carro alugado; nós não vamos ter que dar carona para ela.

Edie fez uma cara muito brava para mim. Eu tentei outro enfoque, tentando acertar o seu ponto fraco.

— Vamos lá, a coitadinha não tem nada para fazer. Como você se sentiria?

— Por que eu não pude me apaixonar por um desgraçado cruel e sem coração? — perguntou Edie para o teto. — Por que eu tive que me apaixonar por um idiota doce e mole em vez disso?

Eu a peguei em meus braços para um abraço rápido:

— Azar o seu — murmurei na sua clavícula —, idiota doce e mole... para sempre.

A festa, apesar de não ser nada demais, começou bem. Estava longe de ser o tédio que eu imaginei que seria. Edie mora num bairro modesto de classe média, mas a festa estava num nível acima. Todas as casas eram na beira do mar, um barco em cada quintal. A dúzia de garotos que já estava por lá era tranqüila e amigável. Tinha um leve aroma de incenso e nada de barril de cerveja. Hummus e baba ghanoush. Kings of Leon e Bob Marley. Basicamente uma reuniãozinha da galera neo-hippie. Eu me encaixei bem.

Nossa anfitriã, com sua pele cor de azeitona e o nariz em forma de gancho, Santhea, é a nova amiga da melhor amiga da Edie, Alexa. Algumas coisas mudaram nos últimos tempos — Edie me conheceu, Alexa conheceu Santhea — essa era realmente a primeira chance para todos se conhecerem. Eu não conhecia nenhuma pessoa além da Edie, mas muitos meses de celebridade e os rigores da turnê fizeram com que eu ficasse à vontade em qualquer lugar, a não ser talvez num esconderijo talibã.

Não existia nenhuma pista de que a festa poderia sair de controle. Os pais tolerantes de Santhea estavam no recinto, monitorando amigavelmente. Eles não eram doidões nem nada, mas também não tinham muito por que se preocupar. Nós não somos grandes bebedores, a maioria estava só na água ou refrigerante, apesar de que a champanhe já estava gelando. Enquanto a antecipação pela chegada do ano-novo crescia entre as pessoas, o clima continuava tranqüilo, ótimo.

Então Kendall chegou. E tudo mudou.

Nada muito drástico. Foi sutil. Seis meses atrás Kendall seria invisível para essas pessoas. Seu jeito estranho passaria despercebido. Agora seu jeito estranho é o que a faz tão legal. Ela entrou e sua presença foi notada com cochichos entre as pessoas.

Santhea correu até a porta com seu perfume tomando conta da sala. Ela apertou a mão da Kendall, pegou seu casaco e mostrou a casa para ela. Nada de apresentações. Todos sabiam quem ela era.

Kendall não veio falar comigo e a Edie, em vez disso ficou perto da lareira, mergulhando triângulos de pão árabe em iguarias do oriente médio. Ela conversava amigavelmente com grupos de admiradores que se sucediam, seu sotaque do sul contrastando com o jeito anasalado típico de Nassau County. Então ela acenou na nossa direção. Edie ficou desconfortável. Sem razão. Sem razão nenhuma. A não ser pelo simples fato de que ela não queria a Kendall ali. Só isso.

Mas Edie é uma pessoa bacana; ela não queria ser a chata. Além disso, ela gosta de si mesma, então ela não gosta de se sentir ameaçada. Quem ela podia culpar pelas coisas que ela estava sentindo naquele momento? Acho que era eu. E então Kendall se aproximou:

— Oi, gente! Feliz Quase Ano-novo!

O abraço a três desengonçado que a Kendall tentou foi gentilmente negado.

— Oh, Edie — disse ela —, seus amigos são muito legais.

— Eles não são meus amigos — disse Edie seca —, eu nem conheço essas pessoas.

— Ah? Mesmo? Eu pensei... bem, eles são muito legais.

Então ela se virou para mim:

— Ei, A/B! O que é isso que você está mastigando?

— Ah, bem, é hummus. Grão-de-bico triturado. E baba ghanoush é...

— Boboga... o quê? Deus me livre! — disse Kendall dando um tapa no meu braço. — Você está me zoando. Isso nem é uma palavra. Edie, não sei como você agüenta...

— Verdade — concordou Edie —, eu realmente não sei como eu agüento...

Silêncio. Silêncio constrangedor. O pai de todos os silêncios constrangedores. Pelo menos para mim. Era possível que a Edie estivesse gostando da sua raiva em um nível perversamente justificado. E a Kendall, eu duvido que ela tenha percebido alguma nuance de esquisitice.

— Você sabe, A/B, eu acho que nós estamos enrascados com o Sr. Wandweilder por furar aquela coisa dos Ramones — recomeçou ela. — Até onde sei, Stella é a única da banda que vai, mas todo mundo que é alguém vai estar lá com certeza.

— Você disse que ela não tinha mais nada para fazer — disse Edie.

Antes de eu poder começar a pensar em uma explicação, Kendall continuou:

— Bem, na verdade, a gente pode ir para lá mais tarde se essa festa ficar chata. Eu tenho o motorista para a noite toda. Meu Deus, todo o trânsito estava indo para a outra direção, foi tranqüilo vir para cá. O motorista não podia acreditar que eu estava deixando a cidade para vir para Long Island.

Isso foi a gota d'água para Edie. Ela fez uma cara de "me desculpe" e saiu. Eu tinha que ir correndo atrás dela, mas o que eu iria dizer?

— Ela está... bem? — perguntou Kendall com preocupação em seu rosto.

— Ela... ela está com raiva de mim.

Foi o máximo que eu consegui dizer.

— Oh, meu Deus, A/B! Não é porque eu estou aqui, é?

A última coisa que eu queria era deixar duas mulheres miseráveis:

— Não, Kendall. Não é você, sou eu.

Sim, essas palavras realmente saíram da minha boca.

— É melhor eu...

— Não, deixa que eu vou. Garotas sabem como falar com outras garotas — disse ela tocando em meu braço tentando me confortar — não se preocupe, eu vou apenas falar de amenidades, mostrar a ela como eu sou normal e legal. Ela não me conhece como você.

Fazia sentido. Se a Kendall intimidava a Edie, só a Kendall podia resolver isso. Não é? Claro! Na batida da meia-noite tudo vai estar resolvido, com aquele riso de seriado no fundo e tudo. Então eu deixei a Kendall ir atrás da Edie enquanto eu andava pela casa a procura de um baseado. Depois de vários tapas, eu não estava mais sentindo nenhuma dor. Andando nas nuvens, minha cabeça e meus pés pareciam feitos de esponja. Aqueles três caras com quem eu estava fumando — Sam, Dan e quem era o outro? Spam...? Eles tinham uma parada muito boa e eram ridiculamente generosos.

Então quando uma nova onda de excitação revolveu a atmosfera, eu demorei um tempo para entender o que estava acontecendo. Santhea era um borrão distribuindo brinquedos de fazer barulho e chapéus; seus pais abriam garrafas de champanhe e enchiam copos plásticos. Dan, Sam e Spam flutuaram na direção de suas namoradas como astronautas em gravidade zero. Santhea botou um cone de papelão na minha cabeça e prendeu o elástico no meu queixo. Isso não devia ser engraçado, mas era.

A contagem começou:
— Dez!... Nove!... Oito!...
Um sopro de perfume atrás de mim...
— Sete!... Seis!... Cinco!...
Um toque delicado no meu ombro...
— Quatro!... Três!... Dois!...
Eu me virei meio tonto.
— Um!!!
— Feliz Ano-novo, A/B!
A voz era como mel e os olhos como estrelas.
— Feliz Ano-novo, Kendall...
A sala começou a rodar. "Auld Lang Syne" começou a tocar. Kendall e eu celebramos o ano-novo como qualquer menino e menina que se encontram de frente um para o outro à meia-noite. Com um beijo.

## A VOZ

Durante todo o caminho para Manhattan, A/B estava num estado lamentável. Será que eu poderia algum dia perdoar a Edie por deixá-lo tão chateado? Espero nem precisar. Espero que ela esteja fora da jogada para sempre. Quando a Edie nos descobriu, nós estávamos nos beijando, mas aquilo era uma coisa natural — você provavelmente beijaria Maguila, o Gorila, quando desse meia-noite no réveillon. Não era como se a gente estivesse dando uns amassos, cheios de mãos e de baba; nós estávamos simplesmente de mãos dadas, dando um pequeno e delicado beijo nos lábios. Bem, eu não vou repetir as grosserias que aquela garota falou, mas dessa vez eu deixei o A/B ir atrás dela. Eu peguei um copo de champanhe e me juntei a todos a cantar aquela música boba "Auld Lang Syne". Eu provei um pouco da comida esquisita, mas não gostei nada daquilo. Depois de um tempo eu notei o A/B andando pela casa, atordoado, magoado, sem saber o que fazer. Você já encontrou uma luva de criança abandonada numa calçada no inverno? Era como eu me sentia em relação ao A/B naquele momento. Eu não perguntei sobre o que aconteceu entre ele e a Edie. Não era da minha conta.

— Ei — disse eu baixinho —, talvez nós devêssemos ir embora. Meu motorista pode segui-lo até em casa e depois nos levar para o Bowery Ballroom. Eu tenho certeza que o tributo ainda está rolando.

A/B pensou um pouco na idéia e falou que eles foram para a festa no carro da Alexa. Melhor ainda. Eu o acompanhei até o Lincoln. Ele segurou na porta e praticamente não falou uma palavra. Eu não o pressionei. Garotos têm que resolver seus problemas sozinhos. Além disso, música tem um poder curador muito grande — ele ia se sentir melhor quando nós chegássemos no clube. O problema é que nossos nomes não estavam na lista. Droga, eu esqueci de dizer ao Sr. Wandweilder que nós talvez fôssemos. Mas o segurança balançou a cabeça para o cara que estava na porta:

— Cara, você não sabe de nada? Eles são o 6X! — disse ele. — Metade, pelo menos.

Ele abriu o caminho e nós entramos.

O lugar estava lotado de corpos dançando, balançando, se batendo. Eu peguei a mão do A/B. Os Snooks estavam no palco tocando uma versão arrastada de "I Wanna Be Sedated", que parecia que eles já tinham sido sedados o suficiente. O Sr. Wandweilder se levantou quando nós nos aproximamos da sua mesa. Stella estava lá, assim como Wynn e Malinka. Eu acenei, feliz por vê-los e aliviada. Eu sei que fiz a coisa certa. Aqui é o nosso lugar, meu e do A/B.

Também na mesa estavam uns figurões da indústria fonográfica — caras magros em seus paletós de camurça, mulheres com cabelos lustrosos e roupas elegantes. Mas meus olhos foram atraídos por quatro garotas glamourosas que me pareciam familiares. Será que elas eram de um programa de TV? Modelos, talvez? Antes que eu pudesse me lembrar de onde eu as conhecia, o Sr. Wandweilder veio para cima de mim e do A/B como um dragão desengonçado, colocando um braço em volta de cada um de nós.

— Vocês! Vocês estão aqui! — gritou ele. — Agora estamos todos juntos. Eu e minha banda, a melhor banda de todos os tempos! O 6X está na casa! Uhu!

O Sr. Wandweilder é sempre muito entusiasmado, mas normalmente ele tem um pouco mais de, bem, decoro. Eu acho que ele estava bêbado. Eu olhei para o A/B e sabia que ele concordava — ele inclusive tentou dar um pequeno sorriso.

— Agora, olhem, eu tenho ralado muito numa coisa por semanas e está quase chegando no ponto! Então eu quero apresentar vocês para algumas pessoas e quero que vocês sejam gentis... mas é claro que vocês serão; vocês são os melhores garotos que eu conheço! Só não sejam bonzinhos demais também, certo? Vocês me entenderam?

Mais uma vez, A/B e eu trocamos olhares confusos enquanto o Sr. Wandweilder nos levava até as quatro garotas que eu reconhecia vagamente. Ele se curvou diante delas de brincadeira e falou:

— Kendall! A/B! Eu quero que vocês conheçam as fabulosas, lindas e maravilhosas Touch of Stretch!

# A CHEFE

Nós devíamos estar finalizando o nosso próximo vídeo, mas estávamos tão estupefatos com a possibilidade de sair em turnê com o Touch of Stretch e o Ayn Rand que não conseguíamos pensar em mais nada. O Touch of Stretch, as progenitoras do "primp punk". Uma enganação, se vocês querem saber o que eu penso — vestidas como estrelas do passado, tocando *riffs* de metal e cantando sobre sexo, drogas e rock'n'roll e mais sexo. Mas elas vendem; *Wanton Soup*, o segundo disco delas, já ganhou disco de platina. Então eu as respeito. Quando nós nos conhecemos no tributo aos Ramones, elas mal sabiam quem nós éramos, mas estava muito cheio e barulhento lá dentro, não dava para ficar muito de papo. Agora o Ayn Rand? Olha, eu posso ter encontrado o meu futuro marido, mas se eu chegar muito perto do vocalista deles, Franklin K., eu vou ficar louca, com certeza.

— Foco, pessoal! — disse Brian batendo palmas para chamar atenção na sala de conferências do WandWorld.

— Espera, Brian, é verdade que a Britt do Touch of Stretch está pegando o Franklin K.? — perguntei. — E que ele escreve todas as músicas delas?

— Você, Stella? Metida com fofoca? — disse Brian fingindo não acreditar. — Vamos lá, todos vocês. A turnê não está fechada ainda, mas a gravação do vídeo é na quarta-feira. Essa é a última chance de vocês olharem esses storyboards. Tem algo que vocês não gostam? Agora é a hora de falar. Alguém? Wynn? Esse é o seu show?

Ela soprou a franja, agora grande o suficiente para fazer cócegas em seu nariz:

— Eu só fico tão feliz de não ter que ficar pulando só de sutiã que pularia corda numa roupa de dinossauro roxa.

Eu concordei com ela. Eu preferia fazer "Hello Kitty" em vez de "Lingerie Model". E o melhor? Gwen Stefani, que é uma grande fã do 6X, convenceu as Harajuku Girls a fazerem uma participação especial no vídeo.

— Só confirma o lance com o Ayn Rand — disse eu ao Brian —, nós vamos fazer o vídeo.

E nós fizemos. Sem mau humor, sem tragédias, sem confusão, sem comoção. Eu tenho que dar crédito a todos nós por sermos tão profissionais. Eu também acho que ter ficado em casa essas últimas semanas foi bom para nós. Um contato com a realidade depois da estrada. Falando por mim, eu me sinto equilibrada, centrada, no caminho certo. Parte disso tem a ver com o fato de eu estar colocando minha cabeça no lugar com relação ao Didion. Comprar um telefone celular para ele foi um golpe de mestre. Algumas vezes ele se esquece de ligá-lo, mas eu ainda posso contatá-lo sempre. E ele tem ligado. Não todo dia, claro, mas eu não quero um palhaço que tenha que ligar de cinco em cinco minutos para saber se ele pode dar descarga. Eu gosto de ficar imaginando quando eu vou falar com ele.

Estar numa posição saudável no meu relacionamento fez com que eu estivesse à disposição do A/B quando ele me procurou para ajudá-lo com o seu. Eu estava esperando por isso. Ele aparecer na noite de réveillon sem a Edie e parecendo um cachorro que apanhou? Você não precisa ser vidente para saber que algo estava errado. Na filmagem de "Kitty", enquanto Kendall e Wynn faziam sua cena com as Harajuku Girls, A/B me encurralou no bufê, também conhecido como mesa de lanchinhos:

— Stella, me diz: o que as mulheres querem?

Eu peguei um donut:

— Você, com certeza — disse eu.

— Não, por favor, é sério.

Caramba, ele parecia muito além de sério. Ele parecia melancólico. Ele perecia o João depois que os passarinhos comeram as malditas migalhas de pão.

— Estou falando sério também. Ou é um outro A/B Farrelberg que tem um fã-clube no Texas?

— Está bem, deixe-me perguntar de novo: o que a mulher que eu quero quer?

Eu procurei um local onde a gente pudesse sentar sem ser perturbado.

— Está certo, parece que nós temos um minuto. O que aconteceu?

Ele me falou da noite de réveillon tim-tim por tim-tim, mas mesmo assim pintava a Kendall como parcialmente inocente. Ele só pode ter macarrão no lugar do cérebro.

— Certo, A/B, deixa eu dizer isso de uma vez. Um, Kendall Taylor é louca por você. Dois, Kendall Taylor é louca. Como você não percebe isso?

— Eu...

Eu o interrompi:

— Pergunta retórica, A/B. Porque você percebe isso, você só não quer lidar com isso. E espere, fica frio, eu não culpo você. Você não quer balançar o barco porque você sabe que a Kendall é quem tem mais chance de se afogar. Agora, a Edie, eu imagino, é um ser humano racional. Então a sua única opção é ser sincero com ela.

Ele na verdade deveria estar anotando tudo, mas ele estava definitivamente prestando atenção.

— Nem pense em falar para ela que não existe nada entre você e a Kendall; em vez disso, explique que você não quer fazer aquela caipira dos infernos ficar louca. Ela é a vocalista da sua banda e você não vai sair do 6X.

Eu terminei meu donut e lambi meus dedos:

— Então você diz para ela que você a ama e deixa a bola na sua quadra. Se ela puder conviver com isso, ótimo. Se não, ela vai ter que terminar com você.

A/B parecia que ia cair duro. Ele abriu seu Gatorade e tomou tudo num gole só.

— Ai, caramba — disse ele —, existe alguma chance de eu convencer você a falar com a Edie? Não, não... não bate em mim. Mas e se ela me der o fora? O que acontece? Você vai me impedir de estrangular a Kendall?

— Se eu for obrigada — disse eu. — O que eu vou fazer com uma vocalista morta e um guitarrista na cadeia? Mas, cara, tenha um pouco de fé. Se a sua garota é isso tudo, ela vai ficar com você. E, quem sabe, talvez você consiga pensar em uma maneira de se assegurar que ela fique.

## O GAROTO

Eu não consegui pensar numa maneira de ter certeza de que a Edie ficaria comigo. Mas meu camarada Moth pensou. No entanto, Moth, claro, não entende meu problema. Moth é o tipo de cara que acha que ter duas garotas é melhor que uma, que três é melhor que duas e por aí vai. Ele tem certeza absoluta de que o conselho da Stella para abrir o jogo com a Edie é loucura.

— Você não pode ser honesto com mulheres! — gritou ele. — Olha só!

Assistente de produção no nosso vídeo de "Hello Kitty", Moth apenas apontou para várias confabulações entre fêmeas no set. Stella e umas meninas do figurino; as Harajuku Girls; Kendall, Wynn e a diretora, uma mulher irlandesa alta e estridente com um cabelo comprido cor de cobre.

— Panelinha por natureza. Sempre falando. Murmurando. Armando. Vou te dizer, meu amigo, elas são traiçoeiras. Traiçoeiras!

Embora eu já tenha presenciado evidências do que algumas mulheres são capazes, eu me recusei a maldizer um gênero inteiro. Mas, ao mesmo tempo, eu não podia ignorar tudo que ele falou sobre o sexo frágil. Então eu perguntei o que ele faria para provar seu amor a uma garota. Ele coçou a barba, então estalou os dedos:

— Ah, sim!

Sua sugestão me deixou apavorado, mas eu segui à risca. Naquela mesma noite. E depois ainda naquela mesma noite — o que seria quase madrugada —, eu apareci na casa da Edie sem avisar. Não tinha outro jeito, já que ela não atendia meus telefonemas. A Sra. Stern veio até a porta de roupão, chinelos e cara de poucos amigos. Ao ouvirem minha voz, as pequenas Lily e Roz desceram as escadas para ver o que estava acontecendo. A Sra. Stern balançou a cabeça:

— Vão dizer à sua irmã para descer aqui! — mandou ela. — E voltem para a cama.

Edie não se apressou, enquanto isso eu esfriava a cabeça no sofá. Eu passei o dedo na borda do cobertor. Ah, o tempo em que eu e a Edie ficávamos ali abraçadinhos debaixo dele — para o caso de alguém entrar de surpresa e não ver onde estavam nossas mãos. E pensar que eu talvez nunca mais ficasse abraçadinho com ela debaixo daquele cobertor novamente!

— Hã... — disse Edie.

Eu olhei para cima. Ela estava vestindo a velha camiseta do Nirvana que ela estava usando no dia em que eu a vi pela primeira vez. Eu tinha certeza que não era por acidente. Eu ouvia a voz do Moth na minha cabeça: "Traiçoeira! Traiçoeira!"

Então eu ouvi John Cougar Mellancamp cantando: "Hurts so good!" (Dói tão gostoso!)

Eu, eu não conseguia dizer uma palavra. O discurso que eu baseei nos conselhos da Stella não saía.

— Bem...? — disse Edie, com a cintura para a frente, os braços cruzados de uma maneira que, querendo ou não (traiçoeira! traiçoeira!), faz seus peitos ficarem maiores e aparecerem através da camiseta quase transparente de tão velha.

Eu me levantei. Verbalização? Impossível! Então eu peguei a barra da minha própria camiseta e levantei para mostrar meu peito — o peitoral esquerdo para ser preciso — e fiquei ali parado, olhos pedintes, peito nu. Quando ela viu o que eu fiz, ela começou a se derreter. Ela chegou mais perto de mim antes que suas pernas se transformassem completamente em massinha. Ela passou o dedo em volta delicadamente, hesitante — ainda estava fresca. Ali, num coração, pintado na pele sobre o meu próprio coração que batia, a única coisa que eu tinha para falar:

— A/B LOVES E/D

# A GOSTOSA

A opinião pública dizia que uma turnê com Ayn Rand e Touch of Stretch era a melhor coisa que poderia acontecer para o 6X. Todas as bandas novas do país estavam brigando pela oportunidade. As duas bandas lotaram casas na última parte da sua turnê — isso num ambiente em que importantes artistas pop e grandes nomes do hip-hop estavam cancelando datas — então a oportunidade para a banda de abertura era absurda. E seus fãs, embora compatíveis com os nossos, eram tidos como "mais antenados", "mais influentes", então seria a chance de nos expor para um novo público. Quando o Brian interrompeu nosso ensaio para proclamar que ele tinha conseguido dar o golpe, todos ficaram entusiasmados. Todos menos eu.

Bem, eu nunca fui a garota popular, então por que eu ia concordar com a opinião popular? Meu silêncio chamou a atenção deles, mas antes que eles pudessem comentar alguma coisa, eu dei uma virada na caixa e uma batida no prato, como eles estavam esperando. Eu sorri. Fiz "u-hu!". Dizer a eles que eu tinha um mau pressentimento sobre aquilo — para que isso serviria? Nada.

Provavelmente era paranóia. Será que eu acreditava mesmo que todas as coisas pesadas tinham desaparecido da minha mente? Desculpa, foi só um tempo. Andar com a Malinka era tão divertido. Ela chegou perto das minhas falhas e fraquezas e não saiu correndo de volta para Orlando. Além disso, eu tinha tido um encontro genuinamente agradável com meu pai, e então minha mãe estava agindo de forma tão adulta desde que tinha voltado, sem tentar me fazer falar mal dele nenhuma vez. Mas agora as férias acabaram, e a típica esquisitice da Wynn voltou à cena.

    Eu guardei para mim mesma. Antes de nós cairmos na estrada, eu passava o tempo entre os ensaios, sozinha, terminando as letras que eu tinha começado a escrever no sul. "Please Send Socks", "Not Quite Full", "Mae Verna" e "Las Vegas Meltdown" estão como eu queria. "(Stella Meets Her) Match" e "Maybe, Malinka" — com essas eu ainda estou brigando, então eu as deixei um pouco de lado. Eu comprei um estoque de caderninhos e canetas para não deixar passar nada que aconteça comigo no Meio-Oeste. Eu fiz algumas coisas de menina também. Cortei meu cabelo, finalmente. Manicure. Deixei uma esteticista sombria ser medieval com meus cravos. Comprei calcinhas e sutiãs. Mas esqueci de comprar qualquer outra coisa. O selo achava que nós tínhamos que dar uma melhorada no nosso figurino no palco e eles contrataram ajuda profissional. Um time de estilistas trouxe cabideiros cheios de roupas para uma sala de reuniões da Universe — sem mesmo falar conosco antes. Se isso parece um insulto, vejam isso. Exatamente quando estávamos começando a olhar as roupas, Gini LaDuc, do marketing, entrou tremendo com um memorando.

De: Gilded Lily Management
Para: Universe Records, Wandwilder Worldwide, 6X
Assunto: Conceitos de figurino do 6X

Queridos,

Isso é para detalhar os conceitos de moda a evitar, para que não ecoem os do nosso cliente, Touch of Stretch. Os itens a seguir não podem ser usados no palco por membros do 6X:
- qualquer coisa de Marc Jacobs
- qualquer roupa vintage do período 1946-1964 (isso inclui acessórios)
- saias-lápis
- saias rodadas
- suéteres de cardigã
- penas de marabu, avestruz ou qualquer tipo de pena
- pele (real ou de mentira)
- véu
- luvas de ópera
- brilho (lantejoulas pode!)
- pulseiras

Além disso, os membros do 6X devem evitar os seguintes itens cosméticos:
- batom vermelho
- esmalte vermelho
- os perfumes Chanel No. 5 e Jungle Gardenia

Obrigado desde já por manter suas escolhas de moda na linha. Touch of Stretch está animado para encontrá-los em Pittsburgh!

Beijinhos,
Gilded Lily Mgt.

Gini LaDuc leu o memorando para nós. Seus olhos piscavam muito como se ela tivesse areia nas lentes de contato. Então o memorando foi passado para que cada um de nós pudesse ver, no caso de duvidarmos da veracidade.

A/B quebrou o silêncio:

— Ahhh, e eu estava querendo tanto usar aquelas luvas de ópera! Sem falar no Jungle Gardenia!

Eu fiquei calada. Medo é como o começo de dor de garganta. Eu olhei para minhas mãos feitas. Eu sabia que eu não estava paranóica. Isso não me consolava.

## O GAROTO

**B**atmóvel uma ova! Quando os pequenos meninos param de sonhar em ser o Homem-Morcego e começam com o objetivo bem mais possível do estrelato, esse é o veículo em que eles se imaginam: o MondoCruiser 8000 Series. Eles pensaram em tudo quando construíram esse símbolo fálico azul-turquesa de duas toneladas, desde o funcional (dois banheiros) até o mais frívolo (dvd-players em cada cama). Com acomodação para 12 pessoas dormirem, lounges, uma cozinha e espaço para malas e equipamentos, tem lugar suficiente para a banda, tour manager, tutora e equipe (sim, nós temos equipe agora, uma equipe de uma pessoa — Benson Bennagin, o roadie mais experiente do mundo — o cara está nessa desde que Bob Dylan começou a usar guitarra elétrica). Mesmo o pai, mãe ou namorado ocasional. Custa uma fortuna alugar e manter um monstro bebedor de diesel como esse, mas nós não tínhamos escolha. O calendário era frenético — nós íamos viajar à noite e dormir no caminho.

Nossos pais vieram para nos dar boa viagem, o que é tocante numa maneira mortificante. Minha mãe aceitou um lenço da Sra. Taylor. Meu pai e o da Stella calculavam as distâncias. A mãe da Wynn inspecionava a qualidade dos lençóis. E-barra-D — sim, é assim que a minha garota se chama agora — também apareceu para a despedida, e eu a levei para mostrar o poderoso Mondo.

— E aqui — disse apontando para as camas no segundo andar —, é onde eu não vou transar com nenhuma groupie.

Ela socou meu braço:

— Isso mesmo, você não vai.

Então seus olhos ficaram úmidos:

— Como se fosse com groupies que eu me preocupo.

Eu subi em uma das camas e tentei puxar E/D para o meu lado.

— Ah, esse experimento prova que não há espaço para duas pessoas!

Era a minha voz de professor maluco. Eu estava tentando manter o clima leve. Mas não deu certo. Uma lágrima gorda e brilhante se formou no canto do olho antes de escorregar pela bochecha de E/D.

— Ei! — disse eu.

E limpei a lágrima passando a mão pelo seu pescoço. Ela bateu na minha mão.

— Vamos lá! — insisti. — Deixa eu ver...

De maneira provocante ela olhou para dentro da sua camiseta e então lentamente revelou a tatuagem logo acima do seu seio esquerdo: E/D LOVES A/B. Eu beijei a tatuagem, mas quando eu olhei para cima, outra lágrima gorda e brilhante escorria.

— Querida, querida — disse eu —, nós conversamos sobre isso...

— Eu sei — disse ela fungando —, sem choro.

— Sem choro. Lembra, se você achar que vai chorar, fale a palavra mágica.

E/D balançou a cabeça:

— Seattle.

Seattle. Ontem à noite nós compramos sua passagem (com o consentimento não muito feliz da Sra. Stern). E/D vai nos encontrar em Washington, vai com a banda para os shows de Portland e São Francisco e nós voltaremos juntos para casa.

— Seattle — disse eu, usando a gola da minha camiseta para secar outra lágrima teimosa.

De baixo vinha o barulho de passos, discussão e vozes estridentes — eram Stella, Wynn e Kendall subindo no ônibus. E/D e eu sabíamos que era hora de dizer adeus.

# A CHEFE

Você tem que mostrar o limite logo de cara. Eu não dou a mínima para quem você pensa que é. Minha mensagem? Não mexe comigo. Eu deixei isso bem claro quando a cozinha do Touch of Stretch, as irmãs gêmeas Romy e Relish Vallane, apareceram na nossa passagem de som em Pittsburgh. Elas se sentaram na terceira fila, no centro, com os pés na cadeira da frente e tentavam nos deixar nervosos. Como se a gente não tivesse mais nada para nos preocupar. Dois meses atrás nós ficávamos nos batendo, tocando em clubes do tamanho do seu banheiro e agora — Carnegie Center. Lustres de cristal, pé-direito alto, tudo muito elegante. E assentos — o último lugar em que me apresentei com assentos foi o auditório da escola, na sétima série. E o palco é imenso, uma quadra de basquete. É, vai ser ótimo ter espaço para me mover, só que vai levar um tempo, claro. É um ajuste. A última coisa que eu preciso é de um par de meninas punks de Los Angeles me enchendo.

Emissárias, sem dúvida. A cantora Britt Gustafson e a guitarrista Sue Veneer são cool demais para virem checar a bandinha de abertura, mas iam querer um relatório completo. Uma das gêmeas estava de saia e da forma como ela posicionou as pernas dava para ver tudo. Essa era a minha munição — se ela começasse, eu ia falar como era elegante ver a sua calcinha, e então ia perguntar qual seria o bis.

Mas elas não começaram. Não de verdade. Elas ficaram escutando enquanto nós passávamos algumas músicas e quando A/B chamou o técnico de som para resolver uns problemas com os agudos, eu fui para a frente do palco e fiquei olhando para elas. Romy ou Relish mostrou a língua para mim, então cutucou a irmã e as duas riram. Eu mostrei minha língua e ri de volta. Talvez elas sejam legais. Eu ia gostar disso. Wynn e Kendall são legais, mas elas são meio certinhas demais. Eu tinha a impressão de que as coisas que eu falo não iam fazer as irmãs Vallane tamparem os ouvidos.

Era minha função quebrar o gelo, então, depois da passagem de som, fui até elas:

— Então, como eu vou saber quem é quem?

Eu fiquei estudando as duplicatas, procurando diferenças e não achei nenhuma. Cabelos negros brilhantes que faziam um V na testa. Olhos juntos piscando em rostos largos e rasos. Lábios carnudos, naturalmente rosados. O tipo de lábios que os rapazes adoram.

— Quer parar de encarar? — disse uma delas levantando para ficar na mesma altura que eu. — Eu sou Relish e ela é a minha irmãzinha.

Romy — mais nova por sei lá, seis minutos? — se levantou meio acanhada. Beleza, já entendi. É a personalidade que diferencia essas duas. Romy é a quieta enquanto Relish é mais direta.

— Então, qual é a do seu guitarrista? — perguntou Relish. — Ele até que é sexy.

— Nããããõooo — resmungou Romy —, eu te odeio, Relish! Eu já disse que eu gosto dele!

Relish empurrou Romy e a mandou calar a boca. A não ser que essas duas tenham deficiência de atenção, A/B vai ter um monte de trabalho.

— A/B é legal — disse eu —, muito engraçado. Muito doce.

Só de falar dele, as Vallane lambiam seus lábios grossos e rosados de uma maneira predatória.

— Muito comprometido — complementei.

— Com quem? Com você? — disse Relish, como se isso fosse apenas deixar o jogo mais divertido.

— Eu? Por favor — disse eu —, ele tem uma namorada em Nova York.

Romy e Relish falaram ao mesmo tempo:

— Namorada!

Então Relish me empurrou como ela tinha feito com sua irmã:

— Nós não estamos em Nova York — disse ela com uma piscadinha.

Eu decidi entender o empurrão como um gesto amigável. Mas eu estava feliz de não querer mais nada com o A/B. Eu não ia querer brigar com essas duas.

# A GOSTOSA

— Espaço, a fronteira final!
Isso foi o que A/B falou quando olhou para o palco do Carnegie Center. Eu dei um risinho, mas fiquei com um pouco de inveja também. O que eu quero dizer é que tocar bateria é uma coisa física — mas você fica preso num lugar. Só que durante o nosso set eu fiquei feliz de viver essa sensação de liberdade através dos meus companheiros de banda. Libertados depois de muito tempo, seus movimentos com espaço de sobra — o passo do pato do Chuck Berry do A/B, o trote da Stella, até mesmo as dancinhas da Kendall — levaram nossa performance para as alturas.

Depois do nosso set, no entanto, enquanto eu assistia ao show do Touch of Stretch do lado do palco, eu cometi um grande erro. Eu nos comparei a eles. Estúpido. 6X e TOS são tão diferentes. Tecnicamente falando eles nem são bons. Musicalmente, eu quero dizer. Bem, Sue Veneer sabe tocar guitarra, mas as irmãs Vallane certamente não são melhores que a Stella e eu, e Britt Gustafson não sabe cantar. Com meu alcance de uma nota eu sei que não devia falar dos outros — mas desculpem, ela não sabe. Ela grita, ela se esgoela — mas ela nem tenta ser melodiosa. Então por que eu me sentia tão ameaçada? Duas razões.

Primeiro, as músicas. Isso é fundamental, mas também sutil. O Touch of Stretch torce aquela velha forma de verso e refrão de uma maneira subversiva, genial — então as músicas saem grudentas, mas ao mesmo tempo únicas o suficiente para deixar você bobo. Liricamente também — elas dão uma nova dimensão aos temas tradicionais de meninas más com duplo sentido e metáforas interessantes. O que eu não daria para ser uma mosca na parede em uma das sessões de composição, mesmo que para confirmar que Franklin K. é o cérebro por trás de tudo, que o Touch of Stretch é meramente uma válvula de escape para sua criatividade. Eu juro, estou obcecada com essa fofoca agora — eu realmente, realmente quero que seja verdade.

Segundo, a presença. TOS faz *kabuki* parecer sem graça. Elas fazem tramas de novela parecerem possíveis. Elas fazem uma tourada parecer tão perigosa quanto andar na rua com um bassê. Não importa que eu ache que é totalmente não-punk passar horas antes do show se arrumando. Os cabelos, maquiagem, figurino, tudo se encaixa para obter um efeito mágico. Tem algo de desesperado e amaldiçoado naquela imagem de rainhas dos filmes B; elas dão a impressão de que cada show é o bilhete de despedida de um suicida. É frio, perverso e desesperado — muito legal. E Britt, eu não sei sobre um Grammy, mas ela merece um Oscar. Quando ela abaixa o véu para cantar "Stunning", ela chora lágrimas de verdade.

Parafraseando Joan Jett, eu me odeio por gostar delas. Eu não podia nem ver a reação dos meus companheiros de banda — eu estava muito ocupada de boca aberta. Mas quando o Touch of Stretch saiu do palco para a torturante espera pelo bis, eu não conseguia mais olhar para elas. Eu batia minhas palmas até elas doerem, ficarem dormentes, mas meu olhar estava fixo num ponto do palco, não nas meninas ofegantes e reluzentes ao meu lado. Então eu olhei para Stella, mas ela é uma esfinge — ela poderia estar entediada, ou simplesmente fazendo gênero. A/B estava batendo palmas, mas no seu âmago ele é um cara normal, um cara legal — eu tenho a impressão de que ele acha essa sexualidade exagerada do Touch of Stretch um pouco nojenta.

Naturalmente eu esperava que a Kendall estivesse absolutamente horrorizada. Mas o que eu vi quando meu olhar foi em sua direção? Ela estava... maravilhada. Bochechas coradas, olhos brilhando, ela fazia "u-hu" para a banda e só parou de bater palmas para acenar para elas como se elas fossem velhas conhecidas ou algo assim. Mais estranho é que assim que o Touch of Stretch acabou seu bis com mais duas músicas e — com ar blasé e vitorioso — foi para o seu camarim para liberar o palco para o Ayn Rand, Kendall as seguiu a alguns passos de distância, uma aia hipnotizada, uma criada lobotomizada.

# A VOZ

Só porque eu sou um exemplo e uma superstar, não quer dizer que eu saiba de tudo. Na verdade, uma garota como eu — ainda tão jovem, mas com tanta responsabilidade — provavelmente precisa de um mentor mais que qualquer outra que esteja chegando aos 16 anos. É por isso que eu tenho grandes esperanças a respeito do Touch of Stretch. Sem querer ofender Wynn e Stella, mas eu preciso estar exposta a jovens mulheres rodadas e sofisticadas, que estão nesse ramo por algum tempo, se eu quiser crescer como artista e como pessoa. E eu não consigo imaginar alguém mais cosmopolita que Britt Gustafson.

Mas ela também é provavelmente a melhor pessoa que eu já conheci. Isso é duplamente maravilhoso já que quando você é bonita você não precisa ser legal. Cabelos platinados, olhos azuis como o céu, bochechas rosadas, e ainda assim tão amigável, prestativa e doce como se pode ser. Além disso, como ela tem 21 anos, você nunca imaginaria que ela me daria a mínima atenção. Mas, claro, eu sou muito madura para a minha idade — e Britt percebeu isso de cara. No momento em que nossos olhares se cruzaram ela entendeu — nós duas entendemos — que nós compartilhávamos algo profundo. O fato de nós duas carregarmos o fardo de estar na frente tem muito a ver com isso. É preciso muita coragem para subir no palco e levar sua banda à glória.

— Britt! Britt!

O Touch of Stretch e seu séqüito saíam do palco do Carnegie Center. Eu corri para alcançá-los — eu simplesmente tinha que fazer algum elogio a Britt. Eu gritei seu nome mais uma vez e consegui puxar a ponta do seu bolero felpudo.

Ela parou, e suas companheiras de banda e todos que estavam junto pararam também. Ela se virou, e eles se viraram com ela. Enquanto ela olhava para mim, milhões de emoções que eu não conseguia distinguir passaram pelos seus olhos. Finalmente ela sorriu, fazendo covinhas:

— Oi, Kendall!

Seu tom era grave, mas mais delicado do que eu imaginava, considerando a forma como ela canta no palco.

— Como está tudo, Menina Especial?

Ela me chamando de "Menina Especial" — é como se ela já me conhecesse.

— Oh, Britt!

— Oh, Kendall!

Eu percebi que a sua maquiagem estava escorrendo e rachando. Pequenos tentáculos vermelhos saíam do branco dos seus olhos. Uma prova de como ela trabalhava duro.

— Eu só... eu preciso...

Droga, eu odeio quando as palavras não saem. Mas a minha gagueira não parecia chatear Britt. Na verdade, parecia emocioná-la.

— Você quer falar alguma coisa, Menina Especial?

Eu balancei minha cabeça.

— E eu quero escutar, de verdade, mas eu preciso muito ir ao banheiro nesse momento. Vamos, Kendall, venha até o nosso camarim antes que eu faça algo que uma dama não faria.

E, assim, como num passe de mágica, eu era parte da sua turma.

O camarim do Touch of Stretch era um espaço de cimento cinza e úmido não muito maior que o do 6X. Ainda assim era um outro mundo — um mundo de antes de eu nascer. Parecia um livro, tão fabuloso — tudo feito no estilo do Touch of Stretch. Tinha uma mesa de maquiagem chique com uma barra de filó e uma cadeira toda torta. Um bar sobre rodas de vidro trabalhado, com um balde de gelo, taças e champanhe. Fotos em preto-e-branco do Touch of Stretch em porta-retratos ornamentados. Tinha até uma menina vestida como uma empregada, com uniforme, chapéu e um avental preto apertado; ela andava pelo camarim com uma bandeja de trufas de chocolate (que só eu provei). Um cara mais velho com um bigode fino e uma jaqueta de cetim abria as garrafas de champanhe e enchia as flutes.

Britt, ao voltar do banheiro, sentou no sofá e bateu na almofada me convidando para sentar ao seu lado. Ela prendeu um cigarro a uma piteira de marfim e soprou uma baforada na minha direção. Eu tossi, mas antes que eu ficasse envergonhada, Britt se desculpou e soprou sua próxima baforada em outra pessoa. Nós começamos a falar de sapatos quando Sue Veneer, na cadeira torta, começou a tirar suas sandálias.

— Alguém ache meus chinelos de coelhinho — ordenou ela, usando mais algumas palavras que eu não vou repetir, e então duas meninas correram para obedecer.

Mais alguns palavrões saíram de sua boca quando ela começou a massagear seus pés. Por que pessoas que se recusam a louvar o Senhor resolvem culpar o Senhor pela sua dor? Eu não perguntei isso em voz alta já que eu era uma convidada, mas isso com certeza passou pela minha cabeça. A próxima coisa que eu percebi foi que aquilo virou uma convenção de pedicures, todos trocando histórias de calos, joanetes, bolhas e coisas do tipo. Sue falou para Romy Vallane que o fato de ela ter os dedos virados para dentro é um sinal de que ela é frígida. O que quer que aquilo queira dizer, Romy não gostou:

— Eu espero que você tenha fungo nos seus pés, Sue!
— Eu espero que você tenha coceira na virilha, Romy... Ah, esqueci que você já teve isso e passou para todo mundo na costa leste na nossa última turnê.
— Eu espero que você pegue sífilis na garganta! — contra atacou Romy.

Elas definitivamente pareciam estar saindo do assunto, mas Britt voltou a ele:

— E você, Especial? — falou ela cutucando meu joelho — Esses sapatos são lindos. Eles te matam?

Todos olharam para mim. É claro que eu achei legal a Britt me incluir na conversa, mas ser colocada sob os holofotes me fez parecer como uma minhoca num anzol. Eu estava dividida entre ser honesta — admitindo que meus pés estavam livres da praga — e inventar uma história sobre uma bolha gigante que estourou e infectou e tudo mais, só para me misturar. Pensando no assunto internamente, uma terceira opção veio à minha mente — e era a opção certa:

— Meu Deus — disse —, a verdade é que eu tenho uma confissão horrível para fazer. Apesar de eu amar sapatos de salto, acho que não sei andar muito bem com eles. Na verdade eu sou tão desastrada quanto uma girafa com os olhos vendados.

— Uma girafa vendada e *bêbada* — zombou Sue.

— Uma girafa vendada, bêbada e usando patins de gelo — acrescentou Relish.

— Patins de gelo de salto alto — finalizou Romy.

Eu sorri para mostrar que agüento uma brincadeira, então aproveitei a oportunidade para elogiar Britt:

— Vendo você no palco hoje à noite, você é tão graciosa... e que postura... Você anda de salto de uma forma que eu não consigo andar nem descalça.

Os olhos de Britt brilharam:

— Vamos lá — disse ela —, vamos ver.

Deus, ela não podia estar querendo que eu desfilasse pelo camarim!

— Vamos, levanta. Agora!

Aparentemente era isso mesmo que ela queria. Ela franziu a testa. Eu não tinha escolha. Eu me levantei. Todos deram um passo para trás para me dar espaço. Em que eu tinha me metido? Morrendo de vergonha, fui do sofá até o bar e depois até a mesa de maquiagem.

— Tsc tsc, é claro que você parece uma mocoronga — disse Britt. — Você anda com seus pés!

Ela apagou um cigarro num grande cinzeiro e acenou com a mão:

— Você quer parecer sexy de salto alto, então não ande com os pés. Ande com a bunda.

— Hum... — disse eu atônita — minha...

Britt se levantou rapidamente:

— Aqui, ó!

Ela disse isso me dando um tapa no bumbum! Muito forte! Na frente de todo mundo! Meu rosto devia estar parecendo uma cereja.

— Deixa eu mostrar — disse Britt, ignorando minha vergonha.

Ela saiu andando pelo camarim, pernas cruzando, dedos pousando levemente, delicadamente, mas mesmo assim de forma indulgente, e eu percebi o que ela queria dizer. Os pés eram apenas a continuação; o movimento vinha de um lugar muito mais feminino.

Meu bumbum ainda ardia onde a Britt tinha batido, mas eu pensava em me mover a partir de um lugar ainda mais íntimo. O ponto onde eu toco quando tenho aqueles calores. Minha você sabe o quê. Eu endireitei meus ombros e cerrei os olhos, e você devia ver como eu saí andando pelo camarim como a Miss America, uma modelo de passarela e uma rainha cigana numa só pessoa. Meu Deus! Eu achei que amava sapatos de salto antes, mas agora que sei o segredo — bem, é como a diferença de olhar um garoto de longe e beijá-lo na boca.

# A GOSTOSA

Eu me tornei uma pesquisadora... não, uma arquivista... não, uma arqueóloga. Sim, é isso — eu estou cavando a terra, procurando sujeira, cada pequeno pedacinho fétido que eu conseguir achar para justificar meu ódio pelo Touch of Stretch. É uma coisa tão atípica. A não ser por aqueles horríveis ismos — racismo, fascismo, essas coisas — eu juro, nunca odiei ninguém nem nada. Eu tenho certeza de que isso não é saudável. Eu espero que isso acabe antes que destrua minhas paixões positivas. Já me deu esse tipo bizarro de bloqueio para escrever. Sempre que eu boto a caneta no papel, é uma reclamação sobre o TOS ou uma nova entrada para os dossiês que eu estou compilando, baseados no que eu descubro online (em sites de fã do TOS e no site de detratores da banda touchofcrap.com). Aqui, deixa eu ler o que eu descobri...

Assunto do dossiê: Sue Veneer. Nome verdadeiro: Susan Moskowitz. Idade: 23. Piercings: quatro. Tatuagens: sete. Cirurgias plásticas: uma (nariz). Cidade natal: Van Nuys, Califórnia. Namoros com celebridades: Trey Chricton (*That Stupid Show*); Dmitri Stone (guitarrista, The Dregs). Prisões: duas (embriaguez e desordem; agressão grave — queixas retiradas). Momento constrangedor: a agressão — parece que ela pegou Dmitri na cama com sua antiga companheira de banda (Manicurists), a cantora Vanna Flange, e acabou batendo em Vanna com uma bota Frye. Isso marcou o fim das Manicurists e a gênese do TOS.

Assunto do dossiê: Relish Vallane. Idade: 19. Piercings: dois. Tatuagens: três. Cirurgias plásticas: nenhuma. Cidade natal: Bel Air, Califórnia. Namoros com celebridades: Trey Chricton (*That Stupid Show*); Lucas Kelly (VJ da MTV); Ran Martin (baixista, Die Fledermaus). Prisões: nenhuma. Momento constrangedor: "Estrela adolescente mais mal-educada da semana" da *US Magazine* (urinar em público).

Assunto do dossiê: Romy Vallane. Ver Relish Vallane para informação básica (inclui piercings/tatuagens/cirurgias). Namoros com celebridades: Trey Chricton (*That Stupid Show*); Lucas Kelly (VJ da MTV); Forrest Crane (tecladista, Die Fledermaus). Prisões: nenhuma. Momento constrangedor: perda total numa Mercedes SL, um presente de formatura, na noite da formatura.

Assunto do dossiê: Britt Gustafson. Idade: 21. Piercings: um. Tatuagens: nenhuma. Cirurgias plásticas: duas (silicone e queixo). Cidade natal: Malmö, Suécia; criada em Huntington Beach, Califórnia. Namoros com celebridades: Trey Chricton (*That Stupid Show*); Lucien Vickers (Churnsway); Joel Hoffner (*Yet Another Not Another Teen Movie*); Malik-Malik (MC, Urban Surrealist Squad); Franklin K. (vocalista, Ayn Rand — não documentado, mas, por favor, Kendall diz que ele bate na porta do camarim do TOS toda noite, quinze minutos antes de o Ayn Rand entrar no palco, e leva Britt para um lugar escondido).

Ufa! Aí está. Como é bom tirar isso do meu peito, mesmo que para as lentes sem alma de uma câmera. Eu não posso falar com mais ninguém. Kendall está no céu, praticamente um membro honorário do Touch of Stretch. A/B é um garoto — ele iria achar que eu sou apenas uma menina fofoqueira. A Stella, bem, nós falamos sobre o TOS, algumas vezes o malhamos, mas ela não sabe até onde vai o meu ódio. Além disso, ela parece realmente gostar de Romy e Relish. Me dá enjôo. Será que aquelas aspirantes a duronas realmente acham que andar com uma garota do Brooklyn vai dar a elas algum crédito? Será que a Stella não consegue ver que está sendo usada? Será que ela não acha nojenta a forma como elas trocam caras? Argh! A forma como elas ficam passando a mão no A/B, parece que ele é a próxima vítima.

A única pessoa que talvez sentisse o meu tormento é a P. Eu não falei com ela sobre isso, mas ela é observadora. Nós estávamos indo para Chicago, esperando a Kendall acordar para que pudéssemos ter nossa aula, quando ela começou uma conversa ameaçadora, mas esperançosa.

— Diga-me, Wynn: você conhece um negócio chamado carma?

Eu peguei um muffin:

— Humm, eu acho que sim. O que vai também volta...?

— Essa é a interpretação mais rasa, mas sim.

Seu olhar não deixava dúvidas e era preocupante. Tocava direto no que me incomodava dentro de mim, tirando minha temperatura, testando sobre malignidade emocional.

— Deixe-me dizer que não é apenas um conceito — continuou ela —, mas ele tem o seu próprio relógio. Às vezes parece que o carrossel do carma está em câmera lenta...

— Ei, Srta. Peony. Ei, Wynn.
Kendall passou em direção à cozinha:
— Tem muffin?
Peony abaixou o tom da voz:
— E algumas vezes acontece tão rápido que faz a sua cabeça girar!

# A CHEFE

**B**em, bem... será que as maravilhas não vão parar? Nós finalmente íamos ter um encontro com os indefiníveis Ayn Rand. Nós já tínhamos tocado quatro noites com eles e ainda não tínhamos nos cruzado. Isso era intencional — por parte deles. A passagem de som deles? Fechada! Além disso, eles se trancam no camarim até a hora de subir no palco, como se respirar o mesmo ar que a banda de abertura pudesse passar piolhos. É um insulto muito grande, isso que é. Mas essa noite todas as três bandas iriam jantar juntas — idéia do promotor do show de Chicago e do diretor de programação da WDIK, a estação de rock alternativo. Três fãs iam ganhar um lugar à mesa para assistir seus astros do rock favoritos comendo. Qualquer tipo de animação que eu pudesse ter tido em estar no mesmo ambiente que Franklin K. tinha descido pelo esgoto. O cara não quer saber de mim, tudo bem. Ele pode beijar meu traseiro.

E então nós nos encontramos cara a cara.

O meio-oeste é o lugar da carne, então, naturalmente, o evento foi numa churrascaria. Muito metal, muito carvalho polido. Garçons de mais ou menos trezentos anos de idade. Eram quatro e meia da tarde e o lugar estava entregue às moscas — claro, quem come tão cedo? Nós fomos levados para um ambiente reservado. Para meu assombro, o Touch of Stretch já estava lá — essas garotas gostam de fazer entradas triunfais, então eu não sei como as convenceram a chegar na hora. Relish me mandou um sinal de fumaça — como se estivesse fumando um baseado imaginário — e, quando eu fui dar um oi para ela e Romy, percebi como elas estavam chapadas.

— Vocês tomaram seu remédio para glaucoma? — perguntei.

Elas caíram na gargalhada:

— Garota, você é louca se acha que a gente ia conseguir agüentar um jantar com fãs e o pessoal da rádio sem dar uns tapas — disse Relish.

Eu estava quase ficando aborrecida com elas — é tão irritante quando garotas riquinhas querem falar como se fossem do gueto — mas Romy me passou uma ponta generosa do que parecia ser maconha de primeira. Nesse exato momento a pesada porta de madeira se abriu e começou uma procissão. O DJ da rádio, o diretor de programação, o promotor. Depois, os fãs sortudos: um cara gorducho com uma camiseta babylook do Touch of Stretch sobre seus peitinhos. E duas fêmeas apopléticas — tremendo, espumando pela boca, praticamente aos prantos. Atrás delas, todo tipo de bobos da corte e subalternos do Ayn Rand, e então... ta-dá! Os homens da hora. Os homens da porra da década. Os ternos escuros bem-cortados mal continham as suas almas rock'and'roll que o diabo devia cuidar. Stak Estervak, Eric Hall, Rocky Sandborn e Franklin Kertavowski, melhor conhecido, e por razões óbvias, como Franklin K.

De repente a sala ficou pequena demais. O ar ficou mais fino. Com a cabeça leve eu vi o Ayn Rand passar aceitando coquetéis pesados, acendendo charutos, dizendo oi para os fotógrafos e jornalistas como se eles fossem amigos de infância. Até mesmo um dos garçons anciãos se aproximou e Franklin K deu um tapinha amigável em suas costas.

Hum. Então. Franklin K. Ah, sim, ele é isso tudo. O homem feio mais sexy que existe. Imenso como um zagueiro. Sua cabeça parece que foi esculpida em granito às pressas — traços duros e largos no queixo, mandíbula, sobrancelhas. Uma rocha como nariz. Sua boca era carnuda, mas quando ele sorri — um jogo fácil de garoto entre suas bochechas sutilmente sombreadas — você tem vontade de tocar seu rosto. E ele sorri muito. Nada daquela intensidade falsa e mascarada tradicional de vocalistas cheios de si. Mas é difícil qualquer pessoa ficar relaxada perto de Franklin K. Ele se movia pela sala com uma leveza bruta que faz você se arrumar, esperando, ao mesmo tempo, que ele não o veja — e que ele veja.

Ele nos viu.

— Vocês devem pensar que eu sou o maior babaca.

Ele tomou um gole da bebida marrom, o gelo em seu copo nem se atrevendo a fazer barulho. Ele limpou a boca com a parte de trás de uma mão enorme, que parecia ter cinco falanges em cada dedo.

— Mas é claro que eu sou — disse ele, dando de ombros.

E ele sorriu. E eu quis tocar o seu rosto.

De alguma forma A/B conseguiu falar alguma coisa:

— Que nada! — disse ele. — Por favor, gente, nós entendemos. Nós nem notamos que vocês estavam esnobando a gente. Bem, é claro que nós notamos. Vocês são o Ayn Rand. Mas nós não pensamos nisso como esnobar, só que você, bem, vocês têm prioridades. Então, nenhum ressentimento, nenhum mesmo e...

Franklin K. botou sua bela mão monstruosa no meu ombro. Você sabe como um gato dá uma cabeçada em você quando quer carinho? Foi assim que eu me senti. Então ele se inclinou. Seus olhos eram poços negros, circundados de chamas. Ele tinha cheiro de bourbon envelhecido, maconha da boa e do tecido fino do seu terno. Ele balançou a cabeça uma vez, na direção do A/B.

— Aquele ali nunca cala a boca...?

# A GOSTOSA

Eu fui ao inferno e era uma churrascaria em Chicago. Posso enumerar os motivos?

1. P e Gaylord foram barrados. P é vegetariana e nada ia agradar mais Gaylord que algumas horas sem o 6X, mas eu ainda acho que é errado. Verdade, todos os outros membros das equipes também foram excluídos, mas eu ainda acho maldade.
2. Os lugares eram marcados — membros da mesma banda eram separados estrategicamente para espalhar nosso charme individual entre os convidados mais efetivamente. Eu estava entre um executivo da Clear Channel que estava começando a ficar careca e o chapado baixista do Ayn Rand, Stak Estervak, ambos conversando com outras pessoas na mesa, me deixando a conversar com o cardápio.
3. Todos os membros do Touch of Stretch estavam ao alcance da minha vista — isso que é moderador de apetite. As irmãs Vallane estavam atacando a cesta de pão. Sue Venner fincou o garfo num camarão, mas não parecia que ia comê-lo. Até onde eu sei, Sue não liga muito para comida já que isso geralmente atrapalha a parte de beber. Do outro

lado da mesa estava Britt Gustafson, um fã babão e depois a Kendall.
4. Kendall estava se engalfinhando com um prato de sopa de cebola fervendo. Com todo aquele queijo e as tiras de cebola douradas e escorregadias, sopa de cebola não é algo que você deveria comer quando tem vinte estranhos, incluindo o rock star mais gato de todos, sentados à sua volta.
5. Eu entendi o que fez a Kendall — geralmente uma menina do tipo que pede queijo quente — pedir sopa de cebola. Um sorrisinho satisfeito no rosto de Britt enquanto Kendall lutava contra a colher, o pedaço de pão, nacos de *gruyère* derretido e um caldo tão quente que faziam suas duas narinas mergulharem na tigela.

Kendall alegremente ignorava o prazer diabólico que Britt tinha ao vê-la comendo a sopa. Eu não. Eu fiquei só assistindo constrangida por cima da minha salada, com o molho Caesar deixando grandes poças brancas sobre a alface.

— Eu estou no inferno.

— Você percebeu que falou isso alto? — perguntou Stak Estervak.

Juro, fiquei mais vermelha que o seu vinho. Stak riu. Não era um riso maldoso.

— Tudo bem. Eu faço isso o tempo todo — disse ele.

Ele bateu com a ponta dos dedos na borda do seu copo. Suas unhas, como as minhas, eram todas roídas, as cutículas todas destruídas.

— Espera um segundo... você não é muito nova para estar trabalhando para a rádio?

— O quê? — disse eu. — Ah... eu não trabalho para a estação de rádio.

Ele ficou olhando sem entender nada.

— Eu sou a Wynn...

Nada ainda.

— Eu toco no 6X... Nós estamos em turnê com vocês...

Ele deixou a ficha cair por um segundo:

— Oh — disse ele. — Bem, viu o que eu quis dizer com momentos constrangedores?

Depois daquilo, Stak e eu começamos a conversar. Conversar mesmo. Histórias de vans quebradas e hotéis de beira de estrada xexelentos; fãs que perseguem; bandas rivais; os escândalos mais chocantes e hilários; e a saga da ascensão do Ayn Rand de uma bandinha de Chicago ao topo das paradas. Eu contei a forma boba como o 6X começou, meu aprendizado de bateria na marra, como eu acho que a Stella é realmente a força por trás da banda.

— Toda banda precisa de alguém assim. Músicos de verdade são notoriamente moles — concordou Stak, adicionando que se não fosse pela motivação de Franklin K., ele provavelmente estaria trabalhando em um matadouro.

Era fácil falar com Stak. Eu gosto da forma como seus olhos amendoados mudam dependendo do quanto ele gosta de um assunto. Como seus brilhantes cabelos castanhos parecem um pedaço de pudim de chocolate. Suas unhas roídas, seu sorriso torto. Mas quando ele me perguntou por que eu acredito que o inferno é uma churrascaria em Chicago, só contei metade da verdade: que eu fico desconfortável em festas onde não conheço ninguém, deixando de lado a parte sobre Britt Gustafson, a face do mal.

# A VOZ

No meio da sobremesa — cheesecake, não consegui resistir, mesmo depois de comer meu filé, uma batata assada, creme de espinafre e aquela sopa de cebola bagunçada — Britt se inclinou sobre Tony, o maior fã do Touch of Stretch de todos os tempos:

— Vamos lá, Especial, vamos até o banheiro das meninas — disse ela para mim.

Eu dei mais uma garfada e pedi licença para sair da mesa.

— Você me surpreende, Kendall, de verdade — disse Britt mexendo nos cachos que a cabeleireira passou a tarde toda ajeitando. — Não incomoda você comer tanto antes de subir no palco?

Naquele momento eu fiquei um pouco confusa, já que Britt foi quem me encorajou a comer a sopa de cebola e molho extra para a batata e tudo mais. Mas eu realmente não queria fazê-la se sentir mal com isso:

— Bem, eu estou quase estourando — disse eu.

— Imagino! Mas se isso não afeta a sua performance e você não se preocupa em engordar, o que eu posso dizer...

Britt checou seus dentes e retocou o batom. Eu entrei numa cabine e pensei no que ela falou. Lavei minhas mãos e olhei para ela. Ela sabia de tudo. E ela era minha amiga. Eu queria que ela fosse minha amiga para sempre.

— Bem, honestamente, Britt, ultimamente eu ando preocupada com meu peso...

Então eu contei a história toda. Contei como eu fiquei chateada de me ver no comercial da Gap, e como eu afogava minhas mágoas com doces. Eu até contei a ela sobre como eu rasguei minha calça em Vegas.

— Oh, Kendall, que horrível!

Britt largou seu lápis de olho e veio até mim e me abraçou, ali no meio do banheiro. Eu a abracei de volta. Eu estava tão agradecida de ter tomado coragem e dividido meus problemas, porque ela é tão inteligente e bonita, e não estava me julgando nem um pouco.

— Mas, você sabe, querida, isso é normal — disse ela. — Nós todas comemos demais às vezes. Nós todas nos preocupamos com a nossa aparência. É parte de ser uma mulher. Então você não deve se sentir mal por isso, Kendall, certo? Você promete?

Ela pegou seu lápis novamente.

— Obrigada, Britt, muito obrigada — disse eu —, isso me faz sentir melhor.

— Além do mais — disse ela —, você pode se livrar disso.

O que será que ela queria dizer com aquilo? Se livrar disso?

Britt suspirou como se eu fosse a caipira mais ignorante que ela já tinha visto, mas sorriu para mostrar que ela não se importava com isso.

— Você tem uma janela de dez minutos — disse ela, e quando ela viu no meu rosto que eu não tinha a menor idéia do que estava falando, explicou direitinho — depois de comer, você tem dez minutos, no máximo quinze, para se livrar da comida. Bote o dedo na garganta. Force o vômito. Bote para fora.

Ela falou com tanta convicção que eu não quis duvidar. Mas qualquer menina que um dia pegou uma cópia da revista *Seventeen* sabe o termo médico para o que Britt acabou de descrever.

— Britt... — disse eu — eu não poderia fazer uma coisa dessas. Isso é... bulimia.

Como ela podia não saber disso?

— Isso é uma doença — acrescentei.

— Kendall, não seja estúpida. Só é uma doença se isso controlar você — falou ela como uma professora entregando as provas. — Eu pensei que você era uma pessoa forte.

Suas palavras me desmontaram.

— Oh, Britt, eu sou — disse a ela. — Você não diria isso se soubesse pelo que eu passei!

Calorosamente ela pegou minha mão:

— Especial, eu sei. Não os detalhes, talvez, mas no meu coração eu sei como você é forte, do que você é capaz. É por isso que eu amo você.

Então eu senti um calafrio; ela largou minha mão:

— Mas você pensar que eu faria algum mal para você...

— Não, Britt, não é isso! Não é isso mesmo! — falei pegando de volta sua mão. — Eu não sei dizer como a sua amizade foi importante para mim nessa turnê!

— Bem, eu achei que sim — disse ela —, esperei que sim.

Nós nos olhamos por um momento especial, então Britt apertou minha mão:

— Vai lá — disse ela com uma impaciência suave —, o tempo está passando...

# O GAROTO

Cara, E/D estava certa ao dizer que ela não estava preocupada com as groupies. É claro que naquela época a maior preocupação dela era com a Kendall. Ela não conheceu Romy ou Relish Vallane. Aquelas meninas são perigo ao quadrado. Pelo menos eu posso dizer que nada aconteceu entre nós três. Hum, não, não posso. Certo, eu posso dizer que eu não fiz nada a não ser me esquivar e me defender.

Nós estávamos fumando um pouco de maconha — eu, as irmãs Vallane, Stella e Flaco, um cara magrelo de macacão, que parecia tomar conta da casa de máquinas do Cheddar Court Theater em Madison, Wisconsin, quando Stella falou para Flaco:

— Então, você é que manda em tudo aqui?

— É, você sabe, meio expediente — disse ele. — Eu não vou fazer isso pelo resto da vida, mas eu consigo ver alguns shows matadores. Além disso — falou ele com um olhar malandro — tem outros benefícios do ofício.

Claro, como deixar estrelas do rock chapadas — ocasionalmente umas bem gatas.

— Quer me mostrar o teatro? — perguntou Stella e Flaco se põe à disposição como se fosse o marquês de Cheddar Court.

Eles saíram e eu fiquei sem entender nada. A Stella não é louca pelo Didion Jones? Então por que ela pediu para o Flaco ficar mostrando os cantos do teatro? Eu ainda estava encucado com isso quando fui atacado. Tigresa na esquerda! Tigresa na direita! Por sorte minhas oponentes falharam em solidificar suas táticas de uma vez. Elas estavam dividindo — mas não estavam conquistando.

— Vamos lá, A/B, você não quer me beijar? — disse Relish ou Romy, empurrando a irmã. — Ela não sabe beijar. Me beija...

Se as irmãs Vallane tivessem se juntado num único front, uma experiência digna do fórum da Penthouse seria meu destino. Mas, em vez disso, eu consegui afastá-las.

— Meninas, meninas! Romy! Relish! Por favor! — disse eu. — Parem com isso, isso faz cócegas! Ahh, isso também... Por favor...

Por um lado, é muito tentador. Elas são bonitas, persistentes e, pelo amor de Deus, são gêmeas. E eu não posso culpar uma parte do meu corpo por... se deixar levar. Mas eu não sou dominado por nenhuma parte do meu corpo sozinha; eu sou a soma das minhas partes e algumas dessas partes — coração, cérebro, integridade (o que, eu sei, não é um membro ou um órgão, mas dá um tempo) — não gostam de onde aquilo está indo. Além do mais, aquelas meninas estavam me tratando como um cabideiro de promoção numa loja de roupa. Os beliscões e as apalpadas continuaram até que Stella e Flaco completaram o circuito.

Flaco estava nas nuvens. Eu duvido seriamente que ele tenha conseguido alguma coisa; ter a atenção da Stella por dez minutos é o suficiente para fazer qualquer cara flutuar. Eu queria puxá-la de lado, perguntar como ela pôde me deixar sozinho com aquelas duas, mas eu sei o quão afeminado isso ia parecer — e eu simplesmente estava tão aliviado que ela tinha voltado que deixei para lá. Enquanto nós todos subíamos as escadas em espiral para ver o show do Ayn Rand, eu me dava parabéns por conseguir escapar dessa.

# A CHEFE

Culpa é um lixo, não serve para nada; eu não caio nessa. Então eu não dou a mínima para dar uma volta sozinha com Flaco. Tudo que eu deixei ele fazer foi me oferecer um pouco de maconha ruim. Mas, sim, existe uma certa satisfação em saber que um garoto quer você e deixá-lo de lado só por causa do seu respeito próprio. Quando meus pensamentos se voltaram para o Didion, eu pensei: reconheça — ou você me trata bem ou alguém vai tratar. E, adivinha, tinha uma mensagem dele quando eu cheguei meu celular. Agora eu estava animada porque ele estava em Minneapolis — e nós estávamos indo para lá.

Ir ao show de Didion Jones significava sair antes de ver o Touch of Stretch e o Ayn Rand. Grande coisa! Wynn e A/B foram comigo; eles já estavam de saco cheio de prestar reverência a eles também. A/B sugeriu que nós todos fossemos ao IHOP depois do show de Didion. Como se eu quisesse saber de panquecas naquela hora. Um olhar incrédulo da Wynn explicou como aquela idéia era idiota.

De volta ao hotel nem tentei esconder. O tom da minha voz me entregava:

— Caramba, Didion... — falei enquanto nós estávamos deitados juntinhos na cama king-size — eu senti muito a sua falta.

— Eu também, Stella — disse ele. Meu nome nunca tinha soado tão bem. — Você fixou residência afinal.

Ele falou aquilo como se não estivesse totalmente satisfeito. Tudo bem. O garoto tem problemas com abandono, claramente e com razão: a mãe é uma desgraçada, o avô faleceu cedo. Didion se tornou um lobo solitário e adotou o mantra: não se apegue. Funcionou — até que ele me conheceu.

— Stella, você está no meu sangue...

Isso era tudo que eu podia esperar ouvir antes que nossas línguas ficassem muito ocupadas para palavras. Mesmo assim, apesar de estarmos há tanto tempo afastados, nós não nos apressamos. Nós nos beijamos por muito tempo e quando nós seguimos adiante, fomos aproveitando cada parte excitante. Original, não? Um garoto que não tenta usar você como um videogame, apertando sem parar. Não que ele seja o brinquedo também. Nós somos iguais. Aquela primeira vez em que nós ficamos juntos parecia que Didion tinha todo o poder, mas talvez eu apenas quisesse dar o poder a ele. Essa noite nós estávamos em sintonia. Perfeitamente, incrivelmente em sintonia.

Na manhã seguinte, Didion estava a bordo. Ele não mostrou muita empolgação com o ônibus, mas depois de pegar carona em carros cheirando a salame, suor e fumaça de cigarro, um pouquinho de luxo não era tão ruim assim. O sol entrava pelas janelas. As pessoas nos carros nos observavam enquanto passávamos. A presença de Didion era natural. Todos o aceitavam, e eu estava magnânima com meu homem. Ele falava sobre blues com Gaylord, trocava receitas de ervas com Peony, tocava violão com o A/B.

Apenas Wynn e Kendall agiam de forma engraçada. Solícitas, mas reprimidas. Então Kendall se soltou com uma versão de "Go Down, Moses" e Didion a acompanhou. O barítono amanteigado se juntou ao soprano cremoso, uma combinação mágica para o gospel. O MC se tornou não um ônibus mágico, mas um ônibus seriamente espiritual.

Até que Kendall jogou suas mãos para o alto gritando:

— Didion, eu aposto que nós podíamos gravar um disco gospel, você e eu! Vamos cantar "Do Lord"! Ou "Let the Circle Be Unbroken". Ah, eu amo essa!

Bem, Didion é meu homem e eu não via nenhum problema no dueto deles. Mas a Wynn? Ela ficou louca!

— Você não consegue fechar essa boca estúpida? — murmurou ela.

A voz de Wynn era baixa, mas o olhar que ela estava lançando para Kendall não deixava dúvidas. Eu já tinha visto aquele mesmo olhar para o Touch of Stretch.

— Hein... Wynn... o quê?

Kendall parecia que tinha acabado de sair de uma máquina de lavar ligada.

Wynn olhava para a Kendall como se ela fosse um mosquito de duas toneladas — uma peste de proporções estupendas:

— Você não consegue fechar essa boca estúpida? — repetiu ela. — Ou você tem sempre que se exibir dessa forma patética?

Loucura. Wynn tinha se transformado numa versão miniatura da sua mãe! Bem, tomar um esporro de uma garota negra e irada é como tomar um caldeirão de água fervente na cabeça, mas uma bronca de uma branquela rica de sangue azul? É como ser atropelada por um caminhão de gelo seco. E isso não era nem um pouco parecido com a briga que a Wynn e eu tivemos em Las Vegas — aquela foi calorosa. A forma como a Wynn atacava a Kendall dessa vez era de uma frieza espantosa.

— Por quê... o quê...

Kendall apenas balbuciava palavras novamente.

— Ah, faça-me o favor — falou Wynn cansada —, a forma como você baba ovo de Britt Gustafson é nojenta o suficiente, mas por sorte você não está à vista quando fica nessa punheta.

Será que a Wynn tinha acabado de dizer "punheta"? Não pode ser!

— Mas, sério, Kendall, tenta evitar fazer a mesma coisa com o Didion enquanto estamos todos trancados juntos — continuou ela —, talvez você tenha esquecido que ele ainda está com a Stella, que eu tenho certeza que iria lembrá-la disso se ela não estivesse tão feliz de ele estar aqui.

Wynn então olhou para mim, depois para o A/B, e então voltou para a Kendall:

— Mas é claro que você nunca respeita o namorado de *ninguém*, não é?

# A GOSTOSA

Oh, meu Deus, eu sou uma bruxa! Hormônios? Claro que não, apesar de a Kendall aceitar a velha desculpa da TPM. Não, é loucura causada pelo Touch of Stretch que me fez perder a cabeça com meus próprios companheiros de banda. Urgh. Por que eu não posso apenas deixar as pessoas serem felizes? Se a Kendall está feliz sob as asas da Britt, o que eu tenho a ver com isso? Será que eu sou uma pessoa tão ruim assim? Talvez P tenha algo no seu repertório de ervas para me tranqüilizar.

Eu não queria esperar vinte minutos, quando devíamos nos encontrar na lanchonete do hotel para comer algo antes do show. Eu nem estava ligando para botar sapatos, apenas atravessei o corredor descalça até o quarto dela. Mas quando eu estava prestes a bater, meu punho congelou — eu escutei barulhos vindos lá de dentro. É uma coisa horrível ficar escutando atrás da porta, mas eu não liguei. Gemidos baixos e longos. Gritos altos e rápidos. Será que era alguma técnica de yoga, como Sopro de Fogo? Um ritual de encantamento bruxo? Eu acho que não! P estava transando lá dentro — mas com quem? Se algum antigo namorado do Nebraska reapareceu, ela esqueceu de me contar sobre ele. Então deve ser alguém da turnê. Algum dos roadies? Nosso motorista do ônibus?

Eu saí pelo corredor até a escada e desci até o quarto da Stella. Toc, toc, toc. Nenhuma resposta. Toc, toc, toc!

— Quem é?
Finalmente!
— Eu!
— Wynn? Ah... espera um segundo.

Com felicidade no rosto e vestida com um roupão, Stella me deixou entrar. Didion estava na cama, encostado na cabeceira, vestindo nada a não ser seu velho violão sobre o colo:

— E aí Wynn... — disse ele sem parar de tocar.

— Oi — falei, segurando o punho da Stella —, você não vai acreditar nisso, mas Peony Randolph está dormindo com alguém da turnê!

Isso era uma novidade tremenda, uma grande fofoca, mas Stella não podia parecer mais indiferente:

— Dormindo, você quer dizer, como um eufemismo para trepando?

— É, bem...

Cada sílaba tinha de penetrar na sua aura tão feliz.

— Que ótimo. Peony é legal — disse Stella. — Ela merece um pouco de emoção.

Então ela sorriu e olhou na direção da cama. Isso era muito estranho. Stella chamando P de legal? Stella sorrindo?

— Wynn, me faz um favor — pediu ela —, nós não estamos a fim de ir jantar e o serviço de quarto vai demorar muito. Pede para mim uma surpresa de tomate na cafeteria... E Didz, o que você quer?

— Nada, querida — disse ele —, eu estou satisfeito.

Stella foi até a cama falar com seu homem:

— Tem certeza? Você não quer nada? Um queijo quente? Uma porção de batata frita?

Os músculos esbeltos se esticaram nas costas de Didion enquanto ele botava seu violão no chão, então ele agarrou Stella rápido como uma armadilha e a puxou para a cama. Ela gritou, se debateu e brigou toda feliz. Com os pés pesados, fui em direção à porta.

— Wynn? Certo? — disse Stella. — Surpresa de tomate...?

— Sim, tudo bem... — murmurei.

Eu queria vomitar. Fiquei parada no corredor me sentindo chacoalhar com o estômago embrulhado. Qualquer motivo racional que eu usava para me enganar que eu significava algo para a Stella — que ela ligava para mim — foi destruído por um devastador exército de uma pessoa: Didion Jones. E a pior parte é que Didion não é meu inimigo. Ele não pretendia destruir nada entre mim e a Stella. Nem nunca pensou nisso. É apenas o estado natural das coisas, um efeito colateral de ele ter entrado na vida dela. Ele estava ali agora, ele estava com ela, ele destrancou o amor que ela guardava num cofre e agora é todo dele.

Vamos recapitular. Stella tem o Didion, A/B tem a Edie — uma forte relação à distância. Kendall tem uma nova melhor amiga, Britt Gustafson, que parecia estar tirando sua atenção do A/B por um momento, mas, conhecendo a Kendall como eu conheço, tenho certeza de que ela está se armando com todos os truques para arrasar garotos no arsenal amoroso de Britt. Kendall é um chihuahua com um brinquedinho quando o assunto é o A/B; ele é o seu objetivo principal, sua missão na vida. E agora até mesmo P estava conseguindo alguma coisa!

Isso me deixava... sozinha. Ah, tem o Stak. Cada vez que eu virava uma esquina lá estava ele com seu jeito conversador e despachado, então algum de seus subalternos tocava no seu ombro e ele tinha que partir. Uma alegria momentânea, isso é o que era Stak — nada mais. E Malinka? Como eu tinha previsto, ela se cansou de mim; falei com ela apenas uma vez desde que a turnê começou. Isso deveria me deixar chateada, mas não deixa, não de verdade. Vamos colocar dessa forma: eu sinto mais falta da Stella apesar de vê-la todos os dias.

# O GAROTO

**P**ele e sutiãs. Viaje com um monte de meninas e você vai se acostumar com a visão delas em vários estágios de se despir. Então, quando a fêmea mal coberta ao lado da minha cama tentou me acordar de um sono profundo, não fiquei nem surpreso nem excitado.

— Me deixe em paz — grunhi.

— Vamos — cutucão — lá — cutucão — sai — cutucão — da cama — cutucão.

Eu me revirei. Sentia cheiro de gin. Abri meus olhos. Sue Veneer?

— O que está acontecendo? O que você está fazendo aqui?

— O que está acontecendo é que eu estava tocando a sua SG e quebrei uma corda... e como eu não achei nenhuma no case da sua guitarra eu não quis ficar bisbilhotando.

O quê? Ela estava tocando minha guitarra sem a minha permissão, isso não é uma violação?

— O que eu estou fazendo aqui... merda, de vez em quando eu preciso de um descanso daquela piranha.

A luz de uma das camas se acendeu:

— A/B — era a Wynn —, o que está acontecendo? Quem está aí?

— E aí? Tem alguma corda de guitarra? — perguntou Sue.

Wynn e eu em uníssono:
— Shhh! Você vai acordar o ônibus todo!
— Não, não, não. Não quero fazer isso. Só estava aqui na minha, fazendo um Sue Venner acústico, quando boing! Quase arrancou meu olho...

Wynn desceu da cama, a camiseta do Guided by Voices com que ela dormia na altura de suas coxas:
— Shhh, Sue, vamos lá, vamos voltar para o lounge.

Eu saí da cama também:
— É, e vamos tentar não fazer muita zona também, pode ser?

Sue sorriu e fez uma voz engraçada:
— Silêncio, muito silêncio...

No andar de baixo, Sue nos ofereceu sua garrafa de Tanqueray. Wynn e eu agradecemos, mas passamos. Ela deu de ombros e tomou um gole:
— Vocês não estão putos, estão? É só que... Britt... algumas vezes ela... argh...!

Cara, isso realmente chamou a atenção da Wynn:
— Hum, Sue — disse ela —, você quer falar sobre isso?

Sue espreguiçou e soltou um grunhido:
— É o seguinte — disse ela —, eu não me importo com qual seja o seu estrago se você for honesto sobre ele. Eu sou Sue Veneer, eu sou uma escrota, e pode ser que eu realmente tenha um pequeno broblema com pebida. Não que eu tenha orgulho disso, mas eu sou assim. Eu não finjo ser uma santa. Agora, Britt Gustafson, no caso de vocês não terem notado, tem uma churrasqueira no lugar do coração. Mas ela aceita isso? Nããooo. Ela anda por aí como se acreditasse nos seus recortes de jornal,

que ela representa algum movimento glamouroso neofeminista ou é, vocês sabem, um ser humano decente.

— Sue, eu não fazia idéia — disse Wynn. — Eu quero dizer, sim, eu considero Britt um monstro, mas eu pensei que vocês todas fossem horríveis também. Eu julguei você pelas suas companhias e... me desculpa, Sue...

— É, bem...

Era chocante, mas Sue começou a chorar:

— Eu não sou Átila, o Huno.

— Ah, Sue, por favor, não chore. Você não tem que agir como Átila, o Huno...

Será que eu devia lembrá-las que Átila, o Huno era um cara? De forma nenhuma.

— Mas eu acho que se você desse mais valor às suas virtudes, em vez de desmaiar toda noite com uma garrafa de bebida, você se sentiria muito melhor.

Wynn soprou a franja de sua testa:

— Sem contar que — acrescentou —, como isso faria Britt se sentir?

Sue não disse nada. Ela limpou seu nariz, então tirou a ré quebrada da guitarra.

## A GOSTOSA

Palavras viajam rápido em um microcosmo. Quando nós ficamos sabendo que a segurança do Orpheum estava envolvida numa situação com reféns com um fã alucinado do Ayn Rand, nós saímos do nosso camarim para ver o que estava acontecendo. É claro que as palavras são distorcidas em um microcosmo também. Não era uma situação com reféns, era basicamente um mal-entendido. O que o segurança truculento achava que era um devoto desordeiro de Franklin K., estava ali muito mais por... mim, na verdade. E ela não era louca — só muito entusiasmada, e algumas vezes suas intenções se perdiam na tradução.

— Meu Deus!

Eu engasguei ao primeiro olhar, tentando passar pelas pessoas aglomeradas antes que alguém acabasse indo para o hospital.

— Malinka! Solte esse homem!

— Wynnnnn! — saudou Malinka, ainda aplicando uma gravata no segurança que havia lhe negado acesso ao *backstage* sem o crachá.

— Com licença... — disse me aproximando do arranca-rabo com cuidado. — Me desculpe... bem, ela está comigo.

A tensão diminuiu sensivelmente. Malinka se levantou. Devagar e com dificuldade, o segurança se levantou também. A Borboleta Brutal fez o gesto de bater asas que a fez receber o apelido e todos aplaudiram; então Stak Estervak apareceu do meio da multidão.

— Santa Maria Mãe de Deus! Malinka Kolakova!

Stak estava tão excitado que a sua voz estava quase uma oitava acima do que de costume.

— É você! É ela! É ela mesmo. Você!

De olhos esbugalhados, Stak estava basicamente prostrado em frente à minha amiga. Tão irônico — um membro do tão cool Ayn Rand perdendo a linha daquele jeito.

— Vamos lá, Wynn, nos apresente! Por favor!

—Sim, Wynn, quem é essa pessoa urrando como um animal da fazenda no calor — disse Malinka olhando para Stak com uma ponta de suspeita.

A platéia curiosa não queria dispersar e eu estava começando a me sentir ridícula:

— Malinka Kolakova, Stak Estervak — disse eu rapidamente. — Stak, Malinka.

— Eu sei — disse Stak entusiasmado, oferecendo a mão para Malinka apertar.

— Esse cara que parece um burro com tesão está andando com vocês? Com o 6X?

Ela era da Rússia — ou de Urano?

— Malinka, ele é Stak Estervak! — falei baixinho só para ela ouvir. — Ele é do Ayn Rand!

Ainda cética:

— Tem certeza que ele não é um groupie de boca pálida?

Se apenas um raio pudesse me acertar naquele momento.

— Só para você, Srta. Kolakova! — disse Stak ignorando o insulto. — Ou posso chamá-la de Malinka? Posso?

Enquanto Stak nos levava (todos nós — Stella, Didion, Kendall e A/B se juntaram a nós) para o anteriormente inatingível enclave que era o camarim do Ayn Rand, Malinka explicou por que ela andava sumida no meu ouvido. Ela estava na Austrália — onde a temporada de tênis tinha acabado de terminar. A princípio, ela não conseguia descobrir quando ligar, por causa do fuso horário, depois ela perdeu seu celular, onde estava o meu número. Finalmente ela achou uma cópia do nosso itinerário, e veio para os Estados Unidos assim que ganhou a última partida.

— Meu plano era ver o 6X detonar Denver, mas a segunda parte do meu vôo atrasou — disse ela —, mas agora aqui estou eu, livre como um bárbaro.

Eu tive que rir. E tive que abraçá-la. Ela é demais! Além disso, não dá para descrever como ela deixou os caras do Ayn Rand malucos. Eles ficavam em volta dela como se ela fosse um alienígena. Até o Sr. Não Ligo Para Ninguém: Franklin K. Na verdade, quando um de seus subalternos trouxe Britt para o camarim para o que eu concluí que era seu boquete de antes do show, ele nem ao menos olhou para sua direção.

Ah, como toda aquela cena deixou Britt com raiva! Ela estava tendo uma noite ruim para começar — nós todos ouvimos a discussão que ela teve com a Sue. Além disso, dava para notar pela dinâmica delas no palco que Sue estava de saco cheio da Britt. Na outra noite, quando Sue desabafou comigo e com o A/B, entre as várias reclamações estava o fato de Britt insistir que ela não fizesse um solo em "Bit Part", o novo single delas. Bem, essa noite Sue não quis saber, dedos pegando fogo, guitarra chorando, língua para fora, enquanto Britt ficava parada em frente ao microfone com cara de bunda. E agora isso: Britt entrou, esperando seu encontro clandestino regularmente marcado com seu namorado secreto só para vê-lo oferecer o pescoço para Malinka autografar!

— Eu nunca autografei o pomo-de-Adão de um rapaz antes — disse Malinka —, é um pouco complicado, não?

Ela conseguiu terminar e tampou a caneta.

— Ah, eu quase esqueci. Tenho uma mensagem para você — disse ela a Franklin. Na Austrália, eu conheci Crimson Snow. Ela estava terminando um filme em Brisbane. Garota legal para uma estrela do cinema. Fã de tênis. Quando eu disse a ela que ia ver o 6X em breve, ela ficou toda encantada e disse "o 6X está tocando com o Ayn Rand, não é", e eu disse que eu não sabia, mas ela tinha certeza de que era verdade. Então ela disse para mim "quando você vir Franklin K., diga a ele que a Crimson reconsiderou".

A resposta de Franklin foi exatamente o que você poderia esperar — sem empolgação, lacônica, meio que dando de ombros:

— Ah, é? É isso aí.

Seu tom era frio, sem comprometimento. Mas o comunicado de Crimson — um segredo para qualquer um que não fosse ele mesmo — certamente trouxe um novo traço para seu sorriso.

# O GAROTO

O MondoCruiser está chegando à capacidade máxima com Didion e agora Malinka viajando conosco. Pelo menos nós conseguimos fazer Sue Veneer voltar para seu próprio ônibus depois de uma sessão de psicanálise de turnê. Que bom, porque senão eu não saberia onde colocar E/D quando ela nos encontrar em Seattle no fim da semana. Nesse momento, estamos a caminho de Boise, e eu estou com muita saudade dela.

O sentimento de tão perto e tão longe estava me deixando louco. Além disso, eu estava tentando negar a parte neurótica da minha natureza que não estava muito animada em pensar como E/D estava gastando seu tempo livre ultimamente. Ela estava montando uma banda. Com seu novo amigo. Seu novo amigo Aaron. Ele toca guitarra também. Aaron tem muito bom gosto para música. Aaron compõe músicas. Aaron tem aula de física com ela. Não existe nada físico entre E/D e Aaron, claro; E/D não me assegurou disso porque a possibilidade de algo físico entre eles nunca surgiu nas nossas conversas. Eu tenho que confiar nela. Então eu dizia muito "a-hã" e "legal" quando ela falava do seu novo amigo Aaron. Mas quando eu desligava o telefone, ficava neurótico — era pedir muito que seu novo amigo se chamasse Emily ou Alison? Eu não diria que essas novidades me torturavam, mas elas interferiram nos meus cochilos.

Quando eu não consigo cochilar, preciso de distração — desesperadamente. Wynn e Kendall estavam tendo sua aula da tarde com Peony. Malinka assistia *Spinal Tap* no DVD como se fosse um documentário de verdade — ela não entendia a piada. Didion e Stella estavam abraçadinhos no sofá, com seus braços e pernas entrelaçados, afros se misturando, com cara de ahhhh! (será que as pessoas pensam isso de mim e E/D?). Nosso roadie, Benson, estava com o nariz enfiado num manual técnico, e Gaylord estava ao telefone com o promotor de Boise, discutindo sobre alguma exigência do nosso rider.

— Está bem aqui em preto-e-branco — disse Gaylord.
— Página sete, parágrafo doze, alínea vii: dois pares de meias Adidas brancas e seis pares de meias Gold Toe nas cores preta, vermelha ou rosa serão providenciados...

Então eu abri o meu laptop e comecei a navegar. Sem destino! Inocentemente! Só que um anúncio pulou na minha frente e, bem, vamos lá... quem consegue resistir à pornografia com celebridades? Será que eu clicava ali? Eu sou humano — pode apostar que eu cliquei. Eu cliquei onde dizia "para um trecho de nosso último e excitante vídeo caseiro de uma superstar".

E puta que pariu! Era só um trechinho mínimo, mas mais que o suficiente para fazer um monte de marmanjo pagar $19,95 para ver tudo. O bustiê de látex. A habilidade impressionante. O horrível ângulo da câmera que garantia o jeito amador, tudo isso fazia aumentar o prazer voyeurístico. Vamos lá, rapazes, tirem esses cartões de crédito do bolso. Eu? De jeito nenhum, cara. É claro que eu sou um macho americano saudável e de sangue quente, mas eu quase não consegui chegar até o final da amostra. Eu não acho que ninguém quer ver alguém conhecido — mesmo que não seja alguém que você especialmente goste — estrelando um filme pornô amador. Então eu estava na minoria dos americanos saudáveis de sangue quente, sem contar os europeus, asiáticos e africanos e sul-americanos e australianos e os caras na Antártica. Eu realmente, realmente, realmente não queria ver Britt Gustafson transando.

# A CHEFE

**P**uta merda! Didion sumiu! Ele estava ao lado do palco no show de Boise, me deu um beijo doce antes de nós entrarmos de volta todos suados para o nosso bis, mas, quando saímos do palco, ele não estava mais lá. Não que eu esteja preocupada — só é estranho. Nós estávamos indo tão bem; a última semana foi o paraíso. Qualquer dúvida que eu tinha sobre se ele gostava do nosso som ou se ele achava que eu era uma baixista de merda? Esquece. Na primeira noite que ele nos viu tocar, eu dei uma olhada para ele durante o set e ele estava amarradão. Depois, mais tarde, seus comentários... Didion é um músico de verdade e ele me trata da mesma forma, mostrando o que eu faço bem e no que eu posso melhorar. Eu espero suas críticas tanto quanto seus elogios. É uma coisa de respeito.

Mas isso é amor. Amor é igual a respeito, respeito é igual a amor — não dá para ter um sem o outro. Então não fazia sentido que Didion não estivesse no nosso camarim. Como eu disse, nós estávamos indo tão bem, bem mesmo. Uma série de intimidades pós-show. Nós achávamos um canto. Didion pressionava uma toalha contra minha testa, meu decote, minha nuca. Ele me trazia um Red Bull; eu tomava alguns goles. Olhávamos um para o outro. Ele falava sobre algo que eu tinha feito no palco que tinha sido legal, ou idiota, o que quer que seja.

Nós olhávamos um para o outro um pouco mais. Nós nos tocávamos. O camarim estava lotado e barulhento, mas nós nem notávamos — nós estávamos em uma zona só nossa.

Só que essa noite eu peguei a minha própria toalha. Eu peguei o meu próprio Red Bull. Eu fui para um canto e tirei os protetores de ouvido, guardando na sua bolsinha e guardando a bolsinha no meu bolso. Eu fiquei olhando os meus companheiros de banda falarem e se esticarem. Eu via amigos, estranhos. Meu cérebro tentava racionalizar que Didion provavelmente estava no banheiro ou pegando alguma coisa no ônibus, mas outra parte, mais amorfa, menos anatômica, negava isso. Ainda assim eu estava calma, estava tranquila; eu peguei uma fatia de presunto da tábua de frios e a dobrei para botar num pãozinho, mas não consegui comer por causa do nó na minha garganta.

— Ei — disse Wynn.

— Hein? — disse eu.

— Nada, só ei — disse ela, averiguando os frios, embrulhando um pedaço de pepino em uma fatia de peito de peru e dando uma mordida —, foi divertido hoje...

Eu conseguia ver Wynn com clareza, mas todo o resto das pessoas na sala parecia fora de foco. Eu ouvia mal suas vozes, como se ainda estivesse usando os protetores de ouvido. Malinka ria alto. Kendall aceitava um elogio. A/B estava no seu celular com Edie.

— É — disse eu.

Wynn lambeu seus dedos:

— Onde está Didion? — perguntou ela.

Sem segundas intenções ou subtextos. Era uma pergunta perfeitamente neutra, considerando que Didion e eu não desgrudávamos um do outro desde Minneapolis. Eu olhei para ela e vi que ela era Wynn Morgan — minha amiga.

— Eu não sei — disse a ela. — Eu não sei.

Alguma preocupação no seu olhar, apenas um lampejo:

— Está tudo bem? — perguntou ela.

Eu disse a verdade a ela:

— Isso eu não sei também.

# A VOZ

O Senhor age de maneiras misteriosas. É importante aceitar isso, realmente ter isso no coração. Dessa forma, se a vida estiver indo mal, você consegue se manter positiva — você sabe que aquilo é parte do plano de Deus. Mas as pessoas que mais precisam entender essas coisas são tão resistentes. Stella, por exemplo. A coitadinha está em frangalhos desde que Didion fugiu dela — sem discussão, sem adeus, nem mesmo um bilhetinho de despedida.

— Por quê?! — Stella gritava batendo nas almofadas do sofá com toda a sua força. A/B e o Sr. Gaylord partiram para suas camas, enquanto nós meninas ficamos reunidas no lounge. — Por quê?! Por quê?!

— Oh, Stella, deve existir uma razão — disse Wynn com a mão no coração. — Eu quero dizer, eu não pretendo entender os caras...

— Didion não é um cara — gritou Stella, enquanto Wynn estava apenas tentando confortá-la. — Como você ousa misturá-lo com todos esses retardados que formam o sexo masculino.

— Eu sei, eu sei, foi burrice. Me desculpa...

Por que a Wynn ainda se dá ao trabalho? Stella é do tipo que morde a mão de quem a alimenta. Eu fiquei ali sentada de boca fechada — dando apoio moral apenas com minha presença. Eu me sentia mal por Stella, sua situação tão comum: uma menina está apaixonada e um garoto faz o que um garoto faz.

— Eu devo ter feito algo que o emputeceu... que o assustou... — disse Stella, fazendo um inventário interno de possíveis escorregadas, comentários mal-entendidos, deixas perdidas — ou talvez tenha sido algo que eu não fiz...

— Ah, não, Stella — disse Srta. Peony horrorizada. — Você entre todas as pessoas se culpando por algo que *ele* fez. Eu acho isso inconcebível!

Stella enfiou seus dedos no sofá como se o tecido fosse seu inimigo:

— Peony, a última coisa que eu preciso agora é um sermão feminista vindo de você — disse ela. — Só porque você transou recentemente, agora acha que é uma autoridade no assunto?

Eu prendi minha respiração — então Stella descobriu sobre a Srta. Peony e o Sr. Gaylord! Wynn prendeu a respiração também, então parecia que ela sabia também. Malinka também — ou ela também sabia ou estava apenas nos imitando. Mas ninguém prendeu mais a respiração que a própria Srta. Peony, que soube que seu segredo tinha sido descoberto:

— Eu... eu... Stella, o que você... como você...? — gaguejou ela. — Eu não sei o que você quer dizer!

— Ah, tá bom, Peony, tanto faz. Contanto que você me poupe, tudo bem — disse Stella. — Na verdade, se você não tem nada de construtivo para dizer, por que você não me deixa em paz. Todos vocês!

Ela afundou sua cabeça na almofada. Stella preferia morrer sufocada a nos deixar ouvir seu choro.

# O GAROTO

Finalmente jogaram a merda no ventilador — e na pior hora possível. Um parque temático no Iraque seria mais divertido, e minha namorada ia pousar no aeroporto de Seattle em uma hora. Gaylord e Peony estavam ficando loucos juntos de maneira silenciosa, mas mórbida. O escândalo de Britt Gustafson estava por todo lado, provocando novas bizarrices por parte de Kendall. Mais perigosa, no entanto, era a situação de Stella que estava completamente sem chão depois do sumiço de Didion.

Nós estávamos fazendo hora na platéia do Hoffenpepper Concert Hall quando Britt Gustafson chegou rodeada pelo time de assessores de imprensa e representantes da Gilded Lily que foram tentar resolver o problema. Kendall pulou da cadeira com um "Oi, Britt!", mas foi ignorada solenemente. Os saltos altos batucavam com urgência o chão do palco; Britt exigiu uma luz sobre ela, olhou com dificuldade para a luz, gritou uns palavrões ao microfone — e essa foi toda sua passagem de som. Ela e sua trupe foram para algum outro lugar para discutir o que fazer com sua estréia na indústria do cinema pornô.

A missão? Dar à fita um jeito de roqueira rebelde para diminuir o quociente de humilhação. Estava crescendo o rumor de que Britt tinha sido abandonada pelo pessoal do Ayn Rand. Nenhuma palavra sobre um fim de namoro oficial, já que o caso com Franklin K. nunca foi reconhecido oficialmente, mas todos estavam falando que eles já eram. E se o rei do cool, Franklin K. não queria mais saber de Britt, quanto demoraria para o resto do mundo deixar de querer também? Especialmente se existe alguma verdade na teoria de que ele era o cérebro por trás do TOS. Enquanto isso, "Inside Britt Gustafson" estava no topo das paradas da internet. E o vídeo foi visto inteiro pelo menos uma vez por todos na turnê, com a exceção da nossa Kendall Taylor. Isso tudo ajudava a dar uma diabólica satisfação a Sue Veneer.

Você podia notar que ela estava amando isso tudo pela forma orgulhosa como ela chegou ao Hoffenpepper. Apesar do ar de não estar ligando, Sue parecia estar armando para tomar a frente da banda. O primeiro passo seria arrebanhar as irmãs Vallane para o seu lado, mas as duas pareciam chapadas demais quando finalmente apareceram no corredor do teatro. As gêmeas tinham sido um contato confiável para aqueles que fumavam (no caso, eu e Stella), e acho que um pouco de maconha podia ajudar Stella a se acalmar no momento.

— Yo, Romy! — gritou ela, se levantando. — Relish...

As meninas pararam para conversar no corredor:

— E aí? — disse Stella com um ar casual. — Vocês têm um baseado que possam me arrumar?

As gêmeas se olharam e trocaram risinhos:

— Claro, Stella — disse Relish.

— É — disse Romy —, parece que seu glaucoma está piorando.

Nenhuma das garotas parecia ter muita pressa para procurar a erva na bolsa.

— Piorando mesmo — concordou Relish.

— Qual é o problema, Stella? — perguntou ela com um toque de malícia na voz.
— É, o que está errado, garota? — disse Romy. — Você está com problemas?
— Problemas com homem...
— O que aconteceu, você perdeu alguma coisa?
— Tipo o seu namorado?
— Deve ser duro ser largada assim de uma hora para outra...
— Muito duro...
— Melhor checar seu equipamento, seu iPod, sua carteira. Não dá para dizer o que um cara como aquele pode ter levado...

Aquelas Vallanes não eram muito espertas. Relish tinha acabado de selar seus futuros.

Stella, que estava deixando os insultos se acumularem em silenciosa raiva, partiu para cima delas como um míssil teleguiado. Ela pegou tufos de cabelos das gêmeas e os torceu, fazendo as duas rodarem com movimentos que dariam inveja ao Balé Bolshoi e aos astros da luta livre. As Vallane gritavam em uníssono.

Sue observava tudo à distância com interesse, ombros levantados, e queixo empinado, indicando que ela estava pronta para intervir se necessário. Wynn e Malinka pularam de suas cadeiras e se colocaram atrás de Stella; Kendall e eu ficamos à distância. (Vá em frente, pode me chamar de covarde, mas meus dedos são meu ganha-pão e eu tenho que evitar brigas a qualquer custo; além disso, eu não poderia bater numa garota, mesmo que fosse uma garota que poderia me dar uma surra!)

— Ai! — gritou Romy. — Me larga! Ai, Relish, faça ela parar!

Relish deu um soco no ombro de Stella:

— Não bota a culpa na gente se você não consegue segurar seu homem!

Não foi uma boa idéia o soco. A provocação também não ajudou:

— Não culpar vocês? — disse Stella com tom homicida. — Eu vou matar vocês!

Com as mãos ocupadas, Stella não podia socá-las. As Vallanes não podiam fazer muita coisa também, pois qualquer movimento delas intensificava a sensação de estar sendo escalpelada. Um beco sem saída — até que veio a inspiração. Stella puxou as gêmeas batendo suas testas como pratos de uma orquestra vienense (o som, claro, era bem mais oco). Stella parecia estar satisfeita com isso — ela soltou as gêmeas, que cambaleavam como zumbis. Se fosse um desenho animado, teriam estrelinhas e passarinhos em volta de suas cabeças. Eu vi as irmãs Vallane irem embora e Wynn tocar levemente no braço da Stella.

Stella fez cara de poucos amigos e botou as mãos nas cadeiras. Eu acho que ela não foi atrás delas, mas eu não pude ficar para ver o desenrolar da história. Não podia me atrasar para chegar ao aeroporto! Eu tinha que estar lá na hora e sorrindo quando Edie saísse do avião. Meu Deus, exatamente o que a gente estava precisando — mais estrogênio vulcânico!

# A GOSTOSA

Ter Edie com a gente era legal, até como forma de ajudar as pessoas a se comportarem melhor. E que gracinha — ela carregou com ela o tempo todo uma cesta cheia de *bagels*. Deve ser alguma coisa relacionada à água ou à altitude, mas é impossível conseguir um *bagel* decente fora de Nova York. Três dúzias de delícias de crosta crocante, mais quilos de cream cheese e salmão defumado. Excelente!

Não que eu conseguisse prestar tanta atenção em comida. Meu olhar vagava percebendo o estado mental de todo mundo. Stella pegou para ela o pote de cream cheese de cebolinha; ela estava tirando pedaços de seu *bagel* e mergulhando no cream cheese o que parecia a acalmar. Era Kendall que me deixava mais apreensiva. Não que ela tenha tido uma reação ruim ao vídeo de Britt — muito pelo contrário: ela está num estado de negação, fingindo que o vídeo é algum tipo de armação, e mesmo arrumando desculpas para a forma como Britt a tem evitado desde que isso tudo começou. Aparentemente Britt perdeu o interesse na autodestruição de Kendall agora que a sua própria vida e carreira estão implodindo.

Bem, agora Kendall vai passar o resto da turnê ao lado da namorada de A/B. Kendall e Edie convivem cuidadosamente, educadamente. É claro que Edie não tem com o que se preocupar; A/B olha para ela como se ela tivesse inventado a atmosfera. Não consigo deixar de esperar que a Kendall tenha um ataque a qualquer momento. Mas ela estava caindo de boca nos *bagels* como se eles fossem se tornar ilegais, então foi até a geladeira e pegou um pote de sorvete e sentou em frente à TV com uma colher.

— Isso foi um presente maravilhoso, Edie, muito obrigado — disse Gaylord, forçando um pouco a jovialidade. — Então, alguém quer dar uma volta?

Peony olhou para ele de uma forma muito estranha:

— Tá bem — disse ela seca — vai dar uma volta!

Se levantando de forma teatral ela foi até o fogão:

— Kendall, eu estou preparando o seu chá para a voz. Por favor, guarde o sorvete. Você sabe o que os derivados de leite fazem às suas cordas vocais.

— Humm, não. Tá tudo bem, Peony — falou Kendall com a boca cheia. — Eu vou tomar meu chá logo antes do show. Você arruma uma garrafa térmica? Obrigada!

Jogando a chaleira de uma forma com a qual não estávamos acostumados, Peony saiu da cozinha em direção às camas no segundo andar. Eu comecei a ficar claustrofóbica; eu realmente queria sair daquele ônibus. Malinka vestiu suas botas.

— Hum... Stella? Quer dar uma volta lá fora um pouco — perguntei animada.

— Sim, claro...

Era impressionante como ela parecia estar lidando bem com o lance do Didion. A surra nas irmãs Vallane deve ter sido excepcionalmente terapêutica.

Nós saímos do ônibus e fomos até um pequeno parque perto do Hoffenpepper.

— Que loucura; estou com tanto frio! — reclamei logo depois que saímos do ônibus.

— Vocês americanos não têm sangue! — disse Malinka, correndo no mesmo lugar. — Vamos lá, vamos apostar corrida. Isso vai esquentar você.

— Apostar corrida? — disse eu. — Você é uma lunática! Eu vou voltar para pegar meu chapéu. Já volto...

Eu corri até o ônibus. Mas eu não achei meu chapéu. Eu nem procurei por ele. Aquele barulho — aquele barulho horrível. Aquilo me paralisou. Até que eu consegui descobrir o que era. E de onde estava vindo. E quem estava fazendo aquilo.

Kendall.

O banheiro.

O horrível, proposital e patético som de forçar o vômito.

# A CHEFE

Coração partido é para outras pessoas. Bezerrinhos fracos e estúpidos. Personagens de novela. Não eu, certo? É, bem, pode apenas me chamar de pequena Miss Desmoronamento. A parte mais difícil? Como eu não estou acostumada com isso, tenho que fingir que estou numa boa. As caras que eu faço são forçadas. Minha postura é ereta. A forma como eu toco é correta. Eu fico me recriminando na minha cabeça; eu sou feia, sou estúpida, não sei tocar baixo; transei com ele muito cedo; eu sou ruim de cama. Mas se eu falar algo em voz alta por um segundo o que acontece? Peony ou alguém me lembra que eu sou Stella Anjenue Simone Saunders, eu estou acima disso. Por favor!

Surrar as irmãs Vallane não ajudou muito; é apenas parte da fachada. A verdade é que elas estavam certas; não é culpa delas se o Didion resolveu brincar comigo. Eu não vou ligar para ele de novo. Chega! Tudo que eu posso fazer agora é lamber as feridas. Ver o A/B e a Edie todos felizes me mata. Pior ainda são Wynn e Malinka. Elas se dão tão bem, mas ao mesmo tempo existe uma certa tensão, alguma coisa na forma como elas riem, falam e ficam juntas. Malinka é como Xena, a Princesa Guerreira, transportada para a América do século XXI para formar uma aliança com uma deusa da MTV. Só que não é fantasia; é real. A ligação delas é outro cotovelo sem piedade na roda de pogo que é minha dor, pois a Wynn é a única pessoa com quem eu poderia falar sobre o que está acontecendo dentro de mim e agora ela está toda amiguinha da Malinka.

Então foi muito frio quando ela me mandou uma mensagem dizendo para encontrá-la no seu quarto do hotel depois do show de Seattle, porque ela precisava falar comigo.

— Ei — disse Wynn seca.

Eu entrei no quarto e lá estava Malinka, claro. Era um quarto melhor, claro. Mas Peony estava presente também. Que tipo de festa de Tupperware esquisita era aquela? Eu fui direto para o frigobar.

— Posso? — perguntei sobre o meu ombro para Malinka, que sem dúvida era a responsável por ter arrumado o quarto melhor e pela conta.

— Ah, sem problemas, Stella — disse ela. — Nosso frigobar é o seu frigobar!

Eu peguei uma Stoli, um red bull e, que se dane, um pote extremamente caro de nozes. O fórum feminino me esperava enquanto eu misturava meu veneno em um copo de água, então sentei na escrivaninha e tomei um gole saudável.

— Então — disse eu —, o que está acontecendo?

— É a Kendall — disse Wynn sentada na cama em posição de lótus com um travesseiro no colo —, eu acho que tem algo errado com ela...

— Ohhh, que surpresa!

Maldade, talvez, mas eu tinha meus próprios problemas.

— É sério, ou pode ser, não sei.

Peony estava recostada num armário agitada, ela piscava seus olhos como um disco voador. Ela tem sido um poço de más vibrações desde que eu falei que ela estava transando.

— Wynn, vá direto ao assunto.

E ela foi, sem respirar:

— Certo, hoje à noite, nossa caminhada de antes do show? Eu tive que voltar para pegar meu chapéu. Peony, você estava no andar de cima, e, Kendall, ela estava no banheiro vomitando. E o que aconteceu foi que eu não perguntei se ela estava bem porque eu sabia, eu só sabia, que ela não estava enjoada. Eu quero dizer, eu nunca contei para vocês o que eu vi na outra turnê. Como uma noite, eu não lembro em que cidade, mas ela estava sentada sozinha na piscina às três da manhã devorando chocolates. E então em Vegas, lembram daquela confusão que aconteceu, dela sair do palco antes de acabarmos o set? Bem, ela rasgou as calças. Só que até agora, eu juro, não tinha pensado nisso, mas ela ainda come como um cavalo, mas mesmo assim ela perdeu todo o peso que ela tinha ganhado, e... não é óbvio? Kendall está com bulimia ou está chegando lá e nós temos que fazer algo!

Au! Kendall vomitando tudo que ela come de propósito — não era uma cena bonita. Me fez largar as nozes na mesma hora. Se a Wynn estivesse certa, o estrago que a Kendall estava causando era sério — para ela e para o 6X. É claro que fazia sentido — pelo que eu sei de distúrbios alimentares, Kendall se encaixa no perfil: uma perfeccionista numa carreira de muita pressão onde a aparência conta muito. Quando uma menina assim não consegue controlar seu mundo, a única coisa que ela acha que consegue dominar é seu peso, então é fácil cair na armadilha. Por um lado positivo, isso me colocava em meu modo de resolver problemas, tirava minha cabeça do Didion. Só que eu não conseguia pensar em uma solução rápida; tudo que eu conseguia era rejeitar as propostas que eu sabia que não iam dar certo.

— Nós temos que ligar para a mãe dela de uma vez — disse Peony.

— A Sra. Taylor? — respondi. — Não vai dar certo. Ela não ia acreditar que a filha dela tem um distúrbio alimentar, e, mesmo que ela acreditasse, aquela mulher é tão bronca que ia querer trancar a Kendall num barraco com uma bíblia e rezar até que a bulimia desaparecesse.

Wynn concordou com a cabeça.

— É verdade, Peony. Você conhece a Sra. Taylor. Contar a ela simplesmente significaria o fim do 6X.

— Por que não apenas falar com a Kendall? "Certo, Kendall, você está vomitando! Vomitar é ruim. Você tem que parar!"?

Eu tentei não fazer uma cara muito irritada, mas fiquei imaginando se a Malinka tinha tomado esteróides alguma vez e eles tinham causado um efeito inverso no seu cérebro.

— Porque ela ia negar — expliquei. — Veja, como a Wynn disse, de repente ela não está tota¹mente entregue ainda. Talvez seja temporário, algo que começou durante a turnê.

Uma raiva gelada fazia o rosto da Wynn ficar todo contorcido:

— E eu sei com quem que ela aprendeu isso!

Nós olhamos para ela em expectativa.

— Ah, qual é! — disse ela. — Quem faz a Kendall de fantoche? Quem a ensinou a fazer uma pinta com lápis de olho? Quem é o seu modelo de conduta dos infernos?

Malinka estava há muito pouco tempo conosco e Peony estava com a cabeça em outro lugar, mas é claro que eu entendi logo de cara.

— Aquela piranha! — disse eu.

— Exatamente — falou Wynn.

Nós duas nos viramos para olhar para a negligente Peony:

— Oh! Pelas minhas estrelas — disse ela —, vocês estão falando de Britt Gustafson, não?

Agora eu me permiti fazer uma cara muito irritada:

— Bem, é bom ver você de volta ao mundo real, Peony. Olha, eu sei que você não é a babá dela. Eu só estou dizendo...

— Não, Stella — disse ela, balançando suas tranças cor de berinjela —, eu estou chocada. Eu sou mais que a tutora da Kendall. Eu ligo para ela, eu trabalhei diligentemente para levá-la à iluminação... pensar nela abusando de seu próprio corpo assim! Mas eu estive, bem, eu... bem, vocês sabem que Gaylord e eu...

— GAYLORD?! — gritamos Wynn e eu ao mesmo tempo.

Caramba, se ao menos eu pudesse congelar aquele momento — parecíamos a Wynn e eu dos velhos tempos. Peony ficou rosa — muito envergonhada.

— Oh, então vocês não sabiam.

— Nós sabíamos que você estava com alguém... — comecei.

— Mas, Gaylord?! — terminamos juntas, Wynn e eu.

Peony olhou com cara de má. Nós nos calamos.

— De qualquer forma — disse ela —, nós não estamos aqui para comentar a minha má conduta romântica. Nós estamos aqui por causa do problema da Kendall.

— Bem — disse eu —, agora que nós estamos praticamente certas de qual é a causa, eu não sei o que mais nós podemos fazer a não ser acabar essa turnê e esperar que a Kendall se recomponha quando a Britt estiver longe.

Fim de reunião: elas sabiam que eu estava certa.

# A VOZ

Coitada da Britt! Se ela ao menos me deixasse vê-la, ela poderia chorar suas mágoas. É claro que eu sei por que ela está me evitando — ela está envergonhada. Pureza pode ser um problema, as pessoas acham que eu sou tão ingênua. Bem, eu posso ser pura, mas eu não sou idiota. Eu sei muito bem que a Britt faz sexo. Meu Deus, ela tem milhões de caras atrás dela, e ela não é religiosa, então isso não é um choque para mim. Agora sobre toda essa coisa do vídeo, se é ela mesmo na gravação, então alguém está se aproveitando dela, e é essa pessoa que deveria ser punida. Mas, em vez disso, é a Britt, coitada, que está sendo tratada cruelmente. Por todo mundo — desde as revistas até as pessoas de sua própria banda.

Mas isso... isso tem que ser a maior das indignidades.

Era a última noite da turnê e os ânimos estavam como uma música de circo — em todos os sentidos, alegre, mas ainda assim, triste, e com um monte de emoções no meio. Todas as bandas deram o melhor de si, mas eu estava especialmente orgulhosa da Britt. Considerando as circunstâncias — todas as coisas ruins que saíram na imprensa, sua briga com a Sue — você acharia que ela ia querer se esconder e morrer. Mas Britt não é assim. Ela entrou no palco numa nuvem de Chanel No. 5. Seu cabelo estava enorme, seu vestido muito branco, seus sapatos pontudos com lanças como saltos. A reação da platéia era estranha — os gritos devotados eram encobertos por vaias e piadinhas. Todo esse tumulto com a Britt se transformou em paixão incandescente e ela fez da sua banda uma bola de fogo. No fim do set, os verdadeiros fãs do Touch of Stretch afogaram os detratores.

Britt devia estar se sentindo muito melhor depois da performance magnífica, e eu queria tanto compartilhar esse momento com ela — com certeza eu sou a pessoa que melhor entende a sua glória e sua dor — mas assim mesmo ela passou por mim como se não tivesse me visto, para se trancar no seu camarim. Ah, como meu coração doía por ela! Será que ela ia ficar lá a noite toda — ou ela estava apenas se arrumando para a grande festa de despedida no camarim? Até mesmo os caras do Ayn Rand, que não eram os mais amigáveis — na verdade eles são os caras mais metidos que eu já conheci — estariam na festa.

Era uma festa muito animada. Para começar era como se fadinhas rock'n'roll tivessem passado espalhando decoração de natal em tudo — só que era tudo preto, se você consegue imaginar. Tinham flores, arranjos enormes. E um bufê especialmente elegante — meu Deus, eu estava tão excitada, com tantos sentimentos dentro de mim, que não saberia dizer quantas vezes enchi meu prato. Eu corri para o banheiro (o do teatro, não o do nosso camarim; eu tenho que ser muito cuidadosa já que a forma como estou emagrecendo não é da conta dos meus companheiros de banda). E quando eu voltei? Oba! Lá estava Britt.

Eu me sentia um pouco culpada, como se talvez estivesse negligenciando meu público, pessoas que queriam estar perto de mim, mas eu precisava ficar perto da Britt.

Essa era minha última chance de me reconectar a ela antes do fim da turnê, manter a nossa amizade. Mas eu não queria ficar em cima dela como uma fã idiota também, então fiquei só ali perto dela. Ela estava andando lentamente, praticamente estudando a área, cercada da sua assessora de imprensa, uma mulher da sua gravadora e um fotógrafo. Britt deixava sua estola de pele de raposa arrastar no chão — ela não ligava para como aquilo era caro — enquanto ia na direção de Franklin K. Bem, eu descobri que aqueles dois têm um romance secreto. Mas agora que a turnê acabou não existe mais necessidade de segredos. Eu estou feliz. Certamente com Franklin K. ao seu lado, Britt vai conseguir lidar com qualquer coisa maldosa que falem dela.

Britt chegou ao seu lado, passou seu braço entre o dele e deu um beijo em seu rosto, deixando uma marca de batom vermelho brilhante na sua bochecha. O fotógrafo capturou tudo isso em uma série de cliques. Franklin K. sorria um sorriso largo — ele é o tipo de cara que parece um lutador bruto, mas seu sorriso é muito carismático. Eu cheguei um pouco mais perto; talvez pudesse aparecer em uma foto com eles: os três vocalistas, sorrindo vitoriosos juntos.

Franklin K. passou os dedos engordurados na estola de Britt:

— Ei, Britt, belo animal morto — disse ele. — Estou feliz que você tenha vindo; eu queria apresentá-la a uma pessoa.

Britt lambeu os lábios para deixá-los brilhando para mais uma foto:

— É mesmo?

Ele a levou para onde estava seu pessoal. Os acompanhantes de Britt os seguiram e eu também. Então — Meu Deus! — ele passou seus braços fortes em volta de outra garota! Eu só a vi de costas: pequena, cabelos vermelhos brilhantes voando.

— Me ajudem — ela gritou brincando — ataque de urso!

Franklin a rodou, a abraçou novamente e — Meu Deus! — era Crimson Snow. Ela estava usando jeans e nem um pouco de maquiagem, mas é claro que eu a reconheceria em qualquer lugar. A forma como ela estava abraçada a Franklin K., ela estava obviamente demarcando território. E eles dois pareciam muito felizes. O mundo inteiro parou por um segundo, então o fotógrafo começou a clicar incessantemente o casal feliz. A assessora de imprensa de Britt o socou no braço, cochichando:

— Ei, idiota, você trabalha para mim!

E a Britt? Ela realmente parecia um manequim naquele momento; ela estava paralisada.

— Vamos lá Crimmie, eu quero que você conheça a Britt — disse Franklin K., com um sorriso malvado em seu rosto. — Aparentemente a Britt tem feito sucesso nas telas também...

Crimson Snow fez uma cara de desaprovação.

— Frank, pára com isso. Não faz assim.

E Britt começou a se afastar, andando com seus pés, não com seu bumbum, andando desajeitada, até que ela foi engolida pela multidão que festejava.

# PARTE QUATRO

## *No Ar*

"I thought the only lonely place was on the moon..."
(Eu pensei que o único lugar solitário fosse a lua...)
— Paul McCartney

## A CHEFE

Brooklyn. Primavera. Lindo. Passarinhos provocam os gatos de rua irritados no jardim. Arbustos de lilases soltam mais perfume que o primeiro andar da Macy's. Na rua, os fofoqueiros de plantão, pessoas andando com seus bebês, caminhões de entrega e o sorveteiro. Eu pego pesado no meu estudo independente pela manhã e depois disso o mundo é meu. Algumas vezes eu fico em casa e como a lasanha ou o macarrão que minha mãe faz, a sobra, gelada — a melhor coisa! — ou dou uma volta pela vizinhança. E se eu ficar entediada? Pego o primeiro trem N e vou para Manhattan.

Sempre que faço isso eu acabo indo para a WandWorld. Eu sou como a estagiária não-oficial — só que ninguém se atreve a me pedir para fazer café. É legal, me dá acesso instantâneo a todos os negócios do 6X. Como agora: estamos avaliando algumas opções. O Ayn Rand na verdade nos convidou para ir na próxima perna da sua turnê como segunda banda — demais, não? — mas nós não nos comprometemos ainda porque "Bliss de la Mess" deve sair no exterior logo. Talvez uma turnê européia, ou pelo menos algumas aparições promocionais do outro lado do Atlântico. Além disso, eu realmente estou aprendendo essas coisas de empresários — como você lida com os selos e os promotores de shows, desenvolve talentos e cria relações. Quem sabe, se eu decidir deixar de tocar quando ficar mais velha, eu e Brian possamos ser parceiros.

Eu e Brian. Parceiros. Ha ha ha! Que par!

Depois de tudo o que Brian fez, Cara Lee optou por assinar com um selo de Nashville, o que devia doer. Profissionalmente — com certeza. Pessoalmente — talvez. Eu não quero detalhes sobre como as coisas entre eles se desenrolaram. Só o que eu sei é que muitos meses depois aqui estamos eu e ele, solteiros na cidade. E os papos, os olhares de soslaio, a forma misteriosa como nós dois sempre estamos a fim do mesmo sanduíche ou das mesmas músicas, é tudo como antigamente.

— Ei, Stella, venha aqui um segundo — disse Brian do seu escritório. — Pensa rápido!

Eu peguei o CD que ele jogou. Uma demo. Uma banda chamada Boy King.

— Dá uma escutada e me diz o que você acha.

— Posso escutar aqui mesmo?

O som dele é tão bom.

— Claro, mas se aquele idiota da Sony retornar minha ligação e eu começar a falar como um puxa-saco babaca, eu não quero que você me recrimine.

Eu botei o disco e aumentei o volume. Nada mal, Boy King — distorcido, mas preguiçoso. Eu pulei para a próxima faixa. Agora eles soavam derivativos.

— Mistura de Snooks com Ayn Rand — disse eu.

Brian concordou com a cabeça.

— Mas não é uma coisa ruim.

— Não — disse eu — tem gente pior para copiar. Eles são videogênicos?

Ele riu.

— O que você é, uma empresária?
— Você quer dizer uma puxa-saco babaca? Bem, não, Brian... Esse é você.

Bem nesse momento, Susan tocou a campainha:
— Eberlee da Sony retornando a ligação.

Brian pegou o telefone.
— Sai do meu escritório! Vai fazer algo útil.

Eu apertei eject, tirei o CD e saí rebolando pela porta.
— Ei — falou ele tampando o telefone e fazendo mímica de quem está bebendo —, vai fazer café...

Ele me fez rir. Como sempre. Era como tinha que ser — eu não estava coçando para voltar para a estrada de novo, não ainda. Eu estava confortável. Muito satisfeita. Num bom lugar.

Maldição, só foi preciso um telefonema para acabar com a minha paz de espírito e virar minha vida de cabeça para baixo.

# A GOSTOSA

Quando Stella ligou, eu estava saindo das Teen Towers — nossa última aula lá com Peony antes da Kendall viajar. Fazia um belo dia e eu estava esperando que a Stella estivesse na área. A vida na estrada é uma briga constante para se manter são — então voltar para casa, ter meu próprio tempo e espaço novamente, era estranho, vazio. Especialmente com Malinka de volta ao circuito de tênis. (Eu juro, Sergei, o cavalo que é seu treinador, ele estava tão furioso com a forma como ela deixou de treinar para ficar com o 6X!) Então se a Stella estivesse por perto, nós poderíamos nos encontrar na St. Marks e ficar de bobeira.

— Ei, onde está você?

— Estou saindo da WandWorld nesse momento. Wynn, olha, você tem que ir ao Brooklyn comigo.

— Ah, maneiro!

A não ser por um interminável jantar com minha mãe e meu padrasto no River Café, eu nunca tinha realmente ido ao Brooklyn. Nunca vi a casa da Stella, seu quarto. Nunca sentei na sua cama para ver vídeos e comer biscoitos.

— Eu posso encontrá-la na Union Square em dez minutos.

— Bom — disse ela.

Eu já estava andando rápido — alguma coisa me preocupou na sua voz.

— Você está bem?

— Não — bufou ela no telefone, quase dando para senti-la tremer —, não estou.

As tiras da sandália maltratavam cada um dos meus dedinhos enquanto eu corria pelas ruas. Stella estava esperando na entrada do metrô. Pálida, suada, amedrontada e com raiva. Tudo de uma vez só, dava para ver.

— Ele.

Eu segurei seu braço, olhei para seu rosto.

— Ele ligou para você.

Stella fez que sim com a cabeça, depois a balançou.

Eu fiquei confusa:

— Ele não ligou...?

Ela mergulhou os dedos no seu afro:

— Sim — disse ela — ele ligou sim. Mas não foi só isso. Wynn, ele está aqui.

— Aqui?! Onde aqui?!

— Em Nova York! No maldito Brooklyn. Eu perguntei onde ele estava e ele perguntou se eu conhecia o La Fête e eu fiquei sem entender nada. Ele estava falando outra língua; ele não estava fazendo sentido. La Fête, La Fête, que porra é essa de La Fête? Então ele perguntou se eu não conhecia um pequeno restaurante haitiano e aí eu entendi. La Fête! *Meu* La Fête! Fica a duas quadras da minha casa. Então eu inventei qualquer coisa sobre estar na cidade com a banda, numa reunião, blablablá. Mas ele disse que não tinha problema, ele ia provar o *tassot*. Dá para acreditar?

Ela estava me puxando pela escadaria. Nós passamos nossos cartões do metrô, rodamos as roletas. Agora Stella estava andando pela plataforma e, quando o trem chegou, ela entrou, depois saiu, e eu não sabia muito bem o que dizer ou mesmo o que eu estava fazendo ali. Eu quero dizer, Didion é o namorado errante dela. Eu tenho certeza que os dois têm muito o que conversar. Será que eu deveria ser a intérprete? A juíza? A escrivã e documentarista confiável? O trem partiu e eu estava lá sentada, lendo anúncios de cerveja e cirurgiões plásticos e de como a impotência não tem que arruinar sua vida sexual. Então nós passamos pela Manhattan Bridge e eu podia ver as pichações de gangues em Chinatown e então o East River, refletindo o sol nas suas águas e o horizonte tão estável e estóico, tão duro e real. Quando entramos num túnel novamente, soube que estávamos chegando porque Stella resolveu falar: ela perguntou o que devia fazer.

— Eu não sei — disse eu.

— Pergunta retórica! — disse ela, com um estalo de dedo, se acalmando em seguida. — Caramba, Wynn, me desculpa. É que... eu não quero chegar lá sozinha. Ele... Didion me deixa fraca. Fisicamente fraca. Mentalmente... totalmente inútil. No segundo que eu achei que tinha superado ele, bam!

La Fête é um pequeno restaurante com nenhuma decoração, um monte de mesas, um balcão de fórmica com seis bancos. Música percussiva que quase não se notava. Uma mistura penetrante de alho e canela. Era uma hora do dia estranha — muito tarde para o almoço, muito cedo para o jantar — mas a maioria das mesas estava ocupada por homens escuros em camisas de manga. Eles estavam entretidos com suas xícaras de café, mas cada um deles olhou quando eu cheguei. Deus, eu sou tão branca. Uma mulher grande em um vestido vulgar estava encostada numa mesa no fundo, rindo com malícia. O tom da sua risada era familiar e de flerte — ela devia estar conversando com um freguês regular. Então onde estava Didion? Eu dei outra olhada até que a mulher balançou seu dedo, saindo da frente da mesa fingindo choque. Stella segurou meu braço:

— Ele é um maldito careca... — disse ela com um suspiro.

O quê? Quem? Oh. Uau. Didion. Com a cabeça raspada, sua estrutura óssea perfeita estava ainda mais proeminente, seu sorriso era do tamanho da ponte do Brooklyn e tão brilhante quanto a água sob ela. Nós fomos até a mesa como sonâmbulas. E o sorriso de Didion ficou maior e mais brilhante. Eu duvidava que Stella já tivesse feito contato visual. Eu sabia que eu não conseguia.

— Opa, opa, senhorita — disse a garçonete-dona-o-que-seja para Stella.

— Marvette — murmurou Stella sem olhar para ela.

Ela colocou uma mão na mesa de Didion. Eu olhei para Marvette, que parecia que ia soltar outra risada, mas se segurou. Então ela olhou para mim como se acreditasse que eu já tivesse feito tudo de útil que podia e eu me afastei. Ela estava certa. Eu acenei negligentemente para Didion; ele levantou os olhos e acenou de volta.

Lentamente Stella levantou a cabeça. Eu escutei ele dizer o nome dela. Eu a vi se sentar. Marvette foi até o balcão e eu a segui, sentando num banco. Ela me serviu um café tão doce que parecia bala, então apoiou os braços na fórmica e ficou olhando para o nada.

# A VOZ

Quando minha mãe sugeriu umas férias, eu imaginei logo de cara que nós íamos para Frog Level, já que esse é o único lugar para onde nós vamos. Então eu apenas olhei para ela sem acreditar quando ela disse que íamos celebrar meu aniversário de 16 anos no Caribe! Numa ilha chamada Martinica! Com todas as viagens que eu fiz como uma estrela do rock, nada foi tão glamouroso quanto um paraíso tropical. Deus sabe que eu preciso de um tempo para me recompor da turnê e também lidar com a decepção que tive com a Britt. Perder uma amiga tão querida deve ser tão ruim, se não for pior, que terminar com um garoto.

O único problema que eu tenho com a nossa viagem é que era para um Club Med. Eu ouvi falar dos Club Meds. Eles são muito populares, e se o lugar estiver cheio de gente que me conhece e eu não tiver um momento de paz? Honestamente, se minha mãe quisesse me levar para um lugar especial você imaginaria que ela escolheria um hotel mais exclusivo, o que dá uma idéia do quanto minha mãe entende o meu mundo. Mas que se dane — algumas vezes uma garota está apenas muito exausta para explicar.

Além do mais, comprar roupa de banho foi ótimo. Eu comprei sete — nós íamos ficar em Martinica por uma semana, e eu me recuso a aparecer na piscina com o mesmo modelito duas vezes — e adivinha? São todos biquínis! Nada vulgar ou com o bumbum aparecendo, mas eu nunca me achei magra o suficiente para deixar de usar maiô antes. Bom, eu não vou dizer que estou 100% feliz com meu corpo — sou muito perfeccionista. Mas, ultimamente, pelo menos os meus peitos aparecem mais que minha barriga. Minha mãe também está impressionada.

— Kendall, eu estou tão orgulhosa de você — disse ela, enquanto estávamos sentadas sob uma sombrinha tomando piña coladas sem álcool. — Eu estava muito preocupada com você em turnê tanto tempo afastada, mas você me mostrou, não foi? Você trabalhou muito duro, não só no palco, mas também nos estudos. Foi o que Peony disse. E, bem, querida, olhe só para você!

Eu cruzei meus calcanhares e fiz um arco com minhas costas, uma posição que eu aprendi observando Britt. Então eu abaixei minha cabeça sobre meu ombro:

— Você realmente acha que eu estou bonita?

Minha mãe segurou minha mão:

— Você realmente desabrochou — disse ela —, e você está se portando com tanta elegância, como alguém que foi criado direito. Seu talento... seus valores... e agora você deixou as penas do patinho feio e virou um cisne!

Aquele comentário sobre o patinho feio me deixou um pouco chateada, mas eu deixei passar:

— Obrigada, mãe — disse eu.

— Claro... — disse minha mãe pensativa enquanto tomava um gole do copo curvado — agora que você teve essa... bem, não existe outra palavra a não ser transformação, você vai ter que ser ainda mais vigilante. Com sua honra, sua reputação. Com toda sua fama e beleza, os garotos vão ficar malucos. Garotos mais velhos também, com certeza — disse ela sorrindo. — E aquele comercial da Gap foi só o começo em termos de oportunidades. Trabalhos como modelo, roteiros de cinema. Talvez o seu próprio programa de TV...

Eu estava brincando com meu canudo. Modelo? Será que eu algum dia conseguiria ser magra o suficiente? E atuar — isso parecia maravilhoso, mas eu já tenho dificuldade em decorar as letras das músicas!

— Então eu andei pensando... e tomando algumas decisões — disse ela.

E eu fiquei apreensiva.

— Bem, eu sempre acreditei que era crucial para mim ter uma carreira separada da sua. E eu amo o que eu faço, mas eu amo você mais. É claro que o Sr. Wandweilder está indo muito bem no que diz respeito a lidar com seus negócios musicais, a banda e tudo mais. Mas, querida, você é Kendall Taylor; você é maior que o 6X e você precisa de alguém em que confie para cuidar dos seus interesses. Além disso... eu apenas... eu sinto sua falta, querida. Eu quero estar mais com você, enquanto você ainda é uma adolescente, antes de você crescer e casar e ter seus próprios filhos. Então é isso que eu estou pensando, me diga o que você acha: nós vendemos a casa e compramos um apartamento espaçoso e arejado em Manhattan. Tetos altos! Muitos armários! Um bela área para nós podermos plantar nossas plantas. E eu e você vamos viver juntas como uma família de verdade novamente.

Meu Deus! Ela andou pensando! E me deixou sem palavras. Eu precisava absorver aquilo. Fazia sentido para ela ser minha empresária em tempo integral. Só que...

abrir mão do meu apartamento nas Teen Towers — minha privacidade — para investir em um apartamento maior? Eu não sei bem; essas deveriam ser minhas férias, e agora eu tenho que lidar com mais pressão. Então eu disse:

— Mãe, eu acho... eu acho que o bufê do almoço está começando — disse engolindo o resto de refresco de coco. — Eu acho que nós devemos entrar na fila.

## O GAROTO

Os Stern não tinham uma piscina. Eles não tinham um barco a vela ou uma jacuzzi ou nenhum dos apetrechos chiques das casas do subúrbio. Mas eles tinham uma churrasqueira a gás que estava juntando poeira desde que o Sr. Stern, num arroubo de loucura de crise de meia-idade, largou a família para "se achar" (último lugar onde foi visto: os fiordes da Finlândia). Então ficou por minha conta tirar a poeira e botar aquele ótimo aparelho para funcionar. Como o homem da casa, a tarefa estava escrita no meu DNA.

Não que eu tenha me mudado oficialmente — minha mãe ia me matar de culpa se eu não fosse em casa de vez em quando — mas eu passo um número de horas significativas na casa da minha namorada. Engraçado, a mãe da E/D deve saber que nós estamos fazendo sexo. Afinal ela levou E/D no médico de meninas e pessoalmente conduziu uma aula sobre uso de camisinha em um pobre pepino. A Sra. Stern é uma mãe bacana — mas não tão bacana. Ela quer que sua filha fique saudável e ela gosta de mim, então ela basicamente finge que não sabe o que nós andamos fazendo se eu estiver dormindo no sofá da sala quando ela sai para o trabalho pela manhã.

(Ei, gostou de como eu deixei essa escapar? Como eu omiti descrever a noite mais maravilhosa da minha vida pessoal para o ciclope curioso que é essa câmera? Em outras épocas eu talvez tivesse dado cada detalhe gráfico, mas o escândalo da Britt me fez ter mais discrição)

De qualquer forma, quem imaginou que eu levava jeito para churrasco? E/D e sua mãe começaram os preparativos enquanto eu acendia a churrasqueira. Eu estava indo bem, começando devagar, com salsichas, passando para hambúrgueres e milho na espiga com casca. Essa tarde eu estava pronto para deixar o chef dentro de mim sair e decidi ir além: galinha na brasa e *kebabs* de vegetais. Lily e Roz estavam sentadas admiradas no pátio fazendo perguntas que cabiam mais para Yoda:

— A/B, o que tem nesse molho barbecue?

— A/B, por que eles chamam as coxas de frango de grumetes?

— A/B, por que galinhas têm asas se elas não voam?

— A/B, como você diz se uma galinha é uma galinha ou um galo?

Elas me faziam sorrir. Elas me levavam à loucura — mas me faziam sorrir. E/D estava entrando e saindo da cozinha, trazendo limonada, molho de feijão e salada de repolho. Ela me serviu um copo e disse que eu estava uma gracinha no meu avental que dizia "beije o cozinheiro". Sua mãe apareceu com sete tipos diferentes de protetor solar e insistiu para que todos nós nos lambuzássemos apesar de que já eram quase quatro da tarde.

Isso é que é uma cena idílica. Direto de um filme da Disney. Pássaros cantando — e ardendo ao fogo. Cortadores de grama vibrando. Meu playlist "good times" do iPod despejando boas vibrações pelas caixas de som. Ah, mas o que seria de um filme da Disney sem um vilão? E então ele apareceu. Sem avisar. Sem ser convidado, Aaron.

— Ei — disse um cara de boné de baseball que olhava por cima da cerca.

E todas as fêmeas Stern gritaram:

— Aaron!

Lily e Roz correram para abrir a porta para ele. Traidoras. E/D não correu, mas foi andando calmamente, e por uma fração de segundo eu achei que ela ia dar um beijo nele. De repente as cordas do meu avental estavam me incomodando, mas ela apenas pegou seu pulso e o arrastou na minha direção.

— Cara, maneiro, você pode conhecer o A/B.

Então ela me puxou para longe da churrasqueira:

— Querido, esse é Aaron, lembra que eu falei dele? O cara com quem eu toco?

Estranho como ela não tinha falado uma palavra sobre Aaron desde Seattle. Agora ele estava passeando no seu jardim. Desgraçado presunçoso, não é? Eu espero que ele tenha o bom senso de não mexer com um homem segurando pinças de churrasco. Eu as larguei de lado e tirei minha luva feita de retalhos.

— Ei, bom conhecê-lo — menti enquanto dava uma olhada nele.

Ele era um pouco mais alto que eu e tinha jeito de que praticava algum daqueles esportes chiques, lacrosse ou algo assim. Será que ele era o tipo de cara que as meninas acham bonito? Ele era louro por baixo do boné — será que as meninas gostam dos louros?

— É, cara, você também — disse Aaron, enquanto nos cumprimentávamos. — Não é sempre que temos uma celebridade entre nós.

Será que ele estava tirando um sarro? Aaron sorriu como se quisesse dizer que eu não devia entender daquele jeito.

— Verdade — disse ele —, você é o cara.

Ele falou algo sobre o meu solo em "Hello Kitty", uma frase musical da qual eu estava realmente orgulhoso, então eu agradeci.

— Aaron, você vai comer alguma coisa? — perguntou a Sra. Stern com um pequeno e irritante sorriso, como se pensasse que era uma gracinha dois rapazes competindo pela filha (de que lado ela estava, afinal). — Tem muita comida.

É claro que tinha muita comida! O que é uma mãe judia se não uma cornucópia com as unhas feitas! Mas Aaron olhou para E/D e para mim. E E/D olhou para mim — como se fosse eu que decidisse. Mas não era — essas não eram minhas coxas de galinha —, então eu ergui minhas sobrancelhas para devolver a bola para sua quadra.

— Claro, Aaron, você deve comer — disse ela, apertando meu braço. — A/B é um excelente cozinheiro, além de todos os seus outros talentos.

— É? Legal! — disse Aaron se sentando à mesa de piquenique.

E/D se sentou também. Os dois falavam sobre algum professor de física insano enquanto eu jogava pedaços de frango num prato. Mas eu consegui me acalmar o suficiente para comer. Aaron não parecia ser um idiota completo. Nós mantivemos a conversa amena, falando de coisas quaisquer — o tempo, cinema etc. Quando Lily e Roz levaram nossos pratos de papel e a Sra. Stern trouxe as fatias grossas de melancia, Aaron mencionou que ele estava com seu violão no carro e sugeriu que a gente tocasse um pouco. Eu pensei: ótima idéia, cara, é impossível você mandar melhor que eu.

— Boa idéia — disse eu.

Eu deixo meu confiável Martin na casa da E/D, então eu fui buscá-lo e o violão da E/D também.

— Edie, leve um cobertor! — disse a Sra. Stern enquanto nós nos ajeitávamos na grama coberta de dentes-de-leão. — Choveu ontem, a grama ainda está molhada...

— Ah, mãe — reclamou E/D —, nós não vamos pegar pneumonia por sentar na grama úmida.

Eu e Aaron tiramos nossos tênis, e me pareceu que eu deveria começar os trabalhos, então eu toquei a introdução de "Wish you were here" do Pink Floyd. E/D sabia os acordes porque eu ensinei a ela. E Aaron, bem, ele deveria ter vergonha — mas ele obviamente não tinha; ele lutava para acompanhar e errava o tempo todo; então eu benevolentemente sugeri que ele tocasse algo. Ele começou aquela música do Churnsway que você escutava em qualquer lugar no último verão; eu não lembro do nome. Eu peguei rápido.

— Canta — disse E/D para Aaron.

— Não, você — respondeu ele.

— Não, eu não sei a letra.

— Que nada, é claro que você sabe.

Eu tocava um solo improvisado sobre a base que eles tocavam.

— Tá bom — disse E/D.

Ela tem uma voz áspera interessante e é esperta para inventar a letra quando ela esquece. Nós todos cantamos juntos os refrões e eu me empolguei um pouco na ponte.

— Cara, isso é tão maneiro, eu nunca conseguiria fazer isso — disse Aaron sobre meu dedilhado.

Eu fiz uma cara de bonzinho:

— Claro que você consegue — disse eu —, você só tem que praticar. Quanto mais você toca, melhor fica.

Ele encolheu os ombros:

— Pode ser... mas eu não estou tão interessado nisso. Eu apenas... para mim, o violão é uma ferramenta, um veículo. E/D vai ser a guitar hero...

— Ha ha ha! — gargalhou E/D.

— ... da nossa banda — disse Aaron — verdade, eu só preciso ser bom o suficiente para fazer minhas músicas saírem...

E então ele olhou para o nada. Pensativo. Esperando.

Eu mordi a isca — o que eu podia fazer, eu estava curioso:

— Oh, sim, eu ouvi dizer que você escreve músicas — disse eu tentando encorajá-lo. — Vamos lá, toque algo que você compôs.

Ele começou a murmurar algumas coisas e nós começamos a pedir para ele continuar.

— Bem... posso tocar com o seu Martin? — perguntou ele.

Uma pequena hesitação agoniante antes de eu entregar a ele meu bebê de mogno. E então ele começou a dedilhar desajeitado e a cantar uma música sobre uma menina e um cachorro e um barco a remo e, eu juro por Deus, um lírio flutuando num lago. Sua voz era esganiçada, mas forte, e ele fazia um pouco de careta quando cantava, fechando os olhos e estufando os lábios como se tivesse visto muitos vídeos de bandas emo. A performance andava na tênue linha entre preciosa e dolorosa, mas talvez eu não fosse a pessoa ideal para julgar, talvez apenas não fosse o meu estilo. Então eu olhei para E/D. E seus olhos estavam meio fechados. E ela sabia a letra sobre a menina, o cachorro e o lírio — ela estava acompanhando silenciosamente com os lábios meio estufados.

# A GOSTOSA

**B**iologia não é meu forte, mas se minha hipótese se tornar verdadeira, esporos podem criar raízes. Vagando por aí sem rumo num minuto, fincando raízes no solo no próximo. Tema do estudo: Didion Jones. Dessa vez ele está sossegando, cavando fundo. Ou é isso que ele quer que a gente pense. E, meu Deus, ele está se esforçando! Primeiro passo: um apartamento bem no bairro da Stella (dividindo com dois rapazes que estão na faculdade). Segundo passo: restabelecer laços com seu tio — o tio médico, o oncologista, o que dá aula na universidade de Mount Sinai, que conhece todo mundo que é velho, poderoso e rico, o que nos leva ao terceiro passo: *voilà*, Didion é o novo *sous-chef* do Rhomboid, um restaurante quatro estrelas tão chique que assusta até a minha mãe. Quarto passo: conhecer o cara que arma os shows no Walk Don't Walk, o novo café da moda no Lower East Side, e convencê-lo a dar a ele todas as quintas-feiras (excelente, já que quinta é a nova sexta).

— Meu Deus, Didion... você por aqui?

Sim, eu estava irritada assim, quando ele veio nos cumprimentar antes de sua estréia no WDW. Ele não deu muita bola, mas Stella insistiu em defender seu sumiço e explicar para mim que tudo seria diferente agora.

— Ele apenas não agüentou, nós na estrada, os hotéis bacanas, o MondoCruiser.

Ela devia estar reproduzindo o que ele disse palavra por palavra.

— Didion é um homem, não um parasita. Mas ao mesmo tempo, nos vendo, tudo o que nós alcançamos, isso o motivou a correr atrás das suas coisas. Chega de ser um trovador caroneiro, essa merda de ser o Jack Kerouac negro. Não, é sério — disse Stella entre goles pensativos em seu drinque —, além do mais você não precisa ser Sigmund Freud para perceber que o rapaz tinha grandes problemas com abandono. Ele sumiu porque estava com medo de se comprometer — disse ela sem conseguir conter o sorriso em seu rosto. — Então ele percebeu que não podia viver sem mim.

"Vamos torcer por isso", foi o que eu pensei, e tentei mudar de assunto. Mas Stella continuava no mesmo caminho:

— Escuta — disse ela com a voz mais baixa como se estivesse falando algo confidencial —, eu vou fazer o Brian contratá-lo...

Como foi que Stella desenvolveu tamanho apetite para a autodestruição? Claro, se fossem todos robôs, seu plano seria infalível. Didion tem talento, Brian vende talento — pronto! Mas se eu me lembro bem os elementos envolvidos eram todos humanos. Então... pega o cara por quem você teve uma queda por mais de um ano e o junta ao cara por quem você está perdidamente apaixonada agora — claro, vai dar certo... Naturalmente, em se tratando da Stella, não existe uma forma de dissuadi-la. Nossa única saída é Paris.

A cidade, não a herdeira.

*Bliss* saiu na Europa e no Japão na semana passada, os dois singles — "Oliver" e "Kitty" — foram para as rádios e MTV Europa/Ásia simultaneamente. A resposta foi... interessante. Inglaterra? Ainda não estourou por lá. São apenas dez dias, mas estou preocupada — ouvi falar que com os britânicos é amor ou ódio. Na Alemanha e na Holanda "Oliver" está indo bem, e é um sucesso na França. O que é estranho. Eu quero dizer, os franceses? Eles têm bom gosto para roupas e comida, mas música? Qualquer amor é bom, eu acho, mas a aceitação dos franceses parecia uma resenha ruim na *Entertainment Weekly*.

Espera... mais esquisito, os japoneses estão malucos com "Kitty". É como uma guerra civil. Uma grande parte da população odeia; houve protestos e tudo mais, porque aqui estávamos nós condenando esse imenso ícone nacional. Mas ao mesmo tempo tinha montes de insurgentes que amam a música. Eles estavam customizando camisetas da Hello Kitty com desenhos de feridas sangrentas, e eu ouvi dizer que tem inclusive uma festa num clube underground em Osaka que se chama Uch! Scat! Shoo! (Uch! Scat! Shoo! — isso é um verso da música). Tudo que eu queria fazer era falar mal de um personagem bidimensional irritante, não polarizar um superpoder. Mas Brian e o pessoal da divisão internacional da Universe dizem que não existe má publicidade (embora eu aposte que Britt Gustafson discordaria — eles se separaram, o Touch of Stretch, vocês sabem...). De qualquer forma, nós devemos descobrir muito em breve se nós vamos para lá ou não, e eu espero ir, porque se Didion Jones se plantou em Nova York, eu acho que é melhor se um oceano se meter entre ele e Stella.

# O GAROTO

Os subúrbios de onde eu venho são território dos carros, mas na cidade de Nova York o poder é dos pedestres. Até táxis da morte e mensageiros maníacos em suas bicicletas param para os intrépidos que estão a pé. Ajuda se você gostar de andar, o que eu gosto, então quando a Kendall perguntou se eu queria "ver o seu lar" depois do primeiro set de Didion no WDW, minha primeira reação foi "claro". Mas antes que isso saísse da minha boca, olhei para baixo. Você conhece a paixão da Kendall por sapatos de salto — se eu quiser pegar o trem de 10:47 para Long Island, nós teríamos que ir num passo acelerado. Humm, ela estava usando aqueles sapatos com sola de cortiça que eu acho que chamam de tamanco. E/D tem um par e ela consegue andar no meu ritmo.

Então eu decidi:

— Claro, com certeza. Vamos apenas dar tchau.

Eu dei um tapinha nas costas de Didion, disse a ele como foi bom o set, disse que foi bom vê-lo e deixei por isso mesmo. Sem "o que aconteceu com você, cara?" É claro que eu não fingi que não percebi que seu desaparecimento causou uma perda de sanidade momentânea na Stella, mas esse é um lugar onde o meu nariz não foi chamado. Mas isso não importa, o principal motivo por que eu preferi ir andando com a Kendall até em casa a colocá-la num táxi foi saber sobre Danny Sloane, com quem nós encontramos no clube. Eu conheço Danny dos shows de sarau, mas ele agora faz shows de verdade — tem até alguns fãs. Ele faz aquele gênero alt-country, e ele não é ruim, especialmente quando você leva em consideração que ele é da rica Westport, Connecticut, então seu jeito de caminhoneiro de beira de estrada não é nada autêntico. Mas ele toca suas músicas muito honestamente, e, até onde eu sei, ele é um cara decente. Só que ele tem no mínimo 23 anos, e me pareceu que ele estava dando em cima da Kendall.

— Então... Danny Sloane. — disse eu casualmente enquanto Kendall e eu subíamos a Avenida A.

— Meu Deus, A/B ele é muito legal; tão educado. Ele é do sul?

Será que ele fingiu um sotaque para enganá-la? Que canalha!

— Claro, sul de Connecticut — disse eu. — Vocês não... ele não te convidou para sair, convidou?

Um monte de rapazes universitários passou por nós na direção oposta; Kendall chegou mais perto e segurou meu braço para se proteger.

— Bem — disse ela — ele me chamou para vê-lo tocar.

Nada demais, pensei. Não dá para culpá-lo por querer se promover um pouco.

— E ele me perguntou como podia entrar em contato para me avisar quando o show vai ser.

Agora espera um segundo. Que tipo de cara que quer se autopromover não carrega flyers dos seus shows consigo o tempo todo? Além disso, o WDW estava entupido de flyers falando do show de Sloane na próxima semana.

— Então o que você deu a ele? Seu e-mail? Seu telefone? — perguntei eu, provavelmente sem perceber a ênfase que eu dei porque ela segurou meu antebraço e chegou mais perto.

— Abraham Benjamin Farrelberg, eu acho que você está com ciúmes — disse ela toda serelepe. — Para sua informação, eu dei a ele tanto meu telefone quanto meu e-mail.

Eu parei Kendall na esquina e virei seu rosto para mim.

— Kendall, olha... — como eu poderia dizer aquilo — eu não estou com ciúmes. Você deve sair com caras. Só que não com Danny Sloane.

Mãos nas cadeiras, cabeça inclinada meio tímida, mas ao mesmo tempo desafiadora, ela falou:

— E o que há de errado com Danny Sloane?

— Nada... tudo... Kendall, vamos lá. Você nem o conhece... mas mesmo assim você deu a ele seu telefone. Essa é a prova de que você não devia sair com ele!

Tudo bem, nem mesmo a CIA poderia decifrar inteligência no que eu tinha dito.

Kendall largou meu braço, então o pegou novamente e começou a andar.

— Não se preocupe, A/B — disse ela. — Eu não vou ficar com Danny Sloane. Minha mãe provavelmente teria um filho e, além disso, eu sei que ele é muito velho para mim.

Ela ficou calada por um minuto. Pessoas passavam por nós, batendo em nossos rostos com pedaços de conversa.

Então Kendall começou novamente, mais profunda:

— Você sabe, A/B, algumas vezes eu acho que você pensa que eu não tenho um cérebro na minha cabeça. Mas aí eu percebo que não é isso — disse ela. — Você sabe muito bem que eu não sou boba. Na verdade você provavelmente tem uma idéia melhor do tipo de garota que eu sou do que qualquer um. O problema é que você não quer saber. Quanto mais você souber, mais você vai pensar em mim... E eu entendo que você tenha suas razões para não querer pensar na Srta. Kendall Taylor.

Silêncio de novo. O que eu imagino quando as pessoas usam a palavra "significativo" depois de "silêncio".

— Tudo bem, sabe — disse ela batendo no meu braço de leve —, você se acostuma com isso. Eu vou estar bem aqui quando isso acontecer.

E ela estava dizendo a verdade. Literalmente. Nós tínhamos chegado nas Teen Towers.

— Ohh! A/B! Você tem que subir um minuto!

Caramba, o seu ânimo mudava mais rápido do que um cara com déficit de atenção zapeando. Eu não uso relógio, mas eu sabia que teria que correr para pegar meu trem.

— Eu não posso, Kendall.

— Não, não, eu tenho que mostrar algo a você — insistiu ela. — Eu prometo que não vai demorar. Eu comprei um presente de aniversário para mim mesma... e você vai amá-lo! Você tem que ver, A/B, sério. Só dá uma subidinha e depois eu expulso você.

Algumas vezes é mais fácil concordar do que discutir com uma mulher. Então nós subimos. O apartamento estava cheio de revistas e roupas e a cama estava abaixada, desfeita, em vez de ficar escondida na parede onde ela deveria ficar quando Kendall recebe visitas masculinas. Eu sentei num banco — um banco bem seguro — no canto da cozinha enquanto ela mexia no seu closet. Então ela saiu segurando uma Epiphone Wildcat amarelo-clara novinha — dois captadores, ferragens cromadas e um desenho de uma chama. Que beleza!

# A VOZ

Os garotos só conseguem pensar em uma coisa! Eu estava contando com isso quando mostrei a A/B minha guitarra. Eu imaginei que ele não ia conseguir resistir. Bem, é claro que ele perdeu seu trem de 10:47; ele simplesmente se esqueceu completamente dele. Eu fiquei sentada quieta apenas assistindo — sem brincadeira, A/B toca tão bem, é um deleite não apenas escutar, mas observar. Eu acho que é exatamente isso que faz as meninas gostarem de guitarristas — você fica olhando para suas mãos, seus dedos, e fica pensando como seria se ele estivesse tocando você. Oh, eu não acredito que eu disse isso! Mas é verdade. Bem, quando ele conseguiu largar a guitarra um pouco, ele me perguntou o que eu estava fazendo com aquilo em casa.

— Caramba, A/B, o que você acha? Eu quero usar para pendurar chapéus?

Deus, como ele pode ser tão burro!

— Sei lá — disse ele —, você não... toca guitarra. Toca?

Aquilo me fez sorrir.

— Não, eu não toco... ainda.

Eu pensei em pegar a guitarra, mas mudei de idéia. Ela é bonita, mas difícil de segurar. Talvez eu devesse ter comprado uma menor, com mais jeito de menina. Eu a deixei no seu colo, desejando que eu pudesse contar a ele a razão da minha compra por impulso. A verdade é que eu sei que a nova onda das estrelas de hoje é fazer tudo. Mas quando eu penso no futuro, atuar, desfilar, isso não parece certo de alguma forma. Falso. Minha mãe não concorda; ela acha que eu deva diversificar. Mas minha alma diz não. Minha alma diz que música é um presente de Jesus, a que todas essas outras coisas — bem, o dinheiro é bom e eu quero ser rica, mas isso não me faz sentir rica, me faz sentir o oposto. E eu não quero ser gananciosa. Eu quero ser real. Sair da loucura da turnê me ajudou a me reconciliar com meus valores simples. Eu quero ser real na minha carreira e na minha vida pessoal — ter um relacionamento verdadeiro com o garoto que eu amo. Foi quando me ocorreu a idéia: uma forma de matar dois coelhos com uma cajadada só — uma guitarra.

É claro que eu não podia dizer isso para o A/B; eu fiz mistério (segundo a Britt, os garotos adoram isso) e simplesmente disse a ele, com meus olhos brilhando, que eu tive uma epifania. Ele olhava para mim como se eu estivesse recitando as escrituras. Ele não disse uma palavra, apenas me entregou a Epiphone. O problema é que eu tinha medo de tocá-la.

— Kendall — disse A/B com a voz mais doce — essa é a sua guitarra. Segura.

Então eu desci do banco e o A/B ajeitou a correia em volta do meu pescoço.

Vamos lá, segura. Segura a guitarra.

Eu endireitei minhas costas e ajeitei meu cabelo. Botei minha mão esquerda no braço e a mão direita sobre as cordas.

— Mm-hm, mm-hm — dizia A/B meio que para si mesmo.

Ele ajustou o meu pulso esquerdo, o colocando da forma correta. Colocou seu pé entre os meus, abrindo um pouco minhas pernas, para me dar uma base confortável. Ele deu uma olhada para mim novamente, então dobrou meus dedos, posicionando a ponta de dois deles sobre duas das cordas. Enquanto isso ele continuava murmurando:

— Certo, certo, você tem que amar o mi menor, aqui, assim... — disse ele olhando para os meus olhos. — Aperta, Kendall. Aperta forte.

Eu apertei.

— Certo... agora toca as cordas todas.

— A/B! — choraminguei, de repente abobalhada. — Eu... não...

Ah, o olhar que ele me deu! Eu nunca tinha visto seus olhos tão penetrantes ou sua boca tão séria sem sorrir. Ele estava mandando. Me fazia tremer.

— Espera, espera! — disse ele. — Não se mova.

Ele procurou no seu bolso e achou uma palheta.

Agora eu me sentia equipada. A/B se afastou, cruzou os braços. Ainda me olhando daquele jeito, aquele olhar que dizia para não ter medo.

— Vai, Kendall — cochichou com jeitinho — toca!

# A CHEFE

O gemido triste da *slide guitar*, ele a deixa toda solta, selvagem e preguiçosa, como se você pudesse começar um incêndio se ao menos tivesse a energia para riscar o palito de fósforo. Era assim que eu estava me sentindo, seminua e rolando no colchão de Didion enquanto ele passava suavemente o gargalo de uma garrafa de cerveja nas cordas. Era o fim do domingo ou o início da segunda dependendo do ponto de vista e Didion tinha voltado do Rhomboid, cheirando a manteiga e vinho... e a mim. O que nós fazemos é o seguinte, eu chego quando ele está no restaurante e ele me acorda quando chega em casa. Me acorda delicadamente. Me acorda com força. Me acorda com um chamego ou cócegas, ou um tapa na bunda, e eu me enrolo nele. Então ou nós dormimos ou ficamos deitados — conversamos, brincamos, fazemos carinho. Eventualmente nós botamos roupas e vamos até minha casa — os caras que moram com Didz são uns porcos, então nós vamos a um lugar limpo para fazer comida. Café-da-manhã tradicional ou o que quer que o Didion invente. Ele é um maestro na cozinha. Chocante, certo? Quer um pouco de *etouffee*, querida? Sim, seria ótimo...

Eu estou nas nuvens. Ah, não se preocupe, eu faço o que eu tenho que fazer. Ralo nos ensaios. Apareço no WandWorld. Fui muito bem nos exames de admissão — minhas notas foram muito boas. Mas isso tudo fica em segundo plano, interlúdios para preencher as horas em que eu não fico com meu homem. Meus pais não falam nada. Porque Didion os faz comer na sua mão (não só no sentido figurado — suas habilidades culinárias deixam todos os Saunders bem alimentados). Porque eles confiam que eu não vou ficar grávida ou doente. Porque eu estou mais que alcançando as expectativas que eles tinham. E porque, basicamente, eles são realistas — eles poderiam gritar, se esgoelar e eu só falaria:

— Vou embora!

Afinal, agora que o disco recuperou tudo o que a Universe investiu, eu estou começando a ver dinheiro de verdade e posso me virar sozinha tranqüilamente.

Então, de volta ao quarto:

— Você sabe por que eu raspei a cabeça?

Era como um verso num blues improvisado. *Chan-ran-ran-ran-ran: Você sabe por que eu raspei a cabeça?* Eu fiquei feliz de ele ter mencionado isso, pois eu não perguntei a ele. Eu me recuso a ser uma daquelas mulheres que fica perguntando "onde você está, o que você está fazendo, com quem?". Eu tenho pena delas.

— Se você quer que eu saiba, me conta... — disse eu passando os dedos no topo da sua cabeça.

— Foi para marcar a minha determinação — disse ele. — No dia em que eu deixei vocês todos, eu fui a um mercadinho de posto de gasolina perto de Duluth e comprei um pacote de lâminas de barbear. O atendente não parecia satisfeito. Eu fiquei no banheiro um tempão. Não tinha água quente também. Olha só... tenho cicatrizes?

Eu examinei seu cocuruto na luz:

— Nenhuma que eu consiga ver. Mas você sangrou? — perguntei dando um soco no seu ombro. — Bem feito!

Era apenas a minha sutil forma de demonstrar que eu o tinha desculpado pelo seu sumiço. Nós ficamos sentados por um minuto e então eu disse:

— Tem água quente aqui...

— Não, eu estou deixando crescer de novo — disse ele.

— Não é para você.

Didion levantou uma sobrancelha:

— Você ficaria linda careca, querida. Você quer mesmo fazer isso?

Eu sorri:

— Não — disse eu — eu quero que você faça para mim.

Mais tarde nós entramos no WandWorld juntos para uma reunião com o Brian — que ficara boquiaberto com o Didion Jones Show na semana passada; nós estávamos lá para traçar estratégias — e foi puro pandemônio.

— Stella! — falou Susan pulando da cadeira. — Você... o que você... Meu Deus!

Eu fiz uma cara de irritada, mas eu não estava realmente irritada. Eu estava feliz, livre sem todo aquele cabelo. Sim, meu afro foi uma parte importante de mim por um bom tempo, um emblema do meu espírito, minha defesa. Mas ser careca também é uma grande declaração. E a sensação. Maravilhosa. O sol batendo nela, o ar, o beijo de Didion — toda minha cabeça é uma nova zona de sensações.

— Gaylord, Brian — falou Susan. — Stella... humm, Stella está aqui.

Eles saíram e ficaram ali com cara de panaca enquanto Didion e eu tentávamos não rir.

— Uau, Stella — disse Brian quando recuperou o fôlego. — Você está linda — falou com uma risada —, parece Josephine Baker.

— Quem? — perguntei.

Didion passou o braço no meu:

— Não esquenta, querida — disse ele —, é um elogio.

— Uma cantora de jazz dos anos 1920. Ela era demais — explicou Brian.

Claro. Um talento fabuloso. Linda de morrer. Uma negra muito sexy para o público americano entender. Ela teve que ir para a França para receber o reconhecimento que merecia.

— Isso que é timing perfeito — disse Brian — você vai deixá-los de quatro em Paris!

## A VOZ

Dá para acreditar — não tem sopa de cebola francesa na França? Pelo menos não nos bistrôs a que fomos até agora. A primeira coisa que eu faço é checar e lembro da Britt. Eu não fico pensando muito mais nela, mas em Paris eu não consigo. Ela ia adorar isso aqui! Todos são tão sofisticados, tomando vinho no almoço e tudo. Mas não tem sopa de cebola francesa. Eles até tem *french fries* — mas eles chamam de *frites* e elas são quase tão boas quanto as do McDonald's. Os queijos são uma loucura também e ohhh, os doces. Eu imagino que as francesas tenham inventado o truque, porque eu não vi nenhuma que seja gorda até agora.

Nós estamos em uma turnê promocional, o que significa tocar um pouco, e fazer uma tonelada de entrevistas, sessões de autógrafos e o que mais for, como nós fizemos quando *Bliss de la Mess* saiu nos Estados Unidos. No nosso primeiro dia, tivemos uma sessão de fotos para a *Guillaume*, uma revista masculina — e eu realmente espero que ninguém lá em casa algum dia veja isso! Oh, a primeira parte foi legal, apenas nós de jeans e camiseta, mas então A/B foi banido do estúdio e ficamos eu, Stella e Wynn de calcinha e sutiã, nos abraçando. O fotógrafo ficava nos dando instruções:

— Toca no seio dela como...

Ou:

— Levanta a calcinha dela para eu poder ver o seu *derrière*.

Isso trazia à tona um monte de sentimentos, mas eu tentava os afastar: esse era nosso compromisso do dia, então eu devia ser profissional. Stella estava levando na esportiva também, mas a Wynn ficou irritada — ela é uma feminista chata com essa coisa de não ser vista como "um objeto". Caramba, eu também não gosto muito da idéia de posar de roupa de baixo, mas éramos só nós meninas, então eu não via o que era tão sexy ou sexista nisso tudo. Além do mais, nós ficamos com a lingerie, que era extremamente cara.

Uma das coisas boas dos parisienses é que, ao contrário dos nova-iorquinos, eles não estão sempre com pressa. O que nós faríamos em um dia e meio em NYC demorou quase uma semana aqui e nós tivemos bastante tempo para curtir. Para mim, isso significa fazer compras. Uma tarde no Champs-Elysées eu deixei uma cacetada de euros. Toda aquela seda e camurça, os logotipos e as marcas — é o suficiente para fazer minha cabeça flutuar! A verdade é que eu preciso de roupas novas, da forma como o meu corpo está mudando (e claro, novos sapatos para combinar com elas). Mas eu também acho que, droga, se minha mãe estiver falando sério de largar o seu trabalho e comprar um apartamento em Manhattan, é melhor eu gastar algum dinheiro antes que ela ponha as mãos nele.

É claro que a viagem não é só Gucci e Chanel; a Srta. Peony está junto e isso significa aulas. Mas em vez daquela coisa de sempre com livros e essas coisas, ela tem levado a Wynn e eu para museus, lugares históricos e obras arquitetônicas importantes. Nós vimos a Mona Lisa (honestamente, eu não entendo por que tanto bafafá; ela é tão pequena) e a catedral de Notre Dame (bonita, eu admito). A/B e Stella se juntam a nós nesses passeios, o que é legal — faz parecer menos que é uma aula. Quando não está muito ocupado com nossa agenda, até o Sr. Gaylord vem junto. Ele e a Srta. Peony deixaram totalmente de esconder que são um casal agora, andando de mãos dadas e até mesmo se beijando em público. Bem, dizem que Paris é a cidade mais romântica. Talvez algo amoroso vá acontecer entre mim e você sabe quem.

Nós chegamos muito perto naquela noite da minha primeira aula de guitarra em Nova York. Mas então *ela* tinha que ligar.

— Oh! Ei! Você não vai acreditar nessa Epiphone que a Kendall comprou! Eu...

Meu Deus, ela surtou! Ela o cortou e ele só falava:
— Mas Edie... mas Edie... mas Edie...

Eu só fiquei ali sentada praticando o meu mi menor e quando ele finalmente pôde falar alguma coisa, prometeu que pegaria o próximo trem. Então ele se desculpou e foi embora.

Tudo bem. Eu realmente falei a verdade quando disse que ele devia pensar sobre seus sentimentos. Com rapazes você tem que usar psicologia. Apenas ser tão desejável quanto for possível, ficar no seu campo de visão e deixá-lo vir até você. Foi por isso que eu flertei com Danny Sloane. E é verdade que eu quero aprender guitarra — é só um bônus que me deixa mais atraente para o A/B. Além disso, sem querer ser deselegante, mas ajuda bastante ser bonita. Agora que eu estou ficando magra, ele tem que notar.

É uma boa coisa eu não viver na França! Uma garota teria que vomitar três vezes ao dia para manter o corpo. (Talvez seja aceitável aqui — até porque eles têm duas privadas, uma para dar descarga e outra só para lavar as suas partes de baixo! — mas para mim é difícil evitar os curiosos). Meu Deus, hoje à noite nós tivemos o jantar mais incrível até agora, graças ao Sr. Morgan, o pai verdadeiro da Wynn. Ele mora num lugar chamado Praga, exatamente como na nossa música ("My real dad lives in Prague"), mas ele tem muitos negócios em Paris. Ele inclusive tem um apartamento no bairro mais chique. Não que eu tenha visto, mas Wynn está ficando lá ao invés do nosso hotel. Wynn e Stella — ela implorou para a Stella ficar com ela. Meio rude, eu acho, não ter me convidado também, mas você sabe como a Wynn come na mão da Stella. De qualquer forma, o pai verdadeiro da Wynn ia levar todos nós para jantar — a banda, a Srta. Peony, o Sr. Gaylord, mais um cliente e as filhas do cliente, que são grandes fãs do 6X.

Agora eu sei de onde veio a altura da Wynn: O Sr. Morgan é muito alto também, e falante, seu sotaque é uma mistura de vários lugares estranhos. Ele estava sendo muito bem-humorado e generoso, mas quanto mais esforço ele fazia, mais a Wynn parecia se afastar. Bem, esse era um problema dela — essas coisas de família podem ser muito complicadas. As filhas do cliente, Solange e Claudine, têm por volta da nossa idade, e o inglês delas é razoável. Elas faziam um monte de perguntas sobre outras estrelas do rock e do cinema — como se todas as pessoas famosas fossem sócias do mesmo clube. Tão ingênuas! Mas elas eram umas matracas amigáveis e bem-educadas, a não ser por uma tendência a começar a falar na própria língua — elas faziam uma pergunta e eu respondia então elas faziam um "ahh!" e começavam a falar em francês. Elas deviam estar tão excitadas de estar conosco que nem conseguiam comer. Algumas mordidas e então limparam a boca com o guardanapo como se estivessem cheias.

— Kendall?

Era Claudine falando:

— Você quer o resto da minha torta? — disse ela empurrando seu prato na minha direção.

— Oh, sim, Kendall, por favor, coma a minha — disse Solange que mal tinha provado sua torta de chocolate que fazia a torta de frutas de Claudine parecer comida saudável.

Bem, eu estava muito feliz com a situação, tendo acabado o meu *crème brulée* — até que a Wynn acordou. A Srta. Emburrada não tinha nem pedido uma sobremesa para ela mesma, mas naquele momento ela se levantou da sua cadeira para pegar uma garfada da torta.

— Meu Deus! Isso está tão bom! — disse ela se sentando novamente em sua cadeira. — Cómo está essa outra? — perguntou ela, repetindo o gesto de atacar a torta.

— É melhor você tomar cuidado, Kendall, antes que eu roube as duas.

— Não se eu roubar antes — disse Stella se movendo na direção dos meus doces.

— Você vai me fazer brigar com você, Stella? Você acha que pode agüentar uma guerra de torta? — disse Wynn armando seu garfo como uma catapulta.

— Ha ha ha, muito engraçado — disse Stella — eu duvido, piranha.

Se você não conhecesse essas duas, você poderia pensar que elas estavam realmente bravas, mas eu tinha certeza de que elas estavam brincando porque eu já as vi brigar. No entanto, elas estavam sendo tão, mas tão mal-educadas que era estranho. A criação de família rica da Wynn está no seu sangue e Stella tem orgulho de saber se portar em circunstâncias de alta classe. Sentados entre elas estavam o pai da Wynn, a Srta. Peony e o Sr. Gaylord, todos horrorizados.

— É mesmo? — respondeu Wynn — Você realmente duvida?

— Você sabe que eu duvido! — disse Stella fazendo sua própria catapulta com o garfo.

— Em guarda — desafiou Wynn —, avançar!

Stella rangeu os dentes:

— Pronto, mirar, FOGO!

A próxima coisa que deu para ver foram calorias flutuando, Wynn e Stella estavam gritando, Solange e Claudine estavam se protegendo e os adultos estavam estupefatos. Nem Wynn nem Stella tinham boa mira. Elas erraram a outra de longe, a garfada de Stella caindo dentro do copo de vinho do cliente e a de Wynn batendo no nariz de Claudine e aterrissando no seu cabelo.

— Oh, meu Deus, eu sinto muito, Claudine! — disse Wynn balançando seu guardanapo como sinal de rendição. — Eu juro, eu realmente sinto.

Ela não podia olhar para Stella — elas duas iam cair na gargalhada se cruzassem olhares.

— Eu não sei o que há de errado comigo. Eu acho... eu acho que eu devo ser terrivelmente, incuravelmente americana!

# A GOSTOSA

Se vocês nunca fizeram uma guerra de comida, eu recomendo muito. Tão nojento. Tão... libertador. Especialmente quando as testemunhas da sua façanha são perfeitos estranhos (pontos extras por serem franceses) e o pai distante por quem você não sente vontade de fingir afeição no momento. Desculpem, mas eu fui uma grande pentelha em Paris.

Culpem o meu pai, ou o cansaço da viagem, ou o deleite chauvinista da sessão de fotos. Culpem o fato de Malinka estar na cidade para o Aberto da França, mas seus técnicos a manterem sob uma rédea tão curta que a gente nem podia se encontrar. Culpem qualquer coisa.

Urgh. Que saco. Que se dane. Aquela variável banal de sempre. A perene fuga da responsabilidade para todos os propósitos. Aquele cartão útil e universal que o tira da cadeia. Nós *homo sapiens* temos esse acordo tácito que diz que é normal surtar quando nós temos problemas que não queremos enfrentar, sentimentos que não queremos trazer à tona, pontos fracos que não queremos cutucar. Que conveniente — resiliente, seguro, o que seja. Algo errado? Joga um cobertor ou algo assim sobre o problema. Cubra o mundo com papel de parede. Só que ultimamente isso tudo é muito pouco convincente, perigoso até, como um carro feito de papel-alumínio. Um dia eu vou ter que lidar com essas coisas. Todas elas — encarar, trazer à tona, e cutucar tudo que está sob a pele.

É claro que eu não cheguei a essa conclusão arremessando torta de chocolate em Paris. Eu cheguei a ela em Amsterdam, cortesia de um brownie batizado.

Amsterdam é mais legal do que Paris, mais relaxado, e tem o benefício extra de não ter meu pai. Além do mais, é muito bonita — nós chegamos de trem, passando por plantações de tulipas com moinhos espalhados. A cidade mesmo é torta e encantada: prédios finos e inclinados, ruas estreitas de paralelepípedos, lindos canais e todo mundo de bicicleta. O coração de Amsterdam, em volta da Estação Central, me lembra do Astor Place, em Nova York, um monte de gente jovem sem fazer nada, só que os *coffee shops* não são de uma cadeia de lojas. E eles tem um verdadeiro menu de maconha e haxixe.

O 6X fez um show no Vondel Park, muito bonito, e nós estávamos cercados, mas cercados amigavelmente, não dava medo como acontece algumas vezes nos Estados Unidos. Todos os garotos holandeses são muito gatos — bochechas rosadas e cabelos louros desarrumados, como o Beck quando era jovem —, mas as meninas ganham deles fácil no quesito beleza: todas aquelas Karen Mulders e Brenda Noorts andando por aí. Acreditem ou não, toda essa galera com jeito de top model que a gente conheceu é superlegal e sem frescura, e todos queriam nos deixar doidões.

Esse é um risco nas turnês — onde quer que você vá, os fãs são efusivos em fazê-lo experimentar qualquer substância alucinógena que seja abundante na região. Eu recuso a maioria — drogas me assustam. Eu disse não para bolinhas no Mississipi e heroína em Seattle, mas eu não acho que uma viagem para Amsterdam estaria completa sem eu provar um dos artigos mais leves da região. Além do mais, quando aqueles garotos que nós conhecemos na distribuição de pôsteres nos ofereceram, nem mesmo a Kendall recusou (apesar de que muito possivelmente ela estava tentando impressionar o A/B).

Nossos novos amigos resolveram nos levar a um lugar diferente. Em vez de ir a um coffee shop na rua principal, nós fomos convidados para visitar Dirk, um célebre "doutor do arbusto", ou botânico — um cara que plantava. Neetlje, uma das nossas novas amigas-fãs o conhecia de algum lugar. Ele tinha mais ou menos a idade do meu pai verdadeiro, o tal do Dirk, gorducho e sorridente com um bigode reto. Tinha uma fazenda indoor no último andar da sua casa. Ele vivia no meio com a esposa e um filho pequeno, e no andar de baixo tinha um coffee shop/padaria. Fazenda? Correção: era uma floresta tropical aquilo. Onde estavam os micos-leões, cadê meu facão? O aroma era tão intoxicante que eu estava perdendo neurônios só de andar pelos corredores da plantação.

A/B parecia que tinha chegado ao nirvana, mas foi quando nós voltamos para o confortável coffee shop de Dirk que ele demonstrou um apetite digno de um lutador de sumô em um restaurante japonês. Dirk mostrou uma grande variedade, não da sua plantação — "marcas" lendárias como Blueberry, Bubblegum e Super Skunk. É claro que ele tinha um *vaporizer*, e como eu sou café-com-leite, eu experimentei o aparelho com Neetlje e Johanna. Mas A/B e Stella são escolados — eles preferiam baseados, que Heni, namorado de Neetlje, fez a proeza de apertar com apenas uma das mãos.

Apesar de ter aceitado mais cedo, Kendall não deu um tapinha sequer. Então Neetlje pediu para que Dirk trouxesse as maravilhas do forno.

— Isso tem gosto de maconha? — disse Kendall cheirando um brownie.

— Não, Kendall, tem gosto de Ana Maria — disse Stella e nós todos achamos incrivelmente engraçado por nenhuma razão aparente.

— Ana Maria — gritei, deixando cair farelos no meu colo.

— Com licença, você tem Ana Maria? — falou A/B como se estivesse imitando um comercial de televisão, o que nos fez rolar de rir, até mesmo os holandeses que nunca viram o comercial ou comeram Ana Maria.

Nós todos estávamos em um planeta diferente da Kendall — eu acho que ela preferiu nos alcançar a ser deixada de lado. Ela comeu seu brownie em três mordidas.

— Uau, isso nem parece que tem drogas — comentou ela.

Nós todos estávamos nos divertindo horrores e em vinte minutos o brownie que eu comi começou a fazer efeito (o processo foi acelerado, com certeza, por aqueles poucos tapas no *vaporizer*). Era bom. Muito bom. No começo, ao menos. Nós estávamos todos rindo pra burro e de alguma forma caímos no assunto da época de ouro dos *reality shows* americanos, muitos dos quais estavam sendo mostrados na Holanda agora:

— Lembra daquela vez que o Ashton fez a pegadinha com o Justin?

— Lembra quando a Sharon Osbourne chutou aquela carne assada?

— Não era uma carne assada, era um presunto assado!

— Lembra quando Johnny Knoxville enfiou a mão no cu da vaca?

— Não foi o Johnny Knoxville, foi a Nicole Richie.

— Não, eu acho que os dois enfiaram a mão no cu da vaca.

Essas coisas. Ninguém viu a Kendall pegar um segundo brownie — até que ela já tivesse acabado.

— Kendall, eu estou tendo alucinações ou você já comeu um desses? — perguntou A/B.

Kendall sem graça:

— Você não tem nada melhor para fazer do que contar quantos brownies eu como?

Uma vez que nós conseguimos nos recuperar do riso causado pela idéia de um contador de brownies, Heni disse:

— Oh, não é um insulto, Kendall. Mas os brownies do Dirk são fortes. Às vezes demora para eles baterem. Você não vai querer comer demais.

Mais ou menos naquela hora, minha onda foi para um novo estágio. O que a desencadeou, eu não sei — um comentário, uma risada, uma mudança na luz da tarde. De uma hora para outra eu fui de levemente alterada para totalmente perdida. Eu não queria ficar perto de outras pessoas. Eu queria entrar em mim mesma. A menina animada se transformou na menina paranóica.

— Stella — falei pegando a manga da sua camiseta. — Stella, eu quero ir embora.

— O quê? Já? — falou ela muito irritada, mas ela estava de bom humor. — Tudo bem. Ei, Heni, como faz para voltar?

Pareceu ter demorado meia hora, ou meio dia para entender o caminho — o tempo estava totalmente estranho — mas finalmente nós estávamos prontas para ir. Nós nos levantamos. E foi então que os dois brownies da Kendall resolveram bater. Ela nunca ficou doidona antes — e começou de uma forma bem forte. Dançando nas ruas. Jogando tulipas para estranhos. Fazendo serenatas para prostitutas. Então bateu a larica e ela teve que parar não em um, mas em dois quiosques de waffle.

Eu estava começando a perder a paciência:

— Kendall, vamos logo!

Era o crepúsculo, e o crepúsculo me parecia ameaçador. As ruas curvas pareciam infinitas. E não é que eu ouvia peixes murmurando para mim dos canais?

— Eu realmente preciso voltar para o hotel.

Finalmente nós voltamos. Eu me joguei na cama, respirando ofegante, então lembrei de uma técnica de respiração que a Peony me ensinou, e isso ajudou a me acalmar. Me acalmar, mas não a passar a onda. Eu ainda estava totalmente alucinada, mas pelo menos tinha parado de hiperventilar.

Foi então que tudo o que estava escondido em minha mente começou a desmoronar como um castelo de areia. O que não quer dizer que eu passei as próximas horas dividindo a minha psique em caixas bem organizadas. Nem perto disso. Eu precisaria de uns dez anos para isso. Tudo que eu fiz foi passar as próximas horas aceitando que eu tenho problemas com os quais tenho que lidar.

Percebendo que tem alguma coisa errada comigo — comigo, não com minha mãe ou meu pai, nem meus companheiros de banda, nem com minha situação —, que eu tenho que enfrentar, trazer à tona e cutucar.

# O GAROTO

Foi aqui que tudo começou. É claro que alguns podem citar St. Louis com Chuck Berry ou Tupelo com Elvis ou qualquer outro lugar, mesmo antes, aquela mistura de blues e country em algum cruzamento sem nome de alguma cidade do interior. Mas eu não concordo. Eu acho que foi aqui. Para particularmente o que nós fazemos — nós, 6X — aquela coisa de rock com pop, aquela lâmina com açúcar por cima, aqui é o começo de tudo. Hamburgo, Alemanha. Foi aqui que um bando de rapazes de Liverpool começou a definir seu som em clubes underground — foi aqui que os Beatles se tornaram os Beatles.

E eu estou aqui, com minha banda, tocando com todo o coração com meus companheiros e causando uma comoção, da mesma forma como os Beatles fizeram em 1960. A vida poderia ser mais perfeita?

Só se eu pudesse fazer um clone de mim mesmo. Por uma noite pelo menos. Porque essa noite eu estou em Hamburgo e, em Long Island, minha namorada estará indo para seu baile de formatura com um cantor e compositor de merda chamado Aaron.

Não que eu queira levar E/D ao baile. Pessoalmente eu preferiria um golpe na cabeça com um objeto sem ponta — um clarinete, talvez. Mas eu entendo como o baile é importante para as garotas. A única razão por que eu fui ao meu foi Kendall; ela ia começar a ter aulas particulares e não teria o próprio baile. Agora eu me lembro como ela ficou animada. Como ela brilhava. A forma como ela tocava no arranjo de flores para se convencer de que era real. O toque das suas mãos nos meus ombros quando nós fingimos dançar e que de alguma forma não foi brega.

Então eu sei o que o baile significa para as garotas, e eu abriria mão de tudo na Alemanha para estar com minha garota no dela. Só que eu não abri mão, abri?

— Eu estou morrendo — resmunguei alto depois de assinar o que eu esperava ser meu último autógrafo do dia.

— É, eu sei — respondeu Stella —, câimbra de escritor. Eu nunca fiquei tão enjoada do meu próprio nome.

Eu emiti um grande e sentido suspiro que dizia "me ajudem".

Stella entendeu e falou meio irritada:

— Tá bom, qual é o seu problema?

Wynn olhou, meio interessada no meu apelo, meio interessada numa cutícula, enquanto Kendall balançava a cabeça e sorria, ainda dando autógrafos para os fãs alemães espalhados.

— Eu só... eu sei que vocês não dão a mínima para o baile...

— Baile! Ah, por favor — disse Stella caindo na gargalhada.

— ...mas vocês são um tipo raro de fêmea. Então me dêem um tempo. Porque em algumas horas uma limusine vai parar na porta da casa da E/D e seu acompanhante é um cara qualquer num smoking alugado que canta sobre lírios.

— Cala a boca — disse Stella sem acreditar.

— Sério, lírios? — disse Wynn. — Isso é... hummm...

— A coisa mais brega que eu já ouvi na minha vida, isso sim — disse Stella terminando o pensamento de Wynn. — Cara, acredita em mim: você não tem nada com o que se preocupar.

Uma última menina alemã apareceu — com o nariz achatado, maria-chiquinha, feliz, mas tímida — para empurrar um pôster na minha direção. Eu dei uma de esperto:

— Oi. *Wie heissen du*? — perguntei.

Tradução: qual é o seu nome?

Ela riu:

— Gretel.

— Gretel? Não brinca... — murmurei para mim mesmo, escrevendo: Para Gretel, com amor. A/B. Amor. Já percebeu como nós usamos essa palavra de qualquer jeito? Eu amo essa música. Eu amo cheeseburger. Wynn e Stella autografaram o souvenir de Gretel e ela continuou até chegar na Kendall.

— Eu não tenho nada com que me preocupar — repeti, voltando o foco para mim, meu problema. — Eu sei que não... provavelmente. É só que é isso, não é... até nós nos aposentarmos no retiro para velhos roqueiros. Sempre deixando aqueles que nós amamos, entrando e saindo de suas vidas entre as turnês, esperando que eles estejam lá quando nós voltarmos, mas sabendo que não é justo pedir isso.

Agora era a vez da Stella demonstrar sua frustração:

— Não me faz começar — disse ela —, eu estou tendo crise de abstinência de Didion. Sério. E não melhora com o tempo, só piora — disse ela passando a mão pela cabeça onde começavam a nascer cabelos novamente. — Mas o que vamos fazer? Deixar passar a chance de dominar o mundo?

— Didion é diferente — eu respondi. — Didion sabe das coisas.

Wynn bufou:

— Isso com certeza ele sabe.

— O que isso quer dizer? — disse Stella na defensiva.

— Nada, Stella, Deus... Não é uma ofensa — disse Wynn. — É só que vagabundear é o modo como Didion funciona...

Olhares pouco amigáveis foram jogados entre Stella e Wynn. Pronto — eu agora era um espectador da conversa que eu comecei; virou um daqueles papos entre garotas em que o que não é falado é tão importante quanto o que é falado.

— Tudo bem — disse Stella finalmente. — Você só não consegue entender. Espere até você se apaixonar. Talvez então você entenda.

Nesse ponto Wynn ficou esquisita. A princípio ela não reagiu. Então seu rosto começou a mostrar várias emoções — ela estava ofendida e puta e confusa ao mesmo tempo. Ela abriu a boca para dizer algo, então ela a fechou como uma armadilha, olhou com raiva para Stella e foi embora.

# A CHEFE

A/B está certo sobre Didion saber das coisas, mas Wynn não sabe de nada. Didion está andando na linha agora. Ele está gravando uma demo para o Brian vender para as gravadoras. Três músicas: "Lust", "Wired" e "Sweet". É isso que me mantém sã enquanto estamos aqui; dá para ver a recompensa. Se tudo der certo, Didion terá um contrato e estará ocupado com seu primeiro disco quando o 6X começar a gravar o segundo. Adianta a fita para o ano que vem: nós estaremos em turnê novamente, só que sem ansiedade de separação, sem ficar imaginando o que sua cara metade está fazendo no meio da noite — nós seremos os *headliners* e o incomparável Didion Jones vai abrir os shows.

Então eu estou muito confiante que meu homem vai estar em Nova York, exatamente onde eu o deixei, quando essa turnê de divulgação terminar. Como a Wynn ousa inferir o contrário? Eu contei a ela na surdina que Brian estava pagando pela demo do Didz — se ela fosse minha amiga, não deveria estar torcendo por ele em vez de espalhar sua negatividade irritante? Mas, bem, assim é a Wynn. Quer dizer que aparência e dinheiro não significam nada. Muitos segredos chiques escondidos, com certeza. Ou se ela está apenas com ciúme porque eu tenho um namorado, por que ela não vai procurar um para ela mesma? Ou, por favor, faça um favor ao mundo e pelo menos fique com alguém.

Não é por falta de rapazes tentando, deixe-me dizer. E o Kieran Dennis? O que dizer de Stak Estervak? Ou, duas noites atrás, nós estávamos num cervejaria ao ar livre (sim, os alemães são progressivos quanto a adolescentes com cerveja, assim como os franceses o são com crianças e vinho), e tinham uns estudantes americanos de intercâmbio todos animados. Um deles, Jonathan, ele era perfeito para ela — no terceiro ano da faculdade, editor de artes do jornal da universidade, ranzinza, mas com um lado doce, parecia que tinha saído direto de um comercial da Ralph Lauren e conseguia direcionar seu olhar para os olhos da Wynn em vez de seus peitos. Mas ela deu alguma chance a ele? Não.

Que se dane. Eu não vou me meter nos seus problemas. Nós estamos em Tóquio agora e eu pretendo aproveitar ao máximo. Esse lugar é inacreditável. Um parque temático futurista — neon, vidro, aço brilhante ao lado de grandes jardins. É como estar dentro de um videogame.

Primeiro nós demos uma entrevista coletiva para a televisão. Como assim, nós somos políticos ou algo do gênero? Esse é o impacto de "Kitty" aqui — sacudiu o Japão como um terremoto de oito ponto cinco na escala Richter, então todos esses jornalistas queriam nos fazer perguntas ao mesmo tempo. Nós lidamos bem com isso; é só enrolar um pouco, como nós aprendemos no treinamento de mídia, dizendo que tudo que nós queremos fazer é tocar e nos divertir e conhecer nossos fãs japoneses. E foi exatamente isso que nós fizemos depois daquele circo da imprensa. Fomos até o bairro de Harajuku — a central adolescente de Tóquio, o bairro de onde as amigas fashionistas da Gwen Stefani tiraram seu nome

— para um show grátis para incontáveis garotos que se esgoelavam. Então, já que estamos no Japão, eles tinham que devolver o favor e fazer um show em nossa homenagem.

Não era uma banda, no entanto, o que era um alívio (não aparece uma banda japonesa interessante desde o Guitar Wolf). Não, era o Potent Chiyoda. Pense no David Blaine, versão do Extremo Oriente, um mágico cujos truques viajantes e humor seco invadiram a cidade como um vírus comedor de carne. Seu jeito deliberadamente calmo e monótono é um antídoto para os apresentadores superexcitados que tomam conta da TV japonesa. Nada de capa ou smoking, ele se veste num estilo meio hip-hop, com aquelas roupas esportivas e tudo o mais. O seu cabelo era da cor de fluido de transmissão.

É claro que ele tinha que nos fazer parte da apresentação — e eu fui sua primeira vítima. Ele me cortou ao meio — no comprimento — com uma guilhotina, então fez minhas duas partes apostarem uma corrida em scooters e, depois de uma colisão barulhenta, cheia de fumaça e luzes, eu estava inteira novamente. Depois ele botou fogo na SG do A/B — vocês deviam ter visto como o garoto suava! — e apagou as chamas com a língua. Na vez da Kendall, ele a fez pular numa cama elástica de miniatura, dizendo a ela "Mais alto! Mais alto!", até que ela se transformou em uma pomba. Ela voou pelas redondezas, então pousou no seu ombro e cantou com a voz da Kendall. Para transformá-la de volta, ele colocou a ave num poleiro dentro de uma gaiola gigante, jogou um pano sobre a gaiola e — shazam! — lá estava a Kendall.

Agora era a vez da Wynn, e Chiyoda brincou que ele estava cansado, que é difícil inventar todos esses novos truques, então ele ia fazer algo bem tradicional com a Wynn. Ele ia fazê-la desaparecer.

— Wynn Morgan, você tem medo do escuro? — perguntou ele.

— Humm... sim... um pouco — confessou Wynn.

— Ah, que pena...

Então ele trouxe um aparelho que parecia um origami mais ou menos do tamanho de um frigobar. Chiyoda o abriu e guiou Wynn para dentro.

— Você tem um último pedido? — perguntou Chiyoda, e quando Wynn começou a falar alguma coisa ele fechou a porta.

Então ele começou um monólogo que não fazia nenhum sentido, olhou para seu relógio e abriu a caixa. Como era previsto, Wynn não estava mais lá.

O que não era previsto, no entanto, é que Chiyoda não conseguiu trazê-la de volta. Naturalmente nós todos pensamos que fosse parte do truque. Até que ficou óbvio que não era. Até a polícia chegar e levar Chiyoda sob custódia. Até que todos nós estivéssemos no camarim desesperados e Gaylord estivesse ao telefone com os Estados Unidos.

— Brian? Hummm, Brian... Gaylord. Hummm, escute, eu ainda não tenho muitos detalhes e eu realmente não entendo como isso aconteceu, apesar de ter acontecido bem em frente aos meus olhos... mas, hummm, Brian? Hummm, parece que, hummm, acho que, hummm, aparentemente a Wynn foi seqüestrada.

# A GOSTOSA (DISCURSO NA TELEVISÃO)

Por favor, aceite minhas desculpas se essa mensagem está perturbando o seu dia atribulado. Eu falo como o mais novo membro leal do Heightened Intelligent People's Ministry of Anti-Commercialism and Conspicuous Consumerism (Ministério do Anti-Comercialismo e Consumismo Barato das Pessoas Inteligentes e Elevadas). E eu falo para vocês sobre um assunto muito urgente, por favor, me desculpem.

Embora o HIPMACCC seja uma organização underground fundada no Japão, nossa mensagem e nossos objetivos são universais. O HIPMACCC é formado por jovens insatisfeitos com o fato de serem usados como porquinhos-da-índia de pesquisa de marketing. Nós estamos infelizes com adultos observando todos os nossos movimentos, planejando nossas conversas e catalogando todas as nossas compras. Nós estamos igualmente infelizes e tristes com o fato de que nos enfiam goela abaixo novos produtos e conceitos e então nos coagem a determinar se eles são muito legais, um pouco legais ou nem um pouco legais.

Sim, isso é verdade, quando empresas e anunciantes a princípio procuraram nossas opiniões, nós ficamos felizes porque os jovens têm sido marginais culturais desde o começo da civilização. Era sempre tudo para os mais velhos. Então, de uma hora para outra, nossos gostos e preferências tinham importância. Intoxicados pelo nosso novo "poder" nós não percebemos que estávamos sendo escravizados pelas suas demandas nas nossas decisões. Com gás ou sem gás? Rosa ou verde? Fosco ou brilhante? Com pedaços de frutas ou sem? Muita carga sobre nossos ombros adolescentes. Essa é uma época muito estressante para ser a geração jovem. Ao mesmo tempo, ser levado a sério se transformou em uma droga para nós. Nós testamos produtos. Nós mandamos mensagens de texto. Nós compramos e usamos com abandono.

Foi apenas recentemente, quando a juventude japonesa foi exposta à relevante e melancólica canção "Hello Kitty Creeps Me Out", da banda americana de rock-and-roll 6X, que as vendas caíram dos nossos olhos. Essa canção — um ataque brutal ao emblema supremo das corporações — nos mostrou que comercialismo descontrolado e consumismo barato são mortais para a alma humana. A popularidade sem paralelos da Hello Kitty representa tudo que é maligno na economia global. Hello Kitty deve ser parada! Ou devem dar a ela uma boca — porque talvez, infelizmente, Hello Kitty também seja uma escrava.

Meu nome é Wynn Morgan e eu escrevi "Hello Kitty Creeps Me Out", que o HIPMACCC tomou como seu manifesto. Desde que cheguei ao quartel-general do HIPMACCC eu passei a entender a filosofia da organização e estou ansiosa para anunciar minha aliança com o HIPMACCC — apesar de que neste momento estou lendo um discurso preparado, em vez de dizer minhas próprias palavras espontâneas. Além disso, eu quero dizer que eu não fui maltratada pelos meus camaradas do

HIPMACCC que me deram bastante sopa e cereais, além de me deixarem usar o banheiro.

Juventude do Japão! Juventude da América! Juventude do Mundo! Eu os convoco a se juntarem ao HIPMACCC hoje! Digam aos mais velhos — aos seus pais, à empresa: Não, eu não vou ser um peão do produto! Acabem com o chicote do comercialismo e do consumismo barato! Estrangulem a Hello Kitty com punhos sem luvas e pisem em seu cadáver em triunfo!

Muito obrigada e tenham um bom-dia.

# A VOZ

É tão, tão, tão importante agradecer ao Senhor por todas as suas bênçãos. Eu tento fazer o meu melhor, eu realmente tento, mas tenho certeza que algumas coisas escapam. Como por exemplo, eu cantei uma hosana quando a camareira colocou uma balinha no meu travesseiro? E quando dei graças pelo café-da-manhã do serviço de quarto, fiz uma menção especial para o fato de os ovos não estarem borrachudos como em todas as outras manhãs nesse país, no qual as pessoas comem peixe cru, mas cozinham os ovos até eles quicarem? O que eu quero dizer é que quando nós esquecemos de agradecer a bondade Dele, nós nos arriscamos a perder o que Ele nos concedeu. Está bem ali no livro de Jó: O Senhor dá; e o Senhor tira.

E agora parece que ele tirou a Wynn.

Bem, não Ele pessoalmente, mas Ele em Sua infinita sabedoria permitiu que ela caísse nas garras de terroristas. Os últimos dois dias foram muito assustadores; esse é o tempo desde que o Potent Chiyoda não conseguiu fazer a Wynn reaparecer. Até onde nós sabemos — nós, eu, A/B e Stella — o mágico não é mais suspeito. O problema é que todas as nossas informações são do noticiário da TV; não é como se nós tivéssemos acesso a informações mais quentes. Isso é tão, tão injusto — Wynn é nossa companheira de banda, nossa amiga, e, mesmo assim, qualquer Zé Ninguém do Japão sabe tanto sobre ela quanto nós.

Oh, eu tenho certeza de que nós estamos sendo mantidos no escuro para nossa própria proteção. Isso é o que o Sr. Wandweilder disse, de qualquer forma. Ele está aqui agora, e a mãe da Wynn, o pai verdadeiro e o padrasto também. Naturalmente todas as nossas aparições públicas em Tóquio foram canceladas, e nossos compromissos em Osaka na semana que vem estão no ar. Além disso, nem é seguro para nós sairmos nas ruas — os paparazzi estão nos seguindo, mas a maior preocupação é que o HIPMACCC tente seqüestrar o resto de nós. Ninguém sabe muito sobre o grupo — levar a Wynn foi o primeiro ato deles a... bem, eles estão aí para conseguir algo, eu entendo, mas não consigo entender muito bem o quê. Baseado no discurso da Wynn que foi ao ar, parece que eles estão infelizes com a forma como os jovens são tratados aqui — como porquinhos-da-índia de pesquisa de marketing —, mas eles também não estavam satisfeitos com a forma como eram tratados antes, como marginais culturais.

Pessoalmente, se eu fosse uma garota normal e não uma estrela do rock, e grandes empresas quisessem que eu testasse seus produtos, eu ficaria muito feliz. Mas economia e filosofia sociopolítica não são realmente o meu ramo. Tudo o que eu sei é que eu, Stella e A/B estamos presos aqui no hotel — na maioria do tempo nós ficamos juntos na ante-sala da sala de conferências que o hotel disponibilizou para a investigação. Eles a encheram de guloseimas para nós, mas a idéia dos japoneses de bala é apenas balas de gelatina e chicletes e ervilhas secas com algum tipo de molho picante, o que não me anima. Então nós estamos subindo pelas paredes e estamos começando a brigar, o que me faz sentir mal, considerando que a pobre Wynn está Deus sabe onde.

Eu estou envergonhada em ver como é fácil não dar valor às pessoas. Eu — a pessoa mais grata que eu conheço. Mesmo assim, quando foi a última vez que eu disse à Wynn como ela é inteligente, ou dei crédito pelas suas ótimas letras, ou disse a ela como eu gosto dela? Eu nem consigo me lembrar.

# O GAROTO

Então vocês ouviram falar do novo projeto paralelo do 6X? Os novos amigos dos sete anões: Choroso, Raivoso e Azarado. Quer tentar adivinhar quem é quem?

Raivoso (batendo o pé): Eu não agüento mais ficar aqui sem fazer nada!

Choroso: Bem, então por que a gente não faz alguma coisa?

Raivoso: Como o quê? Hein? O que você sugere?

Choroso: Humm, Deus... nós podíamos ia até o bairro Harajuku. Eu aposto que as pessoas iriam estar inclinadas a nos dizer coisas que eles não dizem à polícia.

Raivoso (para Azarado): Você ouviu isso?

Azarado (encolhe os ombros)

Raivoso (para Choroso): Você acha que isso é algum tipo de episódio do Scooby-Doo — nós derrotamos o fantasma malvado e salvamos nossa amiga enquanto tudo é engraçado? Cai na real, tá bom? A) Nós mesmos somos praticamente prisioneiros aqui. B) Se nós conseguíssemos escapar, a imprensa ia ficar em cima da gente. E C) Você quer arranjar mais confusão? Nossos pais já estão enchendo o saco do Brian para ele nos mandar para casa de uma vez.

Choroso: Tudo bem! Tudo bem! Eu entendi! Você não precisa pegar no meu pé...

Raivoso: Eu não estou pegando no seu pé. Eu estou simplesmente tentando mostrar os fatos de uma maneira simples e clara para que até mesmo você consiga entender.

Choroso: Então, foi isso que eu quis dizer — tudo que você fala para mim é tão maldoso e como se eu fosse uma criança, e eu só quero dizer que cansei disso. De verdade!

Raivoso (imitando): De verdade!

Choroso (para Azarado): Escuta só! Por que ela me trata tão mal? Por quê? O que eu fiz para ela?

Azarado (encolhe os ombros)

Deu para entender. Eu jogava meu Game Boy; eu tocava violão; eu fui para o meu quarto e consegui fugir um pouco dormindo. Mas sempre que eu voltava era a mesma coisa sendo repetida sem parar. Só que uma hora o velho Azarado chegou ao seu limite. Quando Raivoso começou a encher o saco do Choroso porque ele tinha comido todas as balas, adeus ao Grand Theft Auto:

— Tá bom, Stella, chega!

— Com licença? — falou ela, me dando aquele olhar de menina durona, mas que não me fez recuar.

Talvez o jogo mais violento do mundo tenha me deixado nesse espírito.

— Olha, deixa ela em paz...

Kendall veio pulando até o colchonete onde eu estava jogado, arremessou os braços em volta do meu pescoço e começou a falar sem parar:

— Oh, obrigada, A/B! Obrigada! Você não sabe como é difícil... ela é tão, mas tão cruel...

Eu estava começando a pesar quanto daquilo tudo era verdadeiro e quanto era papo mole de menina do sul quando, para minha surpresa, Stella, arrastando os pés, cabeça baixa, se sentou do meu outro lado. Ela suspirou com uma suavidade pesada de outro mundo:

— Você está certo. Kendall está certa. Eu sou uma bruxa... e eu estou apenas, estou exausta, estou preocupada, estou chateada. Mas isso não é desculpa...

Ela esticou seu braço sobre mim e chegou até a Kendall, então agora eu tinha duas fêmeas quentes, cansadas e desesperadas penduradas em mim e eu não sabia o que fazer. Meus braços estavam muito presos ao meu corpo, então gestos de carinho como passar a mão na cabeça não eram possíveis. Stella respirou fundo, se esticando como se suas costelas, seu coração, doessem. Ela expirou lentamente um ar quente contra meu pescoço. Ela segurou o braço da Kendall com mais desespero. E Kendall se abraçou a Stella também, com suspiros e barulhos reconfortantes.

— Tudo bem, Stella — disse ela.

Apesar de Kendall ter aceitado as desculpas, Stella fez a coisa mais estranha. Ela chorou. Eu sabia que ela estava chorando porque eu sentia a tensão contrair seu corpo como se ela estivesse sendo atingida por ondas internas. Eu senti a minha camiseta molhar. Mas ela não fazia nenhum barulho. Eu não sabia que era possível para uma pessoa chorar tão violentamente e ao mesmo tempo tão silenciosamente, e o impacto dessa descoberta, o que eu posso dizer, me fez chorar também.

Então nós estávamos amontoados ali, nós três, num colchonete, numa ante-sala de uma sala de convenções de um hotel, do outro lado do mundo, nos abraçando, chorando como filhotes de cachorro órfãos na chuva. Então alguém disse:

— Eu sinto muito.
— Eu também.
— Eu amo você.
— Eu também amo você.
— Eu amo vocês dois.
— Eu amo a Wynn.
— Eu sei! Eu sei! Eu também!
— Eu amo a gente. Eu amo o 6X.
— Eu também... Eu amo a gente. Eu realmente amo.
— Eu acredito em nós.
— Nós vamos ficar bem.
— Wynn vai ficar bem.
— Nós todos vamos ficar bem.
— Você tem certeza?
— Tenho...
— Tenho certeza...
— Eu prometo...
— Eu juro...

# A CHEFE

Eram 3h24 da manhã em Tóquio quando o telefone ao lado da minha cama me acordou.

— Por favor, posso falar com Stella Angenue Simone Saunders, baixista do 6X?

— Quem é, porra?!

— Por favor, me desculpe. Quem eu sou não tem importância — disse uma voz feminina animada. — Estou ligando da parte de Wynn Morgan, baterista e letrista do 6X.

Eu acordei como se tivesse tomado uma ducha gelada no cérebro:

— Você o quê? Puta merda, quem é? É melhor isso não ser uma brincadeira!

Será que era eu mesma falando essas frases de filmes ruins?

— Não, isso não é um trote ou nenhum tipo de piada. Eu estou ligando para você porque você é o contato de emergência de Wynn Morgan.

Piores cenários possíveis passaram pela minha cabeça, desceram minha espinha dorsal e chegaram às minhas extremidades. Eu apertei meus olhos. Uma reza amorfa na minha cabeça: Por favor... Deus...

— Alô...?

O som vibrou no meu ouvido.

— Sim! Alô! Estou aqui...

— Estou ligando para dizer a você onde achá-la.

Achá-la? Oh, Deus! Achar o que dela? A trilha sonora para os piores cenários possíveis dizia a palavra "corpo", então eu apertei meus olhos novamente até que fogos de artifício desenhassem as imagens — estrangulada, mutilada, esquartejada...

— Achá-la... — disse eu.

— *Hai!* Ela estará esperando por você na entrada principal da Tóquio Disney na hora de abrir, exatamente às oito da manhã. Muito obrigada.

"Não", eu pensei. "Obrigada a você". E: "Por favor, esteja dizendo a verdade", e: "Wynn está viva".

Será que eu realmente pensei no fato de que ela estava morta? Caramba, o que não passou na minha cabeça nesses quatro últimos dias frenéticos? Eu até mesmo cheguei a cogitar que ela estivesse por trás de tudo, mancomunada com o HIPMACCC — nada muito difícil de acontecer, se você conhecer a Wynn. Apesar de todo o seu dinheiro, ela usa os mesmos caderninhos velhos para escrever e veste as mesmas camisetas surradas de bandas, e basicamente não tem nenhuma célula consumista em seu corpo. Então eu pensei que não — o 6X é o sangue da vida de Wynn: é o seu meio de se expressar, sua paixão, seu propósito. Kendall é a voz do 6X, A/B é os dedos, eu sou o cérebro, mas a Wynn é mais que o corpo, a imagem: ela é o coração e a alma dessa banda, e ela comeria sua bateria antes de desistir.

Mas tudo bem, tudo certo, ela está bem. Eu olhei para o relógio: 3h52. Mais quatro horas. Mais ou menos. Então o que eu fiz? Se algum desgraçado do HIPMACCC ia ser preso por causa disso, eu tinha que acordar Brian e os tiras o mais rápido possível. Mas e se a Wynn realmente simpatizasse com seus raptores, talvez o que ela quisesse era que eu apenas descansasse até logo antes de ela ser libertada na Tóquio Disney. Ou será que era alguma trama: Wynn vai estar muito longe do portão principal e o HIPMACCC espera que eu alerte as autoridades, então, quando todos estiverem olhando para o lado errado, eles botam em prática a segunda parte do que quer que seja seu plano. ARRRGH! Ficar pensando muito não estava me ajudando.

Então eu saí pelo corredor. Acordei o A/B. Ele pensou em alternativas por um tempo. Mas tudo que nós conseguimos decidir foi contar para a Kendall —para que serviu aquele abraço coletivo cheio de lágrimas do outro dia senão para aparar arestas e nos juntar novamente? Então, enquanto Kendall pesava os prós e os contras, oops, você sabe, toda essa loucura tem um preço e nós todos caímos no sono até que o sol entrou por uma fresta na cortina. Nessa hora, nós avisamos o Barney-san.

Barulho de sirene, luzes piscando, os melhores policiais de Tóquio foram para a versão oriental da casa do Mickey, e lá estava Wynn com a mesma roupa que o Potent Chiyoda a fez desaparecer. De volta ao hotel, nossa reunião foi discreta, o que era bom, já que tinha tanta coisa em jogo — ninguém queria um desfile com confete e trombones. É claro que a família da Wynn correu para vê-la e tinham todos aqueles policiais e depoimentos para serem dados e coisas assim. Eu, A/B e Kendall não tínhamos escolha a não ser esperar, nos sentindo como transeuntes com Gaylord e Peony ao nosso redor como se fossem nossos pais adotivos.

Mas, no segundo em que ela se livrou, Wynn veio até mim, e eu me separei dos outros, não muito, alguns passos, alguns quilômetros, sei lá. Eu olhei para ela como se estivesse com medo de olhar. Eu sorri como se estivesse com medo de sorrir e ela sorriu de volta da mesma forma.

— Cara...

O que eu podia dizer? Isso foi o que eu disse. Seus olhos não se moviam de mim.

— Eu sei — disse ela.

— Puta merda!

— Eu sei — repetiu ela.

— Está tudo bem com você?

Ela soprou a franja:

— Você sabe... eu não sei... eu quero dizer... eu acho que sim.

Então nós nos abraçamos e eu enfiei meus dedos em suas costas e a sacudi para a frente e para trás, e ela estava fazendo o mesmo como se nós nunca fossemos nos soltar.

# A GOSTOSA

O que aconteceu em Tóquio ficou em Tóquio. A maior parte, pelo menos. Se algo tem que ser registrado, aqui está a versão oficial, a que eu contei para a polícia. Entendam que eu não sou muito de mentir — não é que eu tenha inventado tudo para as autoridades. Mas ao mesmo tempo eu não discordo totalmente dos conceitos do HIPMACCC e não ia querer que eles fossem mandados para a prisão pelo que fizeram comigo.

Basicamente, eu desapareci. O chão da cápsula de papel do Potent Chiyoda se abriu e eu desci por um buraco. Uma queda, um escorrega e eu estava... não atrás do palco, mas abaixo do palco. Era escuro, mas não era totalmente um breu e cheirava como uma piscina indoor. Eu imaginei que eu tinha que ficar por ali para o PC me trazer de volta, mas quando aquela voz — de menina animada, mas ao mesmo tempo autoritária — me chamou no escuro, "Olá, Wynn Morgan! Por favor, me acompanhe?", eu obedeci.

Ela estava fantasiada, como um mascote de um time de baseball ou algo assim. Eu não reconheci o personagem ou mesmo o tipo de animal que era, e embora lembrasse um pouco a Hello Kitty — como fui idiota — não juntei os pontos. Como ela não estava usando a parte da pata da fantasia, esticou a mão na minha direção — cada vez mais curiosos, não? Um longo corredor, então a clara luz do dia. Uma van com um motorista e um passageiro no banco de trás também usando fantasias felpudas. Foi mais ou menos nessa hora que eu comecei a imaginar que aquilo podia ser um pouco estranho demais. A porta de trás se abriu e a minha acompanhante — um gamo, eu percebi, com pupilas dilatadas como o Bambi louco de heroína — fez um gesto me cumprimentando e pedindo para eu entrar. Nesse momento eu tinha que dizer alguma coisa:

— Hum, com licença, isso não é parte do truque, é?
— Com licença, não, não é...
— Eu não acho que eu devo...

A criatura da floresta tirou um objeto de metal de um bolso escondido.

— Você vai me machucar? — perguntei.
— Isso seria uma coisa muito desagradável — disse ela.

Então eu entrei, ao lado do que poderia ser um cachorro ou um esquilo, que me perguntou educadamente para eu deixá-lo me vendar. Eu ri alto — porque era engraçado, porque eu estava muito nervosa... bichos de pelúcia com armas automáticas.

Talvez tenham feito lavagem cerebral comigo; eu não sei. Eles não falaram comigo sobre a mensagem deles, seus... objetivos. Quantos? Om, Purin, Chococat, Deery Lou, a coisa que parecia uma galinha malvada, o macaco, um outro tipo de canino, a própria Hello Kitty — uns seis, sete. Eu li o discurso escrito para mim. Eles me deixavam usar o banheiro quando eu precisava (mas não tinha chuveiro — isso foi meio nojento). Sim, eles me deram sopa e cereais. Não, eu nunca vi nenhum deles sem fantasia. Sim, eles eram homens e mulheres. Não, eu não vi mais nenhuma arma.

Eu me acostumei a dormir em um tatame com um pequeno travesseiro de espuma que parecia um tijolo. Eu pensei muito — de quem eu ia sentir mais falta se eu nunca fosse libertada, e como eu me sentiria se nunca mais pudesse tocar bateria de novo; eu inclusive comecei a botar no lugar os problemas que estavam encostados no fundo da minha cabeça. Então, quatro, talvez cinco dias depois, eu fui instruída a botar a venda e — vrummm — nós fomos para a Tóquio Disney e essa é basicamente a história. Sem pedido de resgate ou nada do gênero — eles só queriam que as pessoas soubessem o que eles pensavam de uma maneira chamativa.

Agora eu estou de volta e todos estão em cima de mim. Minha mãe parece que envelheceu dez anos — uma indicação, eu imagino, do seu amor. Ela fica me dando uns tapinhas e uns beliscões para ter certeza de que eu sou real, então xinga os detetives por causa da sua incompetência. Eu imagino que ela vá se acalmar logo e começar a pesquisar spas de rejuvenescimento asiáticos; minha mãe tem um sexto sentido para pessoas que fazem maravilhas com carne de ostras e algas. Ainda assim, eu não quero ser mal-agradecida — foi muito legal ela e meu padrasto terem largado tudo e vindo até aqui. Meu pai de verdade também.

Só que o que é o amor nesse quarto? Tudo é a banda. É como aqueles sonhos bizarros onde você está tentando ir do ponto A para o ponto B, mas tem um monte de coisas no caminho. Eu tinha que lidar com a polícia, com meus pais, e também Brian, que estava segurando a imprensa, mas tudo que eu queria era ir até aqueles caras. E eu realmente queria, eu juro, vocês deviam ver os olhares! Alívio, claro. Como todo mundo, eles estavam felizes que eu não fui morta ou mutilada ou o que seja. Mas nos seus olhos tinha algo mais, essa... incondicionalidade. Essa coisa de não importa o que aconteça. Esse respeito. É claro que eles estavam loucos para saber o que aconteceu, mas se eu não dissesse a eles, não tinha problema. Eu não tenho que me explicar ou me expor, porque eles sabem que eu passei os últimos quatro ou cinco dias sendo eu mesma, e para eles isso basta.

Ou eu não sei de nada — eu poderia estar totalmente enganada e eles estavam todos me julgando, pensando que eu me portei como uma idiota e estavam envergonhados de ser da mesma banda que eu. Mas quando eu consegui me livrar da multidão, e a Stella e eu estávamos nos abraçando, eu não me sentia julgada e não me sentia estúpida, eu não sentia que devia me desculpar... por nada, nunca mais.

# A CHEFE

Nada como um bom seqüestro para deixá-lo no noticiário! Não, alto lá, ninguém estava mais desesperado que eu — eu estava surtando, verdade, morrendo de medo. Eu estou muito feliz que minha garota tenha saído dessa incólume e blablablá. Só que, como bônus, as vendas de *Bliss de la Mess* dispararam loucamente e finalmente até os britânicos metidos a besta estão entrando na nossa — e eu não acho isso ruim. Nós remarcamos os compromissos de Osaka, mas era uma insanidade total onde quer que nós fossemos; um tumulto na casa de shows onde a demanda por ingressos excedia seriamente a oferta. Nós ficamos grandes como o Godzilla no Japão e tivemos que adicionar mais dois shows.

O timing acabou ajudando porque agora nós fomos convidados para tocar em Glastonbury, um festival imenso no interior da Inglaterra. Mas antes temos uma semana em Londres para shows, imprensa e uma novidade: uma aparição no *The New Ones*. Isso é sério. *The New Ones* é uma refilmagem em apenas seis capítulos de *The Young Ones*, uma série de sucesso dos anos 1980 sobre quatro caras que moravam juntos durante a faculdade. A parte musical sempre acontece da mesma forma: um dos caras tem um problema e como caras típicos, ingleses ou não, lidam com o drama? Eles enchem a cara. Então a frase famosa de *The Young Ones* e agora também de *The New Ones* é alguma variação de "Vamos para o bar..." e, pronto, o convidado musical está tocando lá. O que aconteceu foi que nós acabamos tomando o lugar do Alien Baby — eles ainda não são muito populares nos Estados Unidos, mas são imensos aqui e eles foram originalmente convidados. Só que a trama é sobre Nicky, o personagem neurótico e anarquista, que finge o próprio seqüestro para chamar a atenção de uma garota, e sob a luz dos acontecimentos recentes, no que diz respeito à Wynn, bem, adeus Alien Baby!

O que foi hilário, sem contar que também foi controverso, é a forma como a Wynn foi incluída no roteiro, apesar de ela não ter uma fala. A cena do bar é para se passar na cabeça de Nicky enquanto ele pensa no seu crime. Wynn entra, se inclina sobre a mesa e cochicha no seu ouvido. Então ele estala os dedos e fala "Vou fazer isso", enquanto Wynn se senta e começa a tocar "Hello Kitty".

A experiência toda foi ótima desde o início, pois o elenco nos fez sentir bem-vindos e queridos. Nós chegamos cedo então pudemos assistir a uma parte da filmagem, entrar no clima de *The New Ones*. Eu tenho que dar o braço a torcer por ter idéias preconcebidas dos ingleses como rígidos e caretas, mas a vibração no set era o contrário. Caramba, os cacos que os atores incluem eram melhores que o roteiro e os erros de gravação eram ainda melhores — esses caras são hilários. O dia estava indo tão bem que eu não esperava que nada ou ninguém estragasse meu humor. Então apareceu a Kendall. Ela estava bem a manhã inteira, mas quando começaram a ensaiar a parte da Wynn, ela ficou estranha.

Quer minha opinião? Ela não consegue lidar com toda a atenção que a Wynn está recebendo desde Tóquio, apesar de ela não poder reclamar publicamente. A menina foi seqüestrada sob a mira de uma arma, certo? Até mesmo a Kendall deve perceber que não pegaria bem ela fazer papel de diva, exigindo aparecer mais na filmagem ou ficar emburrada e estragar a nossa performance.

Não, a sua esquisitice é mais sutil. Eu provavelmente nem notaria sozinha, só que, na verdade, não tem graça para mim ver o elenco de *The New Ones* babando ovo da Wynn também. Então eu olhava para outras coisas que estavam acontecendo — e eu vi a Kendall enchendo a pança como se não houvesse amanhã. Se fosse uma vez ou duas, um segundo bolinho ou algo assim, não seria nada demais, mas ela estava indo com tudo. Na hora do intervalo do almoço, as coisas saíram do controle — olha, eu como bastante, nós todos comemos, mas quanto mais os rapazes ingleses babavam pela Wynn, mais a Kendall enchia o seu prato. Wynn estava muito ocupada se defendendo de atores para perceber e o A/B também estava ocupado. Aquela modelo inglesa, Cate Fern? Ela tinha uma ponta como o objeto do desejo de Nicky e ela estava lá descascando uvas e conversando com A/B, o que sem dúvida aumentou a frustração da Kendall.

Então eu fiquei assistindo a ela, aquele pequeno trem descarrilado, até que algum mecanismo dentro dela foi acionado e ela parou praticamente no meio da mordida e pediu licença. E eu tinha que saber, certo? O assunto do distúrbio alimentar da Kendall nunca mais veio à tona depois de Seattle — como se a falta de Britt Gustafson de alguma forma a tivesse curado. Mas eu não podia me enganar mais. Eu tinha que confirmar. E não era apenas fascinação mórbida. Doía pensar na Kendall fazendo aquilo consigo mesma. Deve ter algo a ver com estar apaixonada — todos esses traços de humanidade ou o que seja aparecendo em mim. Porque toda aquela coisa piegas da gente junto em Tóquio, quando a Wynn estava sumida, aquilo não foi besteira, com certeza. Então eu segui Kendall na surdina até o banheiro e escutei por mim mesma.

# O GAROTO

Ah, as cores! Eu não estava doidão quando chegamos no local do festival e a paisagem se transformou de variações de verde em um arco-íris gigante entre as montanhas. Nós todos ficamos boquiabertos e demorou um minuto para perceber que o que estávamos vendo eram acres e acres de barracas coladas umas nas outras. Aparentemente, fãs de rock britânicos, assim como outros amantes da música de toda a Europa que se encontravam em Glastonbury, não eram avessos a acampar.

Nós, claro, o talento, desfrutamos de acomodações melhores. Nosso ônibus alugado é o primo inglês do MondoCruiser. E a área VIP é um verdadeiro quem é quem. Exceto o Coldplay, que vai chegar de helicóptero para seu set e voar de volta imediatamente depois, todo mundo sobre quem você leu na NME está por aí. Eu fiquei um pouco — tudo bem, bastante — impressionado com tantas estrelas, mas era realmente um banquete do rock esse festival. Olha, os Gorillaz! E o Franz Ferdinand! The Streets! The Darkness! Aquele baterista monstruoso de um braço só do Def Leppard! A Kylie Minogue de papo com uma ex-Spice Girl. Oh, Deus! John Lydon, por favor, senhor, posso beijar a barra da sua calça, senhor. Se esconde, é o Alien Baby — não tem por que encontrar com eles caso ainda estejam chateados com o que aconteceu com *The New Ones*. Nós não somos os únicos americanos aqui — os Snooks, Kings of Leon, Churnsway e os White Stripes estão nos representando orgulhosamente. Assim como bandas de tecno da Bélgica, grupos de black metal da Suécia, artistas marroquinos, malaios e ganenses. Além de um exército de namoradas e acompanhantes — modelos, herdeiros da família real, estilistas e editores de revistas e apostadores profissionais. Guarda-costas, claro. E toneladas de pequenas crianças, babás e cachorros.

Eu tive que piscar cinco vezes para ter certeza de que não estava tendo uma alucinação. Joss Stone, Joan Osbourne e Joni Mitchell, as três conversando. Três gerações de euforia vocal feminina! Então Joss viu a Kendall e acenou para ela. Jogando o cabelo, Kendall segurou minha mão e me levou com ela. De alguma forma um pé seguiu o outro e eu fiquei lá na presença da grandeza, a personificação da beleza. Se as quatro resolvessem fazer uma jam, eu cairia morto com um aneurisma de prazer sonoro. Um imenso toldo branco balançava com a brisa, o céu era de um azul incrível e o sol era o melhor amigo que eu já tive, então, se eu caísse morto, já estaria no paraíso.

Naturalmente, eu mal podia falar, e apesar de Joss, Joan e Joni serem bem tolerantes comigo, elas não ligavam se eu falava uma sílaba ou não — elas queriam falar com alguém que fosse uma delas. Uma sereia. O tipo de garota que pode fazer paredes caírem, que pode cantar canções de ninar para o leão deitado ao lado do carneiro, que pode dar à paz não apenas uma chance, mas uma boa vantagem — simplesmente abrindo sua boca.

Kendall. Kendall Taylor. Srta. Kendall Taylor. A Kendall Taylor.

Como eu posso ter pensado nela como apenas Kendall, Kendall sem noção, algumas vezes Kendall a boba, até mesmo a meio irritante Kendall? Eu a estava vendo pela primeira vez, vendo como ela realmente é. Uma desse quarteto de rainhas fez uma observação engraçada e elas riram — no tom certo, uma harmonia de quatro partes. Seus rostos se levantaram para o céu aberto e suas gargantas, pássaros brancos batendo asas nas montanhas, deixaram sair essa incrível e descuidada pureza cristalina. Um garçom passou com uma bandeja de champanhe. Não, eu acho que vou passar. Já estava intoxicado.

# A VOZ

Seria um milagre? Um curso natural dos eventos? Eu simplesmente agradeci a Jesus! Finalmente, finalmente, finalmente... A/B veio até mim.

Eu senti uma mudança nele durante nosso set em Glastonbury. Algo na forma como ele se movia em volta de mim — ele ficou repentinamente tímido, mas inquisitivo como um potro selvagem enquanto eu segurava uma maçã. Quando ele se aproximou de mim para cantar, eu juro, ele ruborizou, então foi para o outro lado do palco, cabeça inclinada, os cachinhos balançando enquanto seus dedos desapareciam na guitarra. É claro que a pequena parte em mim com pouca fé tentava negar que aquilo estivesse acontecendo, mas a maior parte, a parte que sabe que A/B e eu nascemos um para o outro, a destruiu como uma onda gloriosa. O sol estava se pondo quando começamos nosso show e no final Vênus estava brilhando para mim, certamente o olho de Deus. Minha voz — bem, eu não quero ser convencida, mas a minha voz impressionou até a mim mesma. Era algo novo, exultante como nunca antes, e a vitória na minha voz botou fogo no meu corpo, me deu a liberdade e a graça de uma verdadeira dançarina. E, bem, meu Deus, eu já trouxe a casa abaixo antes, mas aqueles aplausos que iam crescendo faziam as montanhas balançarem e o céu tremer. Ainda assim eu estava em paz com o furor que eu tinha criado.

Depois, no camarim, eu recebi a veneração de uma maneira muito normal como se eu estivesse tomando um banho numa chuva de verão. Wynn e Stella foram as primeiras a vir até mim:

— Garota, você estava pegando fogo! Estou falando de queimaduras de primeiro grau! Tão sério que pode ser fatal!

— Meu Deus, Kendall, sério, eu juro, você é tão incrível! Passa a mão no meu braço. Olha o arrepio!

Elas duas estavam me abraçando e eu as estava abraçando de volta. Um sentimento tão maravilhoso. Eu sempre soube que Stella e Wynn respeitavam meu talento, mas essa noite não era só um elogio superficial, era de dentro e me confortava no meu interior também. E eu preciso disso. É a coisa mais estranha, mas quanto mais fama eu tenho, mais eu temo que isso tudo seja tirado de mim. Então eu me soltei das minhas meninas para poder atender às outras pessoas que me cercavam para me cumprimentar na área aberta do camarim. Era um conto de fadas; eu era a princesa, minha cabeça inchada de bondade e caridade e simplesmente qualquer qualidade nobre e cristã na qual você possa pensar.

Mas mesmo assim... mas mesmo assim... onde está o meu príncipe encantado? Eu o encontrei encostado a uma árvore, olhando para mim. Para onde quer que eu fosse no camarim, lá estava ele — às vezes sozinho, às vezes o centro de sua própria roda. Ele estava sempre a alguns metros, perto, mas ao mesmo tempo não o suficiente. Seus olhos nunca me deixavam até que ele me via olhar na sua direção. Então ele rapidamente olhava para outro lado. Isso se tornou um jogo que eu jogava enquanto meio que escutava os meus fãs — o objetivo era fazer A/B olhar nos meus olhos, embora eu sentisse um doce, doce prazer toda vez que ele desviava o olhar. Finalmente, à medida que a multidão começou a se dissipar, seus olhos tomavam os meus por alguns segundos de uma intensidade que doía. Tinha uma fumaça, um brilho escuro e pulsante que eu lembro da vez quando ele me desafiou a tocar um mi menor pela primeira vez — mas ao mesmo tempo era hesitante, como se A/B estivesse com medo de soltá-lo.

De repente eu quase senti pena dele. A/B teve uma revelação e agora não tinha certeza de como lidar com isso. Oh, como eu queria correr até ele, dizer a ele que estava tudo bem, confortá-lo. Mas não. A/B tem que vir até mim. Então eu o convidei com meu sorriso — doce, ciente, paciente — e me virei para falar com outro fã, mais um beijo no ar, outro elogio... até que lá estava ele:

— Kendall...

Seus lábios estavam cheios e vermelhos, como se ele estivesse os mordendo. Seus olhos não podiam controlar seus sentimentos:

— Você... uau... hoje à noite...

Ohhh, ele não é o cavaleiro mais articulado nesse reino!

— Sim...?

Droga, eu não consegui me segurar — eu queria facilitar as coisas para ele.

— Foi um ótimo show — disse eu.

— Claro, mas... não só o show, eu não sei — disse ele olhando em volta (quem estava aqui, quem estava escutando, quem liga?). — Kendall, olha, eu só quero que você saiba... talvez eu não demonstre isso, mas eu estou ciente... totalmente ciente... eu sei como você é maravilhosa.

Meus dedos flutuaram até minha boca, mas tudo que eu disse foi:

— Obrigada, A/B.

— Eu não sei por que, todo esse tempo... — continuou ele.

— Todo esse tempo?

— Todo esse tempo eu fui um idiota, mas agora é impossível, eu não consigo...

Eu sorri:

— A/B, por favor, não ouse falar impossível. Eu sei uma coisa ou outra sobre você também. Eu sei o quão maravilhoso você é. Eu sempre soube, desde o momento em que você entrou naquele estúdio de ensaio velho e fedorento. Você é Abraham Benjamin Farrelberg, e você é capaz de fazer qualquer coisa — disse eu quase sem conseguir respirar — você... pode fazer qualquer coisa... que você queira.

Agora ele sorriu, mas só um pouco. Aquilo era muito importante, como nós dois sabíamos.

— Eu posso? — disse ele pedindo permissão, mas antes que eu pudesse dar a permissão, seus dedos já estavam apertando os meus.

— Sim — disse eu a ele, o convidando, dando certeza a ele.

Então eu levantei o queixo, fechei os olhos e recebi seu beijo.

# PARTE CINCO

## Uma banda americana

"We're coming to your town, we'll help you party it down..."
(Nós estamos indo para a sua cidade, nós vamos ajudá-lo a fazer a festa...)

— Grand Funk Railroad

WANDWEILDER WORLDWIDE
The Petri Dish for Talent
Para: Keith Leider/Universe Music
De: Brian Wandweilder
CC: Tryst Freed
Assunto: 6X etc...

Keith,

Obrigado pelos charutos cubanos, cara! Sim, nossos garotos tomaram o Oriente e o Continente; vai ser bom tê-los de volta em solo americano.

Estamos em negociações para várias potenciais turnês de verão, mas precisamos falar sobre o próximo single/vídeo — "Bliss" ainda vai muito longe, meu amigo. Será que é a hora para uma balada? "Real Dad"? O que você acha?

Outras notícias: dois novos nomes sob as asas da WandWorld — estou lhe dando essa dica em primeira mão. Demos seguem em anexo. Você vai querer mandar seus olheiros correndo — vamos armar um showcase para os dois na semana que vem. A banda é barbada, tiro certo: Snooks misturado com Ayn Rand com uma pitada de The Damned. Já o artista solo, tenha medo... tenha muito medo. Esse jovem rapaz é o futuro. Vamos lá, Keith, mostre o formador de opinião que você realmente é!

Nos falamos em breve,

Brian Wandweilder
BW/sc

620 Avenue of the Americas Suite 2003  NY NY 10011

## A CHEFE

Bem quando você achou que era seguro voltar para o Brooklyn, né? Depois de uma sessão de fotos *soft-porn*, *space cakes* de chocolate holandeses, seqüestro terrorista, documentação de disfunções alimentares e sucesso no exterior com direito a histeria, tudo que eu queria era meu lar, doce lar. Quero Coney Island e pizza do Gino e o colchão no chão do apartamento do meu homem. Para mim está bom demais. Eu merecia isso. Mas eu ganhei isso? Diabo, não!

Não que eu achasse que eu ia me esquecer de tudo. Vocês me conhecem — estou sempre ligada. Enquanto a banda estava passeando por terras estrangeiras, nosso empresário estava jogando redes e mexendo os pauzinhos. E eu estava mais do que pronta para estudar as ofertas — turnês, patrocínios, o que fosse. Sem contar com dar uma força para a carreira do Didion. Sem dúvida que tudo estava indo de acordo com o plano, mas não tem nada de errado em aparecer e fazer uma pressão. Fazer jus àquela coisa de por trás de todo grande homem existe uma grande mulher. Também na agenda, um delicado — apesar de desagradável — assunto tinha que ser tratado, e não tinha outra hora para isso. Mesmo a 35 mil pés de altitude.

— Ei — falei batendo com o misturador de bebida no livro da minha companheira de assento —, é bom?

Wynn olhou para mim e deu um sorriso rápido:
— Ah... você sabe. Haiku é meio brega, mas bonito ao mesmo tempo, a simetria simples da forma e...

Como se eu quisesse entrar em um debate sobre Basho!

— Olha, tem algo sobre o que a gente tem que conversar... eu só preciso ter certeza, considerando tudo, que você está bem. Que você não está apenas fingindo que está legal. Nenhum pesadelo residual do seqüestro?

Ela levantou a mão como se estivesse fazendo um juramento de escoteiro:

— Eu aqui atesto minha saúde mental... ou pelo menos que não houve deterioração pós-seqüestro na minha saúde mental.

Eu tentei olhar sério para ela.

— Pára, Stella, eu estou bem — insistiu ela. — De qualquer forma você não pode me provocar dessa forma. Então, por favor, fale o que você tem para falar. Eu fiz algo idiota?

— Não é você. Olha, eu vou apenas dizer — disse, abaixando a voz para assegurar que ninguém estivesse escutando. — Lembra do problema da Kendall? Aquele que nós esperávamos que fosse embora uma vez que nós a tirássemos das garras de Britt Gustafson? É, bem, adivinha quem eu ouvi botando os bofes para fora na cabine do banheiro do estúdio da BBC.

Wynn engoliu em seco, piscou e soprou o cabelo de seu rosto:

— Merda!

— Exatamente — concordei.

— Então estamos de volta à estaca zero — disse Wynn desanimada. — Eu não sei, acho que eu realmente queria acreditar que suas novas proporções fossem apenas uma conseqüência natural da adolescência.

— Não tem nada de natural nisso — disse eu — e isso tem que parar. Sem querer ser fria, mas isso não é apenas problema da Kendall; isso pode ter ramificações sérias para a banda. Então nós temos que nos mexer. Existe tratamento para isso, certo? Algum desses de 12 etapas ou algo assim.

— É claro que tem Stella. Mas como nós vamos colocar a Kendall no programa? Vamos convencê-la que a clínica é uma promoção de uma loja de sapatos?

— Bem, eu não cheguei nessa parte ainda. Problemas emocionais são a sua especialidade.

Wynn concordou com a cabeça:

— Certo... bem... eu acho que nós temos que contar tudo para Peony... e possivelmente, provavelmente, nessa altura, para a mãe da Kendall.

Eu não disse "urgh!" mas eu devo ter pensado alto o suficiente.

— Não se preocupe, eu vou falar com a P — disse Wynn —, e se nós tivermos que falar com a Sra. Taylor, nós podemos deixá-la fazer isso...

E ela saiu pelo corredor até Peony e Gaylord. É uma boa coisa eu saber delegar. Eu liguei meu iPod e relaxei até o avião descer no aeroporto Kennedy. Didion estava esperando na área de retirada de bagagem. Eu me joguei nos seus braços e ele me rodou como num comercial ruim de colônia barata, mas não liguei. Ele estava me cobrindo de beijos e falando coisas sem sentido com aquela voz grave e aquele sotaque sulista. Depois de um tempo, ele voltou a falar palavras que eu conseguia entender... mas eu preferia não ter entendido.

— Eu preciso que você conheça alguém, querida — disse ele.

E lá estava aquela menina. Aquela loura. Aquela loura de *dreadlocks*, na verdade. Estava usando óculos escuros dentro do terminal, mas os tirou quando viu que estávamos olhando em sua direção e os botou dentro da bolsa, uma bolsa que parecia uma bolsa do ano que vem, uma bolsa que custava mais que dois meses de aluguel de Didion.

— Stella, essa é Tryst Freed...

A piranha devia ser forte — de outra forma como ela poderia levantar uma mão com tanta platina?

— ...minha nova empresária.

## A VOZ

Panquecas... panquecas... panquecas...
Minha mãe está falando sem parar sobre coisas de imobiliária — condomínios *versus* cooperativas, metragem quadrada, vistas para o rio e eu estava realmente interessada, juro. Ela está levando a sério a procura por apartamentos — uma grande mudança nas nossas vidas envolvendo muito dinheiro. Só que eu mal conseguia acompanhá-la. Eu não tenho certeza de quando essa voz irritante se mudou para dentro da minha cabeça, mas ela é realmente insistente. E ela só fala de comida — comer comida e se livrar da comida. Eu tentava espantá-la como uma mosca, mas essa mosca está presa na calda...

*Calda... calda... calda...*

Droga! Eu sou Kendall Taylor; eu sou uma estrela com assuntos importantes para pensar, como minha carreira e meus investimentos e o doce, doce garoto que está finalmente pronto para me trazer seu amor. Então, sério, quem é que manda aqui? Por que eu não consigo priorizar?

*Panquecas... panquecas... panquecas...*

Agora minha mãe estava realmente fazendo panquecas. Nós estávamos em nossa casa de New Jersey; eu estava encostada à bancada da cozinha em meu robe, um pouco cansada do vôo, mas convencida de como nós conquistamos a Europa e o Japão, e especialmente Glastonbury. O interior da Inglaterra é tão bonito. Talvez um dia o A/B e eu possamos passear por lá, apenas nós em um Jaguar no lado errado da estrada. Talvez — eu ousaria dizer isso? — na nossa lua-de-mel. Isso ainda está muito longe, mas está na minha mente, pedindo para ser ouvido sobre os murmúrios intermitentes de...

*Lingüiças... lingüiças... lingüiças...*
— Ahh! Concentração, Kendall! — disse para mim mesma.

Sim, casar com A/B ainda está distante e nós temos muitos obstáculos para superar. Glastonbury significou tanto para nós dois, mas A/B e eu não discutimos o que, exatamente. Nós somos namorados agora? Quando ele vai terminar com a Edie? Porque ele deve — não seria certo ele simplesmente nunca mais ligar para ela. E quando nós vamos falar sobre Jesus? Porque nós só poderemos ter esse futuro quando A/B aceitá-Lo.

Eu não mencionei nada disso no avião na volta para casa; eu estava feliz de apenas sentar ao seu lado com nossos braços se encostando ocasionalmente, sorrisos doces ocasionalmente trocados. Assistir ao filme... bem, eu assisti ao filme enquanto A/B estava apagado — ele é tão lindo quando está dormindo! Tentar cochilar ao seu lado é infrutífero — só de pensar nisso eu fiquei tão excitada que só conseguia fechar meus olhos e fingir, então desisti e devorei silenciosamente todos os chocolates na minha bolsa antes de ir até o lavatório.

Nós já chegamos há alguns dias agora e eu estou esperando — paciência é uma virtude! Amanhã nós temos uma reunião da banda e então A/B vai me dar uma aula de guitarra e... quem pode dizer? Oh, você pode achar que eu estou desesperada por um encontro de verdade, mas eu cheguei à conclusão de que essas coisas são para as pessoas normais. O povo do rock, nós somos mais espontâneos.

Minha mãe colocou algumas lingüiças ao lado de uma pilha de panquecas.

— Querida, tem certeza que não quer ovos? — perguntou ela.

*Ovos! Ovos! Ovos!*

"Eu tenho que desafiar você, pequena voz!", insisti para mim mesma.

— Não, mãe, está ótimo — disse para ela.

*Manteiga... manteiga... manteiga... Calda... calda... calda...*

Eu botei um monte de manteiga e joguei um monte de calda e comecei a devorar agradecendo com minha boca cheia.

— LuAnn Kendall Taylor! — gritou minha mãe. — O que está acontecendo com você?

Ih! Esqueci de rezar.

— Desculpa, mãe, é só que está tão bom, eu...

— Foi isso que você aprendeu na estrada? Como agir de forma ingrata?

Fazendo cara de desaprovação ela se sentou à minha frente com sua própria comida.

— Não, senhora, não mesmo! Eu sempre rezo. Só que hoje, eu acho que a diferença no fuso horário me pegou e me deixou toda desorientada. Além disso — falei olhando para ela — você sabe que faz as melhores panquecas do mundo!

Agora ela fez uma cara de quem não acreditava e abaixou a cabeça para rezar.

— Eu aposto que você não comeu nada lá — disse ela — o que é um café-da-manhã japonês? Eu não consigo imaginar. Você acabou perdendo mais uns três quilos lá. Foram quatro. Mas eu apenas concordei.

— Bem, essas são duas razões a mais para eu tomar conta dos seus negócios: me assegurar que você reze e coma bem quando viaja — disse ela. — Eu realmente tenho que falar com Peony sobre isso. É claro que você está linda, querida, mas você não quer perder muito peso. Do jeito como você corre de um lado para o outro no palco, você precisa de sua energia.

*Mingau de milho? Mingau de milho? Mingau de milho?*

— Você fez mingau de milho?

A pequena voz estava certa. Nada balanceia tanto doce e gordura como algo salgado.

Minha mãe se levantou com um suspiro:

— Vai ter que ser do semi-pronto, a não ser que você esteja preparada para esperar vinte minutos.

Ela foi até o armário e começou a fazer o mingau, então botou mais uma concha de massa de panqueca para fazer. Eu limpei meu prato, depois fiquei um pouco impaciente. Então botei um pouco de manteiga no meu dedo, joguei um pouco de calda por cima e lambi. Isso me fez dar uma risada; é horrível de uma certa forma — esses maus modos — e eu não tenho certeza do motivo de estar fazendo aquilo, mas ao mesmo tempo tinha algo prazeroso nisso, como entrar num transe.

Minha mãe botou mais comida para mim e eu caí de boca. Engraçado, eu nunca mais me sinto cheia. Não é minha barriga que me diz para parar: é meu cérebro. Meu Deus, eu como e como até que: ding! Então eu espero as coisas acalmarem — simplesmente dou um tempo, como se nada tivesse acontecido. Eu dei um abraço na minha mãe e agradeci a ela. Limpei a mesa. Olhei para o relógio enquanto minha mãe falava mais algumas coisas para mim. Me espreguicei, bocejei, e disse que estava na hora de tomar uma chuveirada. Desci o corredor até o banheiro cantando. O tempo todo meu coração batia forte e minha cabeça dizia:

*Se livre disso! Se livre disso! Se livre disso!*

Abri a água forte para fazer barulho. Ajoelhei no azulejo. Segurei meu cabelo. Rápido!

Humm! Bem melhor. Mas assim que eu terminei, adivinha quem voltou? Aquela voz insultante e insistente.

*O que será agora...? Taco Bell? Oreos? Cereais? O quê?*

# O GAROTO

Como antigos ditados se fixam no vernáculo quando ninguém sabe o que eles significam de verdade? Casa de ferreiro, espeto de pau. Quem espera sempre alcança. O que quer dizer isso?! Cabeça vazia é a oficina do diabo. Quem escreve essas coisas?! Aqui vai um para vocês: a terceira vez é o encanto. Ah, não é bem assim, meu bom homem. Eu já beijei Kendall Taylor três vezes e eu não me sinto encantado — eu me sinto amaldiçoado.

Dessa vez, quando beijei a Kendall, não foi um acidente. Ela não mexeu seus pauzinhos para isso — eu nem mesmo posso botar a culpa na maconha! Dessa vez eu a beijei porque queria; eu a queria. Eu a estava vendo a noite toda, e naquele momento ela era minha. O ar estava frio, mas eu estava sentindo a minha pele quente; as estrelas diziam "Vai! Vai! Vai!". Eu peguei sua mão e tomei sua boca, eu a beijei e ela me beijou de volta, e deixe-me dizer que ela pode não ter muita experiência mas ela sabe como beijar — ela sabe como me beijar. Não muito forte, não muito suave, mas... cedendo para mim. Se abrindo para mim. E se abrindo cada vez mais.

Nossa proximidade àquela enorme árvore com flores roxas trabalhou em meu favor — oferecia alguma privacidade então nossa demonstração de afeto em público não foi muito pública, além disso, à medida que o beijo foi ficando mais veemente, eu a encostei contra o tronco e ela deixou, e eu estava muito perto de me empolgar quando uma das estrelas sábias deve ter me trazido de volta o bom senso, me lembrando que ninguém se empolga com Kandall Taylor. Então, enquanto eu me afastava, uma rajada de vento balançou a árvore e fez um monte de flores cair sobre nós como flocos de neve de seda roxa. Os olhos da Kendall brilhavam enquanto ela tirava uma pétala do meu cabelo e eu pensei que podia acabar desmaiando.

Certo, mais um ditado para vocês: A lembrança é sempre perfeita. Ha! Ou mais como HAHAHAHAHA! A lembrança é tudo menos perfeita. A lembrança tem indigestão. A lembrança tem soluços. A lembrança precisa de terapia; a lembrança precisa de remédios — doses cavalares, cara. Porque eu tenho as lembranças agora — eu não estou no camarim aberto do festival de rock no interior da Inglaterra, mas no jardim cercado da casa da minha namorada em Oceanside — e eu gostaria muito de dar um tiro na minha cabeça. Eu me juntei ao clube de Jonathan Richman e Vinnie Barbarino quando eu lamentava internamente: eu estou tão confuso.

Porque eu amo E/D. Eu amo. Ela é inteligente e corajosa, e ri de mim nos momentos apropriados. Nós temos coisas em comum, coisas básicas: ela é uma membro da tribo, então tem essa coisa de judeus, e tem toda a rejeição dos subúrbios metidos a besta, mas tendo isso dentro de você, desenhado em você... como uma tatuagem. Ah, merda! Uma tatuagem. Eu tenho E/D em mim e ela me tem nela. Então eu a amo, eu tenho que amá-la, certo? Ela possui todos os atributos que eu já listei e mais

— olhos verdes e integridade e pintinhas e talento... bem, um pouco.

Sim! Não! Sim! E/D tem talento. Mas Kendall... Kendall tem **TALENTO!**, o que pode ser o motivo dessa maldição. Pode ser a coisa na Kendall que eu preciso beijar, abraçar e tocar. Gente do ramo artístico é atraída para outras pessoas do ramo. Mas se a arte dela escapa de você... é claro que eu consigo fazer um doo-doo-doo aqui e um la-la-la ali, mas eu não sou cantor, então é puro instinto ver aquilo, sentir aquilo, devorar aquilo. Particularmente quando a arte dela complementa a sua — a traz à tona, a ajuda a brilhar, a instiga a melhorar. Talento, o encanto definitivo.

Certo, certo. Então o fato de eu ter beijado a Kendall não tem nada a ver com seus longos cabelos negros ou seus sapatos de salto alto, ou seu doce sotaque sulista, ou com a forma como ela tem comprado essas roupas incríveis que fariam até a diretora da sua escola parecer uma gata.

E o fato de eu ter beijado a Kendall não tem nada a ver com essas outras mudanças, as que não são físicas, ela se transformando de um simples dia de sol em um clima decididamente mais turbulento, complicado, e imprevisível.

O fato de eu ter beijado a Kendall não tem nada a ver com o fato de que eu beijar a E/D é fácil demais.

O fato de eu ter beijado a Kendall não tem nada a ver com eu ter decidido, em algum lugar remoto da minha mente, procurar aquele tesouro que esconde uma má idéia, o famoso problema com garotas...

## A GOSTOSA

É uma festa do pijama! É uma intervenção! É uma festa do pijama e uma intervenção! Na verdade, eu estou chamando de festa do pijama para garantir a presença da nossa convidada de honra — a, sei lá, *intervida*? Está sendo difícil para mim já que uma das minhas principais aliadas — a que me colocou no modo "deve fazer algo" — tem seus próprios problemas. Stella vai participar, mas graças à situação com Tryst Freed, ela não está ajudando muito no departamento de planejamento.

Tryst Freed, a mais nova empregada da Wandweilder WorldWide. Uma verdadeira figurona. Aparentemente, enquanto estávamos na Inglaterra, Tryst tentou roubar Didion do Brian, então Brian roubou Tryst da Magnitude Management, sua antiga empresa. Arrumou um escritório melhor para ela, um salário melhor, uma conta para despesas melhor — e o cliente que ela estava tentando levar. Bom para Tryst. Bom para o Brian também já que na mesma época em que ele trouxe o Didion, ele trouxe também o Boy King para o grupo. E o Boy King vai ser fácil de vender; Didion, bem, ele é um gênio e totalmente original — em outras palavras, difícil de vender. Tryst vai cuidar só de Didion; fazê-lo vendável é o seu desafio, e ela parece ser uma mulher que vence seus desafios. Então, bom para o Didion. Bom para todo mundo, menos Stella, que não confia na Tryst, odeia tudo que Tryst fez para Didion até agora — como fazê-lo aposentar os ternos do avô e usar novas roupas feitas sob medida. Por que a Stella está encrencando com isso é um mistério para mim — apesar de ser rata de brechó, ela não deixa de gostar de se vestir bem.

— Ei, gente! Vocês estão livres na sexta?

Nós estávamos guardando os equipamentos depois do ensaio, que voltou ao ritmo normal de um a cada duas semanas, e eu estava jogando a armadilha. Eu esperava estar sendo sutil o suficiente.

— O que quer que seja, eu não posso. Eu tenho uma coisa, uma coisa de família, com minha família! — disse A/B com aquele jeito nervoso que o acompanha ultimamente.

— Na verdade, A/B, desculpa, mas você não está convidado. É só para meninas.

Stella fechou seu case de baixo com cuidado.

— É? Que tipo de coisa para meninas? — disse ela, soltando sua fala espontaneamente.

— Uma coisa de meninas da Malinka.

Essa parte era verdade, então eu não fiquei nervosa.

— Vocês sabem que ela está em Nova York para aquele grande torneio, Forest Hills. Eu vou ao seu jogo amanhã.

— Sim, ela tem ganhado, não? Eu ouvi no noticiário — disse Stella.

— Sim, ela é imbatível, mas é um saco ser ela de uma certa forma. Quando ela está competindo não a deixam comer uma balinha de menta sequer; ela nem pode ficar acordada para ver TV. Eu juro que seu treinador é parente de Stalin. Mas, depois de Forest Hills, ela vai ficar um tempo sem jogar, então nós vamos comemorar. Na minha casa, todo mundo vai dormir lá.

Agora nós tínhamos que colocar a isca no anzol.

— Todo mundo vai dormir lá? — disse Stella — Nós temos 12 anos de novo?

Kendall concordou.

— Meu Deus, Wynn, isso realmente parece infantil. Além disso, se nós sairmos em algum lugar na cidade o A/B pode ir...

— Não, eu não posso; já disse que eu tenho essa coisa...

— Bem, se nós dormirmos todas lá, vocês estarão fazendo um grande favor para a minha mãe. E se vocês fizerem um grande favor à minha mãe, eu vou ficar devendo para sempre a vocês.

— Do que você está falando? — disse Stella aproveitando a deixa.

— Minha mãe está organizando um evento para juntar fundos na nossa casa no próximo mês e ela está perdendo a cabeça; ela ainda não contratou um bufê. Então ela quer que nós sejamos as cobaias.

— Sua mãe vai servir um bufê na sua festa do pijama? — disse Stella olhando para o teto. — Caramba, os ricos são realmente diferentes.

— Ah, cala a boca — disse eu —, a comida do Didion te deixou tão mimada que você vai recusar um bufê cinco estrelas? Sem contar nos dois chefes de doces que minha mãe vai botar para duelarem mano a mano.

Stella fez um gesto de desprezo.

— Tanto faz. Eu estou tão irritada com o Didion nesse momento que eu vou gostar de uma noite só com as meninas. Esquece, eu não vou nem dizer a ele aonde eu vou; vou apenas sair.

— Não adianta ficar tão ressentida...

— Quer saber, Wynn, se eu quiser conselhos sobre relacionamentos, eu pergunto para alguém que tenha tido um relacionamento.

— Ei, vocês — mediou Kendall. — Vocês não vão querer brigar antes do que parece ser uma festa realmente divertida.

Dentro de mim eu gritei: "Sim!"

# O GAROTO

Eu, um pegador malicioso e sorrateiro? De jeito nenhum! Eu só estou pensando se é estritamente necessário terminar com a E/D. Espera, espera — escuta o que eu tenho para dizer. É verdade, eu tenho sentimentos pela Kendall, mas isso não significa que meus sentimentos pela E/D foram embora pelo ralo. E apesar de a Kendall e eu termos nos beijado, um beijo significa trair? Afinal de contas, em termos de intimidade física, Kendall promete ser bem complicada — aquela coisa cristã de virgindade. Então, se a E/D é a única garota com a qual eu realmente estou fazendo sexo, eu estou magoando alguém por simplesmente permitir ocorrer uma fotossíntese emocional com a Kendall? Por que provocar uma grande cena se com o tempo as coisas podem se resolver sozinhas? Porque o tempo é definitivamente um fator nesse caso — opções para turnês de verão estão definitivamente pendentes; E/D vai começar a faculdade no outono — na New Paltz, onde, por sinal, seu grande amigo Aaron, o *poseur* dos lírios também vai entrar.

Me ajude, por favor, alguém! Um empurrão para a direção nobre ou um desvio para me deixar irrevogavelmente perdido. A pergunta é: com quem eu falo? Moth vai justificar qualquer e todas as razões para não dar o fora na E/D enquanto deixo a coisa com a Kendall se desenvolver. Sem pestanejar, ele vai citar as mesmas razões que eu já expus, e ainda vai acrescentar algumas de gosto mais duvidoso — como o fato de eu ser um rock star de 18 anos e que eu deveria me portar como um, assim como a infame sabedoria francesa. Eu consigo imaginar ele falando: "Você sabe como eles chamam um viado na França? Um cara que faz sexo com sua mulher mais do que com sua amante!"

Ou eu poderia falar com a Stella. Isso iria requerer uma certa quantidade de autodegradação. Eu teria que contar que meu "outro alguém" é a Kendall — então eu teria que esperar que ela parasse de rir. Mas depois que ela parasse, ela ia apertar os parafusos na minha cabeça. Que se dane: cara, Stella; coroa, Moth. Deu cara.

— Eiii, onde você está? Na cidade?

— Para falar a verdade, sim — disse Stella —, eu estou deitada no Madison Park... você sabe, perto do Flatiron Building.

Stella, voluntariamente imóvel? Hum, esse não é o seu estilo.

— Você está onde? — disse Stella com um sotaque que ela pegou do Didion.

Stella é assim com a linguagem — uma semana na Inglaterra e ela já estava falando como uma senhora inglesa respeitável.

— Eu acabei de sair da Guitar Center; precisava de cordas — disse a ela. — Estou perto. Você quer tomar um café?

— Sim... não. Estou em coma. Traz para mim um cappuccino gelado. Estou perto do relógio.

Você quer a Stella, então você joga nas suas regras. Eu peguei dois para viagem e fui encontrar com ela antes do gelo derreter. Um anjo na grama com bermudas cortadas, camiseta e óculos Ray-Ban *vintage*. Ela se sentou quando sentei ao seu lado e eu estava esperando que ela desse uma olhada em mim e perguntasse "então, o que está errado?". Mas, em vez disso, ela só quis saber da sua bebida, com os olhos invisíveis por trás dos óculos escuros.

— A/B, eu estou com um problema...

Hein? Por essa eu não esperava.

— Você... tem...

— Sim, você sabe... Didion, Brian... Tryst — começou ela. — Tudo isso é uma grande confusão para mim, mas eu pareço ser a única a saber disso, então talvez eu não esteja entendendo...

Ela arrancou um tufo de grama pensativa.

— É o seguinte, eu sei que o Didion me ama, mas ele... sua definição de amor... eu nunca falei disso com você, A/B, mas se tivesse um prêmio para criação disfuncional aquele garoto ia ganhar fácil. E eu sei que o Brian quer o melhor para a gente, mas para todos nós: 6X, Didion, agora o Boy King, então não é como se minhas vontades, minhas necessidades fossem o número um da lista dele. Nós somos todos apenas bolas que estão no ar. E então essa Tryst. O currículo dela é impressionante, certo, não dá para negar. Mas o nicho que ela está procurando para o Didz... é claro que ninguém falou nada para mim, por que deveriam? Eu sou apenas a pessoa que trouxe o Didion para o WandWorld, mas eu estou sentindo que eles o estão posicionando para um público diferente, diferente do nosso. Uma galera mais velha e descolada. Agora, 1) eu mereço ser consultada! A forma como eu pensei era o Didion e o 6X juntos; e 2) Por que tentar o óbvio? É tipo, o Didion é preto e toca violão, então ele entra nesse segmento, e então eles nos juntam ao Boy King, já que eles são pop-rock ou rock-pop, ou o que seja, e nós também. Isso... desvaloriza a gente, todos nós, inclusive o público que escuta. O quê? Brian e Tryst querem dar às pessoas aquilo que elas já sabem em vez de educá-las? Não que tenha algo de errado com o Boy King. A demo é legal; eles têm potencial. Mas, caramba, A/B, se alguém vai pegar carona no sucesso do 6x, vai ser Didion Jones!

Finalmente ela pausou para tomar fôlego e olhou para a grama.

— Você sabe como é, A/B, estar apaixonado — disse ela. — Você às vezes sente que o mundo quer destruir seu amor?

# A CHEFE

Eu já tentei de tudo e não cheguei a lugar nenhum — estou muito cansada. Paralisada. Impotente. Eu não tenho como consertar isso. Talvez nem esteja estragado. Mas para mim chega, pronto, eu desisto. Mais ou menos. Porque você sabe como, às vezes, você pensa e pensa sobre algo e não tem nenhuma idéia, mas aí você pára de pensar e, de repente, eureca? É com isso que eu estou contando. É por isso que eu resolvi mudar de ares e me concentrar na outra situação de crise que está acontecendo.

— Esse lugar parece horrível!

Éramos Wynn, eu, Malinka e Peony sentadas no terraço da casa da Wynn, com a vista do Central Park diante de nós. Tentações gastronômicas estavam à nossa disposição, mas devido às circunstâncias — que ironia — nós apenas recusamos. (Bem, não a Malinka. A garota destruiu no torneio de Forest Hills e entrou numa onda de satisfazer suas vontades — o caviar acabou em segundos). Wynn se abanava com uma das descrições de clínicas que ela imprimiu da internet.

— É o campo dos refugiados com bulimia... não, pior, prisão. Coma um Twinkie e fique uma noite na solitária.

— É, como se isso fosse funcionar com a Kendall — disse eu. — A maluquinha precisa de sensibilidade e conforto.

— Eu discordo — disse Peony. — Não acho que tratar Kendall como criança é o jeito certo.

— Então você vota na Prisão do Chocolate? — disse eu sem entender nada. — Na Penitenciária da Batata Frita?

— Não — suspirou Peony —, isso não vai dar certo também.

— De qualquer forma — intercedeu Wynn —, todos esses lugares são internatos...

— Perfeito, o problema da Kendall é interno...

— Não, Malinka! É que nesses lugares você tem que ficar lá. E isso não é uma opção, já que nós não contamos nada à Sra. Taylor.

— Wynn, desculpa, eu tentei... mas aquela mulher! — disse Peony com os olhos arregalados. — Eu já me comuniquei com sucesso com crianças autistas e aborígines do interior da Austrália, até mesmo com almas penadas, mas ela... Num minuto, ela estava colocando a culpa em mim pelos hábitos alimentares da Kendall, e, no outro, estava agradecendo ao Senhor pela perda de peso. Agora nossa pesquisa provou que uma má criação pelos pais pode contribuir para uma disfunção alimentar, mas dá para dizer que vai fazer frio no inferno antes de JoBeth Taylor se responsabilizar pelo que acontece na cabeça daquela criança.

— Está bem, P, eu não queria fazer parecer... — disse Wynn. — Só que talvez nós devêssemos tentar procurar programas para pacientes não-internos um pouco mais.

Boa idéia. Na verdade, quando nós diminuímos a busca para a área de Nova York, achamos a opção ideal. Peony estava toda empolgada com o Osa Echo Center, já que eles têm uma "visão holística para restabelecer o equilíbrio dos clientes". Em outras palavras, se propõem a curar disfunções alimentares com cantos, hipnose e outras "terapias alternativas". Olha, contanto que os "clientes" não confundam cristais de cura com balinhas, eu topo. O Osa Echo fica no SoHo e tem sessões pela manhã e à tarde, então a Sra. Louca, também conhecida como a mãe da Kendall, não precisa saber. (Brian, claro, já sabe de tudo pela dupla Peony-Gaylord. Ele cuida de tudo relacionado ao 6X, então o financiamento para o tratamento da Kendall vai ser por conta dele). Além disso, o Osa Echo promete que com "dedicação e desejo" os clientes podem alcançar resultados em um mês, o que nos poderia botar na estrada com uma vocalista, que não vomite o tempo todo, no fim de julho.

Por sorte, o Osa Echo é tão revolucionário que eles ainda têm vagas. Agora nós apenas precisamos fazer a Kendall passar pela porta da frente. O primeiro passo é nossa pequena festinha na sexta-feira. Basicamente, nós vamos coagi-la com o nosso exército feminino de amor, compaixão, compreensão e solidariedade. Mesmo assim, quando a Kendall chegou com sua bolsa Louis Vuitton que ela comprou em Paris e falando inocentemente, eu senti um aperto no coração.

— Oh, Meu Deus, Wynn, a sua casa é o lugar mais perfeitamente elegante que eu já vi. Isso é uma mansão de verdade, não é?

Eu tenho que dizer que fiquei com um nó na garganta. Nós éramos uma alcatéia de lobos em pele de cordeiro! Kendall não fazia a menor idéia. Ela nem ao menos questionou a presença da Peony. Eu podia apostar que ela tinha pijamas naquela bolsa; ela achava que nós íamos fazer limpeza de pele umas nas outras e coisas desse tipo. Nós não sabíamos muito o que fazer. Sim, nós lemos sobre o que deveria acontecer e não era tão complicado quanto uma cirurgia no cérebro, mas ainda assim era pesado e nós não tínhamos nenhuma experiência.

Então fingimos que era uma festa do pijama normal. A não ser que, acredite, a mãe da Wynn realmente providenciou o bufê. Um último suspiro, uma última alegria para a nossa menina. Ou, talvez, nós esperássemos que ela se incriminasse — nós íamos pegá-la no ato. O primeiro prato eram entradas asiáticas — satay, bolinhos, rolinhos primavera chiques. Kendall caiu de boca, mergulhando um palitinho no molho de amendoim, e nós acompanhamos como robôs. Então, Malinka — aquele gênio — começou a festa de forma brilhante.

— Vocês sabem o que eu quero fazer? Eu quero brincar de verdade ou conseqüência! Eu nunca brinquei disso. Mas é isso que vocês fazem em festas do pijama, não é?

Wynn entrou na onda:

— Sim! Verdade ou conseqüência. Vai ser ótimo! — disse ela me olhando com uma cara de quem estava implorando.

— Sim, excelente. Eu adoro verdade ou conseqüência — disse eu.

Kendall estava animada:

— Quer saber, Malinka? Eu acho que nunca brinquei também. Posso começar?

Caramba, isso era crueldade! Nós jogamos uma rodada a sério para não parecermos muito diabólicas, mas nossos corações não estavam acompanhando. A pior conseqüência que conseguiram pensar para mim foi que eu mostrasse os peitos no terraço. Quando ia começar a segunda rodada, nós todas trocamos o olhar. Era a hora.

— Conseqüência! — gritou Kendall.

Peony tomou a frente.

— Na verdade, Kendall, você tem que escolher verdade.

— Ah, é essa a regra? Se você escolheu conseqüência da primeira vez?

Nós todas adotamos a mesma postura, sentadas no chão num semicírculo ao redor da Kendall, debruçadas com expectativa.

— Não exatamente — disse Wynn. — Olha, Kendall, daqui em diante isso não é mais um jogo. Sem fingir, sem esconder. Só a verdade.

— Hein? Por que está todo mundo tão sério de repente?

Peony engatinhou até onde estava nossa vítima; ela pegou as mãos da Kendall e as segurou:

— Kendall, esse é um encontro muito importante. Ele tem um motivo. Isso é uma intervenção — disse ela devagar, de forma pedante. — Uma intervenção é quando pessoas que a amam e estão preocupadas com você a confrontam sobre o que você está fazendo consigo mesma.

— O que eu...? Eu não estou fazendo nada — disse ela acreditando em si mesma.

Agora Wynn se arrastou para mais perto de Kendall, olhando para seu rosto:

— Kendall, nós sabemos. Nós não culpamos você, nós não estamos julgando você, nós apenas queremos ajudar você.

— Mas eu...

— Kendall! — disse Peony, deixando de lado o jeito maternal. — Você tem uma disfunção alimentar. Você come e vomita. Você sabe que faz isso. E isso tem que parar. É para isso que estamos aqui.

Kendall parecia um animal feroz — jogando um olhar brilhante, tremendo, tentando achar espaço. Ela tentou se levantar, mas Wynn ficou de joelhos e pressionou suas mãos sobre o colo de Kendall para mantê-la sentada e quieta.

— Ohhhh, Kendall, eu sei que isso é difícil para você — disse Wynn. — Mas somos nós. Nós...

Então aconteceu algo que me deixou boba... chocada... assustada. Deixe-me ver se eu consigo me fazer entender. Era como drogas — você não se torna um junkie instantaneamente na primeira vez que experimenta. Você está apenas curioso, você usa e talvez funcione para você. Mas se isso não acontecer, ops, um dia você vai acordar e você vai funcionar para ela: vício. Literalmente. O tempo todo. Seu trabalho vai ser proteger, defender e manter esse parasita insaciável que fixou residência no seu cérebro e no seu corpo, e que mandou sua alma embora. Meu irmão tinha um amigo viciado; ele roubou da nossa família e tudo — JJ o pegou com as patas na caixa de jóias da nossa mãe. O cara não tinha escolha. Ele estava apenas cumprindo seu trabalho.

Distúrbio alimentar? É a mesma coisa. Assim que a Kendall percebeu onde nós estávamos chegando, ela se travou. *Negar... negar... negar.* Quase dava para ouvir a voz interior, suave como aço, enquanto um sorriso falso aparecia no seu rosto e um tom de mentira tomava sua voz:

— Vocês! Vocês são muito bobas! — disse ela toda doce e sincera, mas tão verdadeira quanto um Rolex de três dólares. — Eu não sei de que...

— Sim, você sabe.

Agora, era eu falando. De joelhos, bem na frente da Kendall. Era hora de um pouco de amor bruto, direto do Brooklyn.

— Você sabe. Você sabe muito bem. Você quer saber como nós sabemos? Prova A: Seattle, ônibus de viagem. Lembra de se empanturrar de *bagels* e sorvete? Prova B: Londres, no dia em que gravamos *The New Ones*. E não me venha, não mesmo, com alguma desculpa esfarrapada de que estava com o estômago embrulhado ou algo assim, porque, olha Kendall, acabou o jogo de verdade. Você perdeu dez quilos desde a turnê do Meio-Oeste, então esquece. Nós sabemos! Certo? Nós sabemos!

Eu não estava brigando com a Kendall, eu estava brigando com aquilo, e adivinha? Eu não sabia quem ia ganhar. Até então ela estava sendo um freguês difícil — ela não arredava pé, estava simplesmente fingindo que estava tudo certo, tentando nos fazer acreditar que nós estávamos loucos. Então a ficha caiu. Eu sabia como fazê-la sair andando direto para o Osa Echo Center. Era frio. Era sério. Mas ia funcionar. Tempos assim precisam de medidas desesperadas. O caminho para o estômago dessa mulher é através do seu homem, então eu ia botar o seu amor no meio. Então outra idéia veio do nada. Garotas, nós somos todas iguais. Qualquer que seja o problema, amor é a resposta, sempre. Ameace seu amor, nós vamos fazer qualquer coisa para protegê-lo. Guarda seu amor bem guardado e nós nos sentimos seguras. Flash! Bang! Boom! Claro! Eu sabia o que fazer com Didion.

# A VOZ

Eu estou... bem, Deus, eu estou tantas, mas tantas, tantas coisas. Atônita, principalmente. Com raiva também. Como elas ousam?! É uma afronta! Elas estavam me espionando? Escutando na porta do banheiro? Contando quantos cookies eu comia? Que coragem!

É assim que eu me sinto: superior. Sim, nós somos todos filhos de Deus e iguais a Seus olhos, mas eu realmente acho que fui feita de um material melhor, porque ali estavam elas balançando artigos de revistas sobre meninas idiotas que estragaram suas vidas e eu estava pensando: *Ai, ai, ai — essa não sou eu. Eu sou Kendall Taylor. Eu sei o que estou fazendo. É apenas um pequeno truque que eu uso. E eu gosto dos resultados.*

Esperta. Todos os tipos de explicações me ocorreram, histórias que eu podia contar para me livrar disso. Eu já sabia. Ia bancar a burra. Isso não é inteligente? Ia dizer a eles que é culpa da Britt: ela me ensinou o truque e eu não fazia idéia que era ruim, mas agora que eu sabia, eu ia parar. E elas iam acreditar.

Aliviada. Um pouco. Veja, tem uma parte de mim que nunca se sentiu muito bem com o truque, sempre achou que era... contra a natureza, de alguma forma. Então essa parte acredita que tem uma chance agora que todo mundo já sabe. Um pedaço dessa parte devia estar se manifestando também, pois a Wynn e a Peony começaram a falar sobre como nós poderíamos resolver isso, que o tratamento era moleza. Elas estavam mostrando panfletos de uma clínica, muito espiritual e única. Tudo que eu tinha que fazer era aparecer para sessões de aconselhamento. Só que no momento em que eu comecei a pensar que isso talvez não fosse uma idéia horrível, a coisa na minha cabeça apareceu com convicção: *Não! Vaca estúpida! Você quer ficar gorda de novo?*

Amedrontada. Porque agora elas me mostraram como vomitar pode arruinar seus dentes e sua pele e até sua voz.

Ameaçada. E foi aí que tudo mudou.

— Tá certo, Kendall, você quer dizer que não há nada errado com você, tudo bem — disse Stella se afastando, então voltando. — Quem somos nós para falar disso com você. Eu entendo você. Então, vamos levar isso para alguém que deve saber disso. Alguém que tenha esse direito.

Eu suspirei:

— Stella, você acha que é tão esperta. Você vai dar queixa de mim para minha mãe? Primeiro, não há nada para contar; depois, ela não acreditaria em você de qualquer forma.

— Sua mãe? — disse Stella. — Na verdade, Kendall, eu não tenho nenhuma intenção de falar com a sua mãe.

No que ela estava pensando? Eu aposto que Wynn, Malinka e Peony não sabiam também — elas se viraram e estavam olhando para a Stella também.

— Não, nada disso, eu estava pensando no seu homem.

Meu...? Oh, não! Oh, é claro que a Stella sabe do segredo do meu coração — eu mesma contei a ela na nossa primeira turnê. Mas sobre os eventos recentes, ela não poderia...

— Sim, você me ouviu direito — disse Stella. — Eu sei de tudo. Suas costas contra o tronco de árvore e a tempestade de flores roxas e ele vendo você, finalmente vendo você...

Minha temperatura subiu. Mas, ao mesmo tempo, ouvir isso de outra pessoa confirmava o que eu apenas ousava acreditar. É verdade! A/B me ama! Eu não sabia se batia nela ou a abraçava.

— Mm-humm, é isso mesmo — continuou ela. — Ele me contou. Na verdade, você sabe aquela "coisa de família" que ele tem hoje à noite? Bem, ele mentiu. Ele vai terminar com a E/D. Só que o problema é que ele estava muito confuso — foi por isso que ele pediu conselhos a mim.

Stella me olhou como ninguém nunca me olhou antes — era como ela estivesse olhando dentro de mim.

— Então, eu o aconselhei bem. Mas se eu ligar para o celular dele agora mesmo e disser que é loucura ele jogar fora algo bom, saudável e sólido para se arriscar com uma louca que não só vomita após cada refeição, mas que também já foi longe demais para admitir que tem algo *estranho* nisso tudo. Eu imagino o que ele ia dizer, o que ele ia fazer. Você não, Kendall? Você não imagina?

*Bate nela*, eu pensei. Bater naquela cara malvada, estúpida e feia tão forte quanto fosse possível, antes que ela arruinasse tudo. Mas eu não bati. Eu não podia. Não ia melhorar nada. Eu olhei para Wynn em vez disso.

— Quer saber? Eu acho que isso tudo é uma grande loucura, mas se isso vai tirar vocês de cima de mim, eu fico feliz de dar uma olhada nesse panfleto.

# A GOSTOSA

Até que enfim tudo acabou...
Kendall:
— Agora, se vocês não se importarem, eu gostaria de ficar sozinha!

Claro, com seu telefone, para poder esperar a ligação do A/B.

Peony:
— Eu vou apenas me certificar de que ela vai chegar bem em casa.

E, aproveitando que já vai estar no centro da cidade, vai se encontrar com Gaylord, imagino.

Stella:
— Bem, meu trabalho aqui está feito...

É hora de alguma diversão com o Didion, sem dúvida.

Então ficamos apenas eu e a Borboleta Brutal. O que era ótimo. Verdade, Malinka talvez não seja a pessoa certa para comentar cada aspecto da intervenção comigo — ela não é a pessoa mais analítica no mundo —, mas eu não estava a fim de fazer aquilo de qualquer forma. Aquilo tudo me deixou tensa como uma corda bamba, e eu não precisava reviver aquilo naquele momento ou ficar imaginando o que ia acontecer no próximo capítulo da novela de Kendall Taylor. Sério, eu juro, só queria esquecer aquilo tudo. Ficando bêbada, talvez? Eu olhei para Malinka.

— Armário de bebidas?
— Eu aposto corrida com você!
Nós demos uma olhada nas bebidas do meu padrasto:
— Tudo é tão... marrom — disse eu. — Eu não entendo dessas coisas de uísque. E nós ainda temos toneladas de comida. Será... o que é isso? Glenfiddich? Será que combina com caranguejos?
Malinka cheirou uma garrafa:
— Urgh! — disse ela devolvendo para mim. — Vou apenas rezar para que seus pais tenham vodca no congelador.
— Você é genial — disse, enquanto corríamos para a cozinha. — Aqui está! Vodca, a bebida perfeita, combina com qualquer coisa — disse, pegando copos e gelo. — Pode ser com suco de cranberry?
— Sim, ótimo — disse ela, mostrando uma garrafa de Kahlua que ela acabara de achar —, e de sobremesa eu vou fazer White Russians!
Nós fomos até a sala:
— Você quer ouvir a próxima sensação do rock?
Malinka encolheu os ombros. Eu botei para tocar a demo do Boy King — eles realmente fazem uma música animada — e nós ficamos dançando, bebendo nossos drinques e provando os quitutes.
— Isso é ótimo, Wynn! — disse Malinka para mim.
— O Boy King? Você acha?
— Sim, eles são legais. Mas eu estava falando de tudo isso. Eu e você na sua sala de estar, é como nossa própria boate.
— Humm... — concordei — muito exclusiva.

Ela riu daquele jeito espalhafatoso dela, então fez uma pose de quem estava segurando uma prancheta:

— Oh, eu sinto muitíssimo, Lindsay Lohan, mas você não está na lista. E quem é você? Crimson Snow? Eu acho que não.

Ela é muito engraçada!

— Não, nós gostamos dela, Crimson Snow, vamos lá, deixe-a entrar.

— Oh, mas ela trouxe o namorado Franklin K. Com ela...

— E ele costumava transar com Britt Gustafson. Que nojo.

— Volta para a limusine, Franklin K., seu pervertido!

Nós rimos muito e continuamos a barrar celebridades que nos enojavam, banindo-as do nosso enclave de imoralidade, ao mesmo tempo que convidávamos aquelas que considerávamos boas o suficiente para a área VIP, onde podiam cheirar cocaína da mesinha de café. Isso era muito engraçado ou era culpa da bebida, mas acabamos ficando sem combustível nos nossos cérebros. Cada uma de nós caiu num sofá.

— Você quer sair? — perguntou Malinka.

— Ver pessoas? Pessoas de verdade?

Eu peguei uma bandeja de petiscos que o bufê chamava de "fantasia na floresta", comi algumas castanhas de caju e joguei uma cereja na Malinka.

— Humm, não — disse eu.

— Nem eu — disse ela, rolando sobre a barriga e fazendo uma pose de cobra. — Vai, joga mais, vamos ver se você consegue acertar na minha boca...

Eu rolei sobre minha barriga também:

— Adeus circuito de tênis, bem-vinda ao circo.

Eu joguei castanhas e cerejas para ela sem parar, mas ela, de forma impressionante, conseguia pegar a maioria.

— Linka, você tem muitos talentos. Uma coordenação entre olhos e boca muito boa.

Ela fez barulhos imitando uma foca amestrada.

— Ei — disse eu —, você acha que foi chato a forma como todo mundo bateu em retirada?

— O que é bater em retirada?

— Você sabe, Kendall saiu, Peony saiu, Stella saiu — falei meio sem saber por que estava mencionando aquilo, só por reclamar, eu acho. — Todas tinham que sair para ficar com seus namorados.

— Ah — disse Malinka —, você tem sorte então que eu não tenho um namorado para me fazer sair.

Eu joguei mais quitutes para ela:

— Não faz mais isso comigo! — reclamou ela. — Está caindo tudo no meu cabelo, por favor.

— Certo — disse. — Desculpa.

— Quando seus pais vão voltar para casa?

Eu olhei para o relógio e forcei a visão para enxergar melhor:

— Não sei. Tarde, eu acho. Quando minha mãe pega as jóias caras, geralmente é porque o negócio vai até tarde.

Malinka rolou mais uma vez e caiu do sofá.

— Ai! — gritou ela.

— Ah, não foi nada — disse sem acreditar nela. — Esse tapete é muito macio.

Mesmo assim ela ainda estava caída sem se mexer.

— Malinka?! — disse me levantando. — Ei! — falei sentando no chão ao seu lado. — Você está bem? — disse sacudindo seus ombros. — Malinka?!

— Ha! — riu ela, abrindo os olhos e me mostrando a língua. — Eu tenho uma idéia. Nós devíamos brincar mais de verdade ou conseqüência.

A essa altura, eu já não me importava mais com o que nós íamos fazer.

— Sim, claro.

Nós nem nos importamos em sair do chão, apenas nos encostamos em um dos sofás.

— Você começa — disse ela.

— Por quê? É você que quer brincar.

— Apenas começa! — disse ela bebendo agora direto da garrafa de Stoli. — Eu quero brincar porque quero pensar em perguntas ou conseqüências legais para você.

— Oh, meu Deus!... Certo: verdade! Não, conseqüência! Não, verdade! Sim, verdade!

Malinka olhou para mim com uma cara engraçada pelo que parecia a eternidade.

— Certo — disse ela. — Certo, Wynn Morgan, diga a verdade: o que você faria se eu a beijasse nesse exato momento

— O quê?!

Humm, eu fiquei sóbria em um instante.

— Malinka... o que... o que você falou?

— Nada — disse ela olhando para o tapete, depois olhando para cima novamente. — Isso...

E ela fez. Se aproximou de mim. Passou seu braço em volta dos meus peitos, apoiando a mão no sofá. Tomou ar. E colocou sua boca sobre a minha. Sua boca, nem fechada, nem aberta, nem nada, apenas a pressão da pele muito especificamente fina de seus lábios contra a pele muito especificamente fina dos meus. Por alguns segundos, que pareceram uma era, durante os quais eu estava pensando: *Oh. Meu. Deus.*

Malinka se afastou um pouco e eu consegui ver seu rosto. Suave, belo, sem falhas, como porcelana ou um tecido fino, só que humano e... uma menina. Eu não movi um músculo. Eu não consegui respirar nem piscar.

— Isso... — murmurou Malinka.

E eu não conseguia acreditar que era ela, murmurando: eu não sabia que ela era capaz de murmurar, eu não sabia que ela era capaz de beijar, mas, sim, ela é capaz.

— E isso...

E ela colocou sua boca um pouco acima da minha, então o beijo saiu, por incrível que pareça, perfeitamente torto.

— E isso...

Agora um pouco para baixo e, quando ela se afastou, sugou um pequeno pedaço do meu lábio, e eu não sabia nem começar a descrever aquilo, tirando que eu sentia o meu corpo todo, não apenas no marco zero da boca, mas no arco dos meus pés e na raiz dos cabelos e na base da espinha e no buraco do meu umbigo; e mais para baixo e mais para dentro e no chão e no ar e em todo lugar, todo lugar, em todo lugar meus sentidos cantavam em uníssono:

— Ohhhhhhhhhhhhhhhhhh...!!!

## A BORBOLETA

Oi! Sou eu, Malinka Kolakova, falando com vocês diretamente do quarto da rock star Wynn Morgan! Estou falando com vocês porque a Wynn disse que eu podia. Ela não está a fim de falar agora. Nesse momento, ela está na banheira, se transformando em uma grande uva passa branca. Mas eu vou dar um descanso para ela e talvez vocês devessem também, porque, caramba, Wynn está tendo um dia louco, deixe-me contar a vocês!

Hoje é terça-feira, e é a primeira vez que a Wynn e eu realmente tivemos chance de nos ver desde a festa para a Kendall parar de vomitar — o fim de semana todo eu tive uma grande e idiota conferência promocional de tênis no Madison Square Garden. Então, fiquei feliz que a Wynn tenha ligado para meu telefone e perguntado:

— Você quer vir para o ensaio?

Eu respondi rapidamente que sim!

— É meio chato, eu não sei — avisou ela. — Brian quer que nós mudemos a forma como tocamos algumas músicas, deixar o set mais interessante, mas você vai ver, é repetitivo, nós vamos tocar a mesma música várias vezes seguidas e se nós errarmos vai ser minha culpa porque as mudanças são no tempo e esse é o meu trabalho. Quando você está acostumada a tocar algo rápido, pode ser difícil ir mais devagar.

— Wynn — disse a ela —, seria uma honra estar no lugar onde vocês ensaiam.

A/B já estava lá, e a Kendall também — ela já foi duas vezes ao centro de alimentação saudável e eu espero que ela esteja se sentindo melhor. Também fiquei pensando se o A/B e a Kendall estavam namorando.

— Então — disse eu —, vocês estão namorando agora ou o quê?

Kendall e A/B ruborizaram muito, mas eles pareciam felizes para mim por um rápido segundo, antes que a Wynn me desse um beliscão no braço.

— Ma-LIIIINK-a — disse ela com sua voz fina. — Fica quieta, sua boba! Você não pode perguntar...

Então ela saiu, rindo, e quando nós nos olhamos, ruborizamos tanto quanto A/B e Kendall.

— Oh, hummm, vocês não ligam se a Malinka assistir ao ensaio, ligam? — perguntou Wynn para disfarçar. — Desculpa, eu devia ter ligado.

Houve um silêncio e então A/B falou:

— Ei, por mim tudo bem!

A/B fez um esforço para achar uma cadeira para eu me sentar.

— Wynn, você trouxe plugues de ouvido extras? — perguntou ele. — Porque, Malinka, o som fica muito alto aqui. Você é nossa maior fã, nós não queremos que você fique surda.

Wynn procurou na bolsa e achou um par novo.

— Aqui — disse ela. — Não tem nenhuma gosma minha nesses.

Nós duas rimos disso. Então Wynn percebeu que algo não estava certo:

— Então, cadê a Stella?
— Estranho, não? — disse A/B. — A chefe nunca se atrasa.
— Ela nem ligou? Isso é estranho — disse Wynn um pouco culpada. — Algum de vocês falou com ela no fim de semana?
— Hummm — murmurou Kendall.
Eu estava morrendo de curiosidade — eu queria saber o que tinha acontecido entre ela e o A/B; eu queria que eles estivessem apaixonados e felizes, assim como eu queria que o mundo todo estivesse apaixonado e feliz.
— Ela certamente não me ligou.
— Nem pra mim — disse A/B, com os olhos na Kendall.
Wynn olhou para o relógio na parede.
— Uau! Ela está quinze minutos atrasada — falou, pegando o telefone. — Vou ligar para ela.
Não foi necessário. Naquele segundo, Stella entrou como um raio pela porta do estúdio. Ela não estava sozinha. Didion estava ao seu lado, e eles trouxeram tanta luz e calor à sala que parecia um acidente com um reator nuclear, só que não era aterrorizante. Grandes sorrisos e olhos brilhando nos dois. Didion estava usando um terno bonito com uma rosa branca presa à lapela. Stella estava toda produzida também, com um vestido branco curto e uma meia calça cortada, e, no seu cabelo curto, ela tinha pequenas flores. Não tinha nada a ver com o estilo da Stella, e, se não fosse pelas botas Doctor Martens, nem teria certeza de que era ela mesmo. Bem, todos, não apenas eu, estavam olhando para eles e Stella queria saber por que, pois ela perguntou:

— O que há de errado com vocês? O que vocês estão olhando?

Ela estava com as mãos na cintura como se estivesse muito zangada com todos nós, mas ela estava fingindo, dava para ver.

Ninguém sabia o que falar em resposta, a não ser que a tosse do A/B conte.

— O quê? — disse Stella, cutucando Didion. — Tem salsa nos nossos dentes?

E ela falou para Didion:

— Baby, a gente comeu alguma coisa com salsa lá em Rhode Island?

Didion disse alegremente:

— Não, querida, eu acho que não. Nada de salsa.

Stella balançou a cabeça como se ela fosse a professora, e nós fossemos sua classe do jardim-de-infância.

— Qual é o problema...? Vocês nunca viram dois recém-casados antes?

Ficou um silêncio profundo no lugar, até que Stella e Didion começaram a rir.

Kendall voou até o casal:

— Meu Deus! Oh! Vocês...? Vocês...?

— Se casaram? — terminou A/B. — Não! Sério? Casados?

— Leiam meus lábios — disse Stella antes de fazer com a boca a palavra "casados" de maneira exagerada.

— Caramba! Não brinca! Você está dizendo que vocês dois realmente se... — disse A/B com problemas para dizer a palavra.

Stella comentou:

— Talvez o champanhe os convença.

E Didion pegou uma garrafa do saco de papel que estava carregando. Em algum momento desse anúncio, eu devo ter pegado a mão da Wynn, porque eu a estava segurando e ela estava fraca e suada. Percebi que ela ainda não havia dito nada, e quando olhei para ela, ela parecia com aquelas meninas de madeira na vitrine das lojas. Eu a arrastei até Stella e Didion gritando:

— Gor'ko! Gor'ko!

Agora foi para mim que todos olharam.

— Gor'ko! — expliquei. — É uma saudação russa para casamento! Ninguém nesse país dá parabéns?

Eu soltei a mão de alface da Wynn e dei um grande abraço na Stella e depois no Didion. Por sorte, isso foi bom para quebrar o gelo. A/B e Kendall começaram a dizer coisas como:

— Que maravilhoso!

E:

— Seus loucos!

E:

— Quando isso aconteceu?

E houve apertos e beijos. Sons trêmulos saíram da Wynn, então ela chacoalhou intensamente como um cachorro molhado:

— Isso é tão legal — disse ela, finalmente. — Eu ainda estou em estado de choque, mas, oh, meu Deus! Stella! Didion! Vocês estão casados!

Seus braços e pernas voltaram à vida e ela deu um grande abraço na noiva e depois no noivo, e depois na noiva novamente. Didion abriu o champanhe com um estampido e mencionou que ele e Stella esqueceram dos copos.

— Haha! Copos — riu ela. — Nós não precisamos de copo nenhum! Essa é a minha banda, baby!

Ela pegou a garrafa e derrubou champanhe no rosto da Wynn e caiu um pouco na sua boca, e nós nos preparamos para receber nossa dose até que a garrafa estivesse vazia e nós, completamente molhados.

Bem, deixe-me dizer, nenhum tipo de ensaio musical aconteceu. Nós descemos até onde estavam duas limusines lotadas com parentes da Stella (e um parente do Didion — um médico que é seu tio). De lá, fomos a um restaurante italiano muito festivo e barulhento no Brooklyn, e, aos poucos, pequenos pedaços de informação chegaram ao meu ouvido: ninguém estava grávida e que se você quiser se casar sendo menor de idade é mais fácil no estado de Rhode Island. Tinha muito ravióli e vinho, um buquê foi jogado e trouxeram um cabo de vassoura sobre o qual Stella e Didion pularam, e alguém me disse que isso era um costume de quando os negros eram escravos na América. O mais legal da festa é que, apesar de ser uma coisa de rock star ter um casamento secreto, foi também muito simples, pessoas normais da família se divertindo. Tinha música pop tocando na jukebox que ficava no bar do restaurante, e todos nós fomos dançar muito mal, inclusive Wynn que estava tímida. Eu a arrastei até lá e ela finalmente rebolou um pouco. Kendall e A/B também meio que se moveram ao redor um do outro, nada muito ousado, mas com os dedos se tocando, sozinhos num canto. Mais para o fim da festa, eu fiz uma queda-de-braço com o irmão da Stella, JJ, e depois de dar duas surras, deixei ele ganhar uma vez.

Agora nós voltamos para a casa da Wynn. A mãe dela está brava porque a Wynn não ligou para avisar que ela estava numa festa de casamento surpresa. Wynn não parou para explicar ou discutir (eu parei — para explicar, não para discutir); Wynn fez apenas um sinal de tchau com a mão e subiu. Está tarde e nós estamos bastante cansadas, mas, ainda assim, bem acesas, então a Wynn me disse que queria tomar um banho de banheira. Eu perguntei a ela se podia brincar com a câmera e ela me disse que sim.

Ela está na banheira há muito tempo. De vez em quando, liga a água forte e dá para escutar daqui. Talvez ela só queira a água mais quente. Foi o que eu pensei a princípio. Só que não era isso! Ela queria que o som cobrisse o seu choro. Wynn está chorando na banheira. Pequenas bombas salgadas caindo de seus olhos nas bolhas. Então ela começava a soluçar, e abria a água; quando ela parava, desligava novamente. E assim foi.

Eu comecei a andar impaciente no belo quarto da Wynn, pensando no que fazer. Não é muito da minha personalidade normal se preocupar. Eu tentava entender os motivos para as lágrimas da Wynn, pois esse devia ser um dia muito feliz: quando sua melhor amiga se casa. Então a ficha caiu! Wynn era a fim da Stella há muito tempo. Apesar de saber que a Stella só gosta de meninos. Apesar de Wynn provavelmente não saber que não gostava de meninos até poucos dias atrás. Apesar da Wynn gostar de mim — eu sei que ela gosta e ela sabe que ela gosta. Não importa o que você sabe. O que você sabe e o que você sente podem estar tão afastados um do outro que não vivem nem no mesmo país. Mas agora que a Stella deu esse grande e drástico passo se casando, Wynn deve ter encarado os fatos. Ela tem que esquecer a Stella, mas será que ela consegue? Eu espero muito que sim — só quando ela não tiver esses sentimentos pela Stella mais, ela vai poder tê-los por mim...

Esperem, eu não posso ser uma pessoa egoísta! Porque a Wynn não está sendo egoísta. Sim, ela tem que lidar com a Stella e o Didion, marido e mulher, mas não apenas com como isso dói no seu coração. Ela está chateada também com o que esse casamento vai significar para o 6X. Numa banda, o equilíbrio é delicado — isso que a Stella fez, e se isso for ruim para o 6X? Então a Wynn também está chorando pela banda — ela está chorando porque está com medo.

Oh, não! Isso eu não posso suportar: Wynn com medo. Eu andei na direção do banheiro. Será que eu devia entrar de qualquer jeito. Bater na porta? Dizer alguma coisa? Eu coloquei a orelha contra a porta do banheiro. Eu escutei algo — não lágrimas, som de água escorrendo. E então *glug*! E então o chuveiro. Isso era bom! Wynn estava tomando uma chuveirada, deixando os sentimentos ruins descerem pelo ralo, e os bons virem pela ducha. Ela estava de pé, não deitada. Wynn é uma pessoa forte, uma pessoa boa, ela quer alegria para todos. Ela não vai ficar com medo, não importa o que aconteça depois — com a Kendall e o A/B, com a Stella e o Didion, com ela e comigo... e com o 6X.

Este livro foi composto na tipologia Palatino Linotype,
em corpo 11,5/15, e impresso em papel off-white 80g/m²
no Sistema Cameron da Divisão Gráfica
da Distribuidora Record.